10/18

12, AVENUE D'ITALIE. PARIS XIIIᵉ

Du même auteur
aux Éditions 10/18

Série « Alexandre le Grand » de Paul Doherty
  La mort sans visage, n° 3738
  L'homme sans dieux, n° 3739

Série « Hugh Corbett » de Paul C. Doherty
  Satan à St Mary-le-Bow, n° 2776
  La couronne dans les ténèbres, n° 2777
  Un espion à la chancellerie, n° 2820
  L'ange de la mort, n° 2863
  Le prince des ténèbres, n° 2901
▶ Faux frère, n° 2966
  L'assassin de Sherwood, n° 3036
  La complainte de l'Ange Noir, n° 3127
  Le feu de Satan, n° 3290
  La chasse infernale, n° 3296
  L'archer démoniaque, n° 3437
  La trahison des ombres, n° 3584
  Funestes présages, n° 3705

Série « Kathryn Swinbrooke » de C.L. Grace
  Meurtres dans le sanctuaire, n° 3029
  L'Œil de Dieu, n° 3030
  Le marchand de mort, n° 3094
  Le livre des ombres, n° 3190
  La Rose de Raby, n° 3406

Série « Frère Athelstan » de Paul Harding
  La galerie du rossignol, n° 3167
  Le donjon du bourreau, n° 3218
  Sacrilège à Blackfriars, n° 3226
  La Colère de Dieu, n° 3336
  Le fanal de la mort, n° 3340
  Le repaire des corbeaux, n° 3531
  Le jeu de l'assassin, n° 3666

PAUL C. DOHERTY

FAUX FRÈRE

Traduit de l'anglais
par Anne Bruneau
et Christiane Poussier

INÉDIT

10/18

« Grands Détectives »

dirigé par Jean-Claude Zylberstein

Sur l'auteur

Paul Doherty est né à Middlesbrough, dans le Yorkshire. Il est l'auteur de plusieurs séries historico-policières, dont notamment : les enquêtes de Hugh Corbett, espion du roi Édouard Ier, celles de frère Athelstan, un dominicain du XIIIe siècle (publiées sous le nom de Paul Harding), et enfin les aventures de Kathryn Swinbrooke, apothicaire à Cantorbéry au XVe siècle (publiées sous le nom de C.L. Grace). Il a également publié plusieurs romans consacrés à Alexandre le Grand. Paul Doherty est aujourd'hui professeur d'histoire médiévale.

Titre original : *Murder Wears a Cowl*

© 1992, P.C. Doherty
© Éditions 10/18, Département d'Univers Poche, 1998
pour la traduction française
ISBN 2-264-02439-9

A ma fille Vanessa Mary

PROLOGUE

Seuls les craquements du gibet brisaient le silence opaque qui pesait, comme une chape, sur l'immense terrain jouxtant l'hôpital St Barthélemy à West Smithfield. Si, de jour, l'endroit n'était que bruits et couleurs, en revanche, la nuit, les spectres venaient revendiquer leur empire. La vue de la haute potence, avec ses poutres saillantes et ses cordes aux nœuds brunâtres, était familière aux Londoniens, comme celle des pendus qui s'y balançaient, cou tordu, yeux exorbités, langue enflée mordue par des chicots jaunâtres. Les échevins avaient décrété que les criminels exécutés devaient rester pendus trois jours, jusqu'à ce que leur corps commence à se décomposer et que les corbeaux au bec acéré viennent leur picorer yeux et visage.

Nul ne s'approchait du gibet, la nuit tombée. De vieilles commères affirmaient que Satan et ses légions y dansaient la sarabande. Même les chiens, les chats et les milans désertaient ce lieu lorsque l'envahissaient les ténèbres. Mais Ragwort, le mendiant cul-de-jatte, lui, n'était pas de cet avis ! Il passait ses journées au coin de St Martin's Lane dans West Cheap à tendre sa sébile en demandant l'aumône d'une voix geignarde aux fidèles, aux riches et aux orgueilleux qui traversaient l'impressionnante place de marché londonienne pour se rendre à St Paul. Et la nuit, il revenait à Smithfield dormir sous le gibet. Il s'y sentait en sécurité. Personne pour le menacer. Quant aux cadavres immondes, au-dessus de sa tête, il les considérait comme ses compagnons, voire ses protecteurs contre les voleurs, tire-laine et autres malandrins infestant les ruelles étroites de la capitale. Parfois, n'arrivant pas à trouver le sommeil, il s'accroupissait sur ses planchettes de bois et caquetait comme une pie à l'adresse de ses sinistres voisins. Il s'interrogeait sur leur existence passée et sur les circonstances qui les avaient poussés au crime. C'était son meilleur public, le seul en fait qui acceptât d'écouter sa pauvre histoire : natif du Lincolnshire, il avait été d'abord simple soldat, puis archer dans l'armée d'Édouard d'Angleterre en Écosse. Un jour, prenant part à l'assaut d'un château avec des dizaines de camarades, il avait escaladé une échelle. Dieu, alors, par l'entremise d'un grand rouquin d'Écossais, l'avait précipité en enfer. L'échelle avait été repoussée et il s'était retrouvé dans les fossés. Il tentait de se sauver en rampant lorsqu'une pluie brûlante de poix gluante s'était soudain abattue sur ses jambes. Il avait hurlé des journées entières et s'était tordu de douleur pendant des mois après que les chirurgiens eurent proprement amputé ses deux jambes, au-dessous des genoux, et attaché des planchettes de bois aux moignons. On l'avait pourvu de quelques pièces puis mis sur une charrette et renvoyé à Londres pour y mendier sa vie durant.

Ragwort s'était résigné. Il avait ses bienfaiteurs : des grands seigneurs et des hommes de loi à la panse rebondie qui savaient se montrer généreux. Il mangeait à sa faim, buvait un pichet de vin par jour et, quand le temps virait au froid, les bons moines de l'hôpital St Barthélemy lui réservaient toujours un coin de leur cellier. Il prétendait avoir des visions, d'étranges hallucinations qui troublaient ses rêves; il affirmait voir parfois des démons aux cornes écarlates parcourir les rues de Londres. Le soir du 11 mai 1302, il s'installait confortablement sous les pendus frémissant au vent lorsqu'il eut la prémonition d'un danger imminent : ses moignons le faisaient souffrir, ses cheveux se hérissaient sur sa nuque et son estomac le torturait comme si c'était une marmite de graisse bouillonnante. Il dormit peu, d'un sommeil agité, et se réveilla au moment où se levait une forte brise : les cadavres se tordaient et se retournaient, comme entraînés dans une danse macabre. Ragwort tapota le pied d'un des pendus.

— Chut! murmura-t-il. Moins de bruit!

Il se tapit comme un chien, l'oreille tendue. C'est alors qu'il l'entendit : un claquement de sandales sur les pavés et une respiration haletante. Une forme sombre s'avançait dans sa direction. Il se rencogna dans l'obscurité, se dissimulant presque derrière les jambes des suppliciés. Il observa attentivement la silhouette qui s'approchait. Qui était-ce? Une femme? Oui, une femme. Revêtue d'une robe foncée, elle marchait d'un pas lourd. Une vieille, se dit Ragwort, en apercevant les épaules légèrement voûtées et les cheveux gris s'échappant du capuchon. Elle ne semblait pas se hâter et n'avait certes rien de menaçant. Pourquoi alors le cœur de Ragwort battait-il à tout rompre, pourquoi sa gorge se nouait-elle et sa nuque paraissait-elle se figer sous une étreinte glacée et terrifiante comme si l'un des cadavres s'était dépendu pour venir lui infliger une douce caresse? Ragwort comprit, soudain. Il avait perçu d'autres pas. Quelqu'un suivait la femme, se déplaçant avec une rapidité qui disait assez sa détermination. La première silhouette s'arrêta en entendant son poursuivant.

— Qui va là? s'écria-t-elle. Que désirez-vous?

Ragwort se raidit, le poing sur la bouche. Le Mal s'approchait. Le mendiant voulut lancer un cri d'avertissement. Quelque chose d'horrible allait advenir. Une seconde silhouette surgit des ténèbres et s'avança vers la femme âgée.

— Qui va là? répéta-t-elle. Que désirez-vous? Je suis ici pour accomplir l'œuvre de Dieu!

Ragwort gémit en silence. Ne comprenait-elle pas? Ne s'apercevait-elle pas que le Mal rampait vers elle dans l'obscurité? L'autre s'approcha. Tout ce que vit Ragwort, ce fut un habit à capuchon. La lune qui perça les nuages un instant lui permit d'entrevoir la pâleur de la chair du second intrus qui portait des sandales, lui aussi. La vieille dame se détendit.

— Ah, c'est vous! s'exclama-t-elle, acerbe. Que désirez-vous?

Ragwort ne comprit pas ce que l'autre marmonna. Les deux personnages se rapprochèrent. Le cul-de-jatte surprit l'éclair de l'acier et se couvrit les yeux. Il entendit le poignard, aiguisé comme un rasoir, trancher peau, veines et trachée. Un cri affreux déchira le silence, interrompu brusquement par un épouvantable gargouillis : la femme s'étouffait avec le sang qui lui remplissait la gorge. Puis elle s'écroula sur les pavés. Ragwort rouvrit les yeux. L'autre avait disparu. La vieille dame gisait en une masse informe. Elle eut un dernier spasme tandis que le gueux, paralysé de peur, ne pouvait détourner le regard du filet de sang qui serpentait vers lui.

Deux jours plus tard, au coin d'Old Jewry et de

Lothbury, dans la soupente d'une maison qui avait connu des jours meilleurs, Isabeau la Flamande comptait les pièces soigneusement empilées, fruit de son dur labeur de la nuit. Elle avait eu trois clients : un jeune noble plein d'allant et de vigueur, un garde de la Tour et un vieux marchand de Bishopsgate qui aimait à la ligoter tandis qu'il restait étendu à ses côtés. Isabeau esquissa un sourire. C'était avec lui que les choses étaient le plus faciles : rapidement satisfait, il la couvrait d'espèces sonnantes et trébuchantes pour la remercier. Elle dénoua les rubans de sa chevelure d'un roux agressif et libéra, d'un geste vif, la masse de ses boucles qui lui ruisselèrent sur les épaules. Elle se débarrassa en deux temps, trois mouvements de sa robe de damas bleu qui alla rejoindre le petit tas formé par sa chemise, ses chausses et ses jarretelles. Puis elle se regarda dans un morceau de métal poli qui lui servait de miroir. C'était le même rituel tous les soirs. Elle suivait ainsi les conseils de la vieille Trousse-draps :

— Une fille qui prend soin d'elle-même, avait gloussé la mère maquerelle, vit longtemps et reste jeune. Ne l'oublie jamais, Isabeau !

La ribaude alla vers la bassine en étain du lavarium et, s'emparant d'une éponge et d'un savon de Castille offert par un capitaine génois reconnaissant, se mit à laver méticuleusement son corps d'albâtre délicat. Soudain, elle sursauta en entendant un petit oiseau se débattre sous la charpente et se heurter aux vantaux de bois. Puis un chat en maraude, dans la venelle obscure, lança ses miaulements éraillés au clair de lune. Isabeau interrompit ses ablutions pour écouter la vieille bâtisse craquer de toutes ses poutres. Il lui fallait être prudente. Le tueur avait déjà occis quatorze — ou était-ce plus ? — de ses compagnes. Il leur avait tranché si violemment la gorge que leurs têtes n'étaient plus rattachées au tronc que par des lambeaux d'os et de muscles. Isabeau avait vu l'une de ces dépouilles : celle d'Amasis, la jeune Française si élégante qui faisait les cent pas dans Milk Street. Isabeau revint à sa toilette, se passant l'éponge sur le corps avec un plaisir sensuel. Elle soupesa ses seins fermes de jeune femme et caressa son ventre plat et musclé. Tout d'un coup, elle entendit du bruit dans l'escalier mais, pensant que ce n'était qu'un rat affamé, prit une serviette et se sécha. Ensuite elle posa la bougie sur un petit coffre, près de l'énorme lit recouvert d'un édredon de duvet de cygne, et elle revêtit sa chemise de nuit chiffonnée.

— Isabeau ! appela-t-on doucement.

Elle se retourna et fixa l'huis.

— Isabeau ! Isabeau ! Il faut que je te parle ! S'il te plaît !

La fille reconnut la voix et se dirigea nonchalamment vers l'entrée de la pièce. Elle tira les lourds verrous en fer et ouvrit la porte d'un geste brusque : une silhouette encapuchonnée se tenait sur le seuil, abritant de la main une petite bougie.

— Que voulez-vous ?

Isabeau recula.

— Pas maintenant, pas à cette heure-ci de la nuit ! jeta-t-elle d'un ton narquois.

— Écoute ! répondit le visiteur inattendu. Prends la bougie !

Elle tendit la main et vit, en une fraction de seconde, la large lame filer vers sa tendre gorge fragile. Une douleur atroce la transperça et elle s'effondra, tandis que son sang jaillissait à flots de son corps propre comme un sou neuf.

Le palais du Louvre, non loin de la haute masse de

Notre-Dame, abritait un dédale de couloirs et de passages secrets. Certains se terminaient en culs-de-sac. D'autres tournaient et serpentaient tellement que les intrus, complètement désorientés, s'y perdaient vite. Le cœur de ce labyrinthe, le centre de cette grande toile d'araignée, c'était le cabinet secret de Philippe IV[1]. Les murs lambrissés de cette pièce octogonale n'étaient percés que de deux meurtrières haut placées. Un tapis de laine, d'une épaisseur de près de un pied, recouvrait le sol sur toute sa surface. Le monarque aimait cet endroit. On n'y entendait aucun son. La porte se confondait habilement avec les lambris ; il était donc difficile d'entrer et, pour l'étourdi, plus gênant encore d'en sortir. Cette salle était constamment illuminée par des douzaines de bougies de cire vierge, les meilleures que pouvait fournir le chambellan. Le centre en était occupé par une table carrée en chêne, protégée par de la serge verte et entourée d'une chaise à haut dossier et de deux énormes coffres à six serrures. Chacun de ces coffres contenait une cassette, elle-même fermée par cinq cadenas, qui protégeait le courrier privé du roi ainsi que les comptes rendus et les notes de ses espions disséminés dans toute l'Europe. C'est là que Philippe IV tissait la toile des mensonges et des tromperies qui piégeaient les autres souverains, fussent-ils roi ou pape.

Pour l'instant, confortablement installé dans sa cathèdre, il fixait le plafond constellé d'étoiles or et argent en tapotant doucement la table. En face de lui siégeait son chancelier et garde du Sceau privé, l'apostat Guillaume de Nogaret[2]. Ce maître des secrets passait

1. Philippe IV le Bel (1268-1314) régna de 1285 à 1314. *(N.d.T.)*
2. Guillaume de Nogaret (1270-1313) : juriste, conseiller et garde du Sceau de Philippe IV. *(N.d.T.)*

en revue, à voix basse mais précipitée, les derniers événements survenus dans les différentes cours européennes, tout en observant le plus impassible des monarques. Philippe, surnommé le Bel de par sa chevelure d'or étincelant, ses yeux bleu clair et son long visage pâle, avait vraiment la prestance d'un roi. Il émanait de lui une impression de majesté, aussi forte que le parfum exotique d'une femme ou d'un godelureau de la Cour. Mais Guillaume de Nogaret savait que son maître était en réalité un renard rusé et retors, aux traits et aux gestes indéchiffrables, qui laissait à autrui le soin de deviner ses intentions.

Le chancelier s'interrompit et déglutit nerveusement. Il déplaça légèrement son siège, car il n'ignorait pas que s'ouvrait à côté de lui une trappe commandée par un levier dissimulé sous la table du souverain, trappe qui donnait dans un affreux cachot. Guillaume de Nogaret savait ce qui arriverait si elle s'ouvrait brusquement. Il avait vu, de ses propres yeux, une victime aller s'empaler sur des pointes d'acier acérées.

— Et alors, Guillaume ? murmura le roi.
— Il y a le problème des finances, Sire.

Le regard de Philippe IV se posa paresseusement sur son conseiller.

— Nous avons les impôts.

Le chancelier cilla. Ses yeux étaient noirs sous les paupières tombantes. Il se passa délicatement la main sur le visage, soulignant ainsi ses traits creusés et crispés.

— Sire, une guerre avec la Flandre va vider le Trésor.
— Nous emprunterons !
— Les Lombards ne veulent plus prêter !
— Les marchands le feront !

— Ils sont imposés jusqu'à la garde.
— Alors que suggérez-vous, Guillaume ?
— L'Église !

Un léger sourire aux lèvres, le monarque jeta un regard dur sur son garde du Sceau.

— Cela ne vous déplairait pas, n'est-ce pas ? Vous aimeriez bien voir l'Église imposée, hein ?

Il se pencha, entrelaçant ses doigts fuselés.

— D'aucuns affirment, Guillaume, que vous ne croyez ni en notre Sainte Mère l'Église, ni en Dieu, ni en Notre-Seigneur !

Guillaume de Nogaret lui opposa un regard vide :

— Certains en disent autant de vous, Sire.

Le monarque écarquilla des yeux faussement candides.

— Mais mon grand-père était Saint Louis tandis que le vôtre, Guillaume, fut condamné pour hérésie, ainsi que votre mère, mis dans un tonneau de goudron et brûlé en place publique.

Le souverain prit plaisir à voir le visage de son interlocuteur se durcir de colère. Il aimait que les autres perdent leur calme et révèlent leur vraie nature. Il se carra sur son siège avec un soupir.

— Assez ! Assez ! murmura-t-il. Nous ne pouvons ni ne voulons imposer l'Église.

— Alors, nous ne pouvons ni ne voulons envahir la Flandre, rétorqua le chancelier en parodiant le souverain.

Le roi dissimula sa fureur sous un sourire. Il lissa lentement la toile de serge qui recouvrait la table.

— Prenez garde, Guillaume, lança-t-il à mi-voix. Vous êtes mon bras droit.

Le roi leva la main.

— Mais si mon bras droit savait ce que faisait mon bras gauche, je n'hésiterais pas à le trancher.

Puis, se retournant, il prit un pichet de vin et remplit une coupe en contemplant les bulles et le mouvement du liquide près du bord. Il l'offrit à Nogaret.

— Et maintenant, mon garde du Sceau, trêve de paroles ! J'ai besoin d'argent et vous, vous avez un plan.

Guillaume de Nogaret sirota sa boisson et croisa son regard.

— Vous avez un plan, n'est-ce pas ? répéta Philippe.

Nogaret reposa sa coupe :

— En effet, Sire ! Mais cela va nous obliger à intervenir dans les affaires anglaises.

Il se pencha et prit la parole d'une voix posée.

Philippe l'écouta, les bras croisés, imperturbable, mais, sous son masque d'impassibilité, il buvait le miel qui coulait de la bouche de son conseiller, à mesure que ce dernier exposait son idée.

CHAPITRE PREMIER

Au palais de Winchester, Édouard d'Angleterre[1] était affalé dans l'embrasure d'une fenêtre de sa garde-robe, située derrière la salle du trône. Il observait l'un de ses lévriers qui attrapait goulûment des restes de gaufres sucrées dans un plat d'argent incrusté de pierres fines. Soudain le chien gagna, en quelques bonds souples, l'autre bout de la pièce et y fit bruyamment ses besoins. Le roi sourit *in petto* et dévisagea, sous ses sourcils broussailleux, les deux hommes assis sur des tabourets devant lui. Le plus âgé, John de Warrenne, comte de Surrey, avait un regard dénué d'expression. Le monarque détailla le visage cruel, le nez busqué, le menton carré et les yeux qui lui rappelaient vaguement ceux du lévrier. « Warrenne, songea-t-il distraitement, doit bien avoir une cervelle sous ses cheveux coupés ras, mais je n'en jurerais pas. » Warrenne n'avait jamais d'idée originale. Sa réaction habituelle était de sonner la charge et de tuer l'ennemi. En son for intérieur, Édouard le surnommait son lévrier : il

---

1. Édouard Ier d'Angleterre (1239-1307) régna de 1272 à 1307. *(N.d.T.)*

plantait ses crocs dans tout ce que lui désignait son maître. Mais pour l'heure, le comte ne quittait pas son souverain des yeux. Abasourdi devant le flot de ses questions irritées, il attendait ses ordres. Bien que ce fût le début de l'été, il portait encore une cape de laine épaisse sur son éternelle cotte de mailles et ses jambières militaires en laine brune, enfoncées dans de vastes bottes dont il n'avait pas ôté les éperons. Le roi se mordilla les lèvres. Le comte ne changeait-il jamais de vêtements ? se demanda-t-il. Que faisait-il quand il allait se coucher ? Son épouse Alice avait-elle les marques des mailles imprimées sur sa douce peau blanche ?

Le monarque jeta un bref regard au second personnage : vêtu simplement d'une cotte-hardie[1] bleu foncé, barrée d'une large ceinture de cuir, ce dernier était aussi différent de Warrenne que l'eau du feu. Ses épais cheveux noirs, indisciplinés et piquetés de gris, encadraient un visage sombre et glabre au teint mat, dans lequel brillaient des yeux profondément enfoncés. Hugh Corbett, clerc principal, émissaire spécial du roi, garde du Sceau privé, se vit adresser par son souverain un clin d'œil appuyé.

— Comprenez-vous mon problème, Hugh ? s'exclama Édouard d'un ton rogue.

— Oui, Sire !

— Oui, Sire ! l'imita le monarque.

Son visage tanné se fendit en une grimace narquoise. Les lèvres retroussées, il avait plus l'air d'un molosse furieux que de l'Oint du Seigneur. Il se leva et étira son corps puissamment charpenté jusqu'à faire craquer ses jointures, puis se passa la main dans sa chevelure gris

---

1. Cotte-hardie : variété de surcot à jupe ample pour les deux sexes. *(N.d.T.)*

acier qui, telle la crinière d'un lion, lui tombait sur la nuque.

— Oui, Sire ! répéta-t-il d'un ton moqueur. Bien sûr, Sire ! Si tel est votre désir, Sire !

Il donna un violent coup de botte dans le tabouret du clerc.

— Allons, Messire Corbett, exposez-moi la situation.

Le clerc aurait bien aimé dire ses quatre vérités à son gracieux souverain : qu'il était arrogant, colérique, cruel, vindicatif et qu'il s'abandonnait à des accès de rage qui ne lui profitaient guère. Mais il n'en fit rien et, les mains croisées sur ses genoux, se contenta de soutenir le regard de son maître.

Ce dernier portait encore ses habits de chasse vert foncé. Ses bottes, jambières et surcot étaient maculés de boue et il dégageait des relents de sueur à chaque mouvement. Corbett se demanda qui empestait le plus : le roi ou son lévrier ? Édouard se pencha vers son clerc qui ne broncha pas devant les yeux pailletés d'ambre sous les paupières rougies.

Le monarque était d'une humeur massacrante, comme toujours au terme d'une partie de chasse, car le sang bouillonnait encore dans ses veines.

— Dites-moi, demanda-t-il à Corbett d'une voix doucereuse, dites-moi donc quel est notre problème.

— Sire, d'abord vous avez la rébellion écossaise sur les bras. Son chef, un certain William Wallace, s'est avéré un valeureux combattant et un meneur-né.

Corbett surprit une lueur d'agacement sur le visage de son souverain, mais il poursuivit :

— Wallace utilise à merveille les marécages, fondrières, brumes et forêts de son Écosse natale pour lancer ses attaques, mettre sur pied ses escarmouches et tendre de sanglantes embuscades. On n'arrive pas à l'encercler et il surgit là où on l'attend le moins. En deux mots, Sire, conclut Corbett avec une moue sarcastique, il fait tourner en bourrique votre fils, le prince de Galles, qui commande votre armée.

Son interlocuteur eut un sourire forcé.

— Et en deux mots, Messire Corbett, quelle est la deuxième partie de mon problème ?

Le clerc lorgna Warrenne : aucun secours à espérer de ce côté-là, le comte semblait avoir été transformé en statue de pierre et Corbett se demanda, une fois de plus, si John de Warrenne, comte de Surrey, avait bien toutes ses facultés.

— La deuxième partie du problème, Sire, c'est que Philippe de France masse ses troupes sur ses frontières nord et que, d'ici un an, il lancera une offensive de grande envergure contre la Flandre. Bien sûr, si Dieu le veut, il sera vaincu, mais dans le cas contraire, il agrandira son empire, supprimera un de nos alliés, ruinera le commerce de la laine et harcèlera nos bateaux.

Le roi Édouard applaudit lentement en se levant :

— Et la troisième partie du problème ?

— Vous nous avez confié que vous aviez reçu une lettre du lord-maire de Londres, Sire, mais sans nous en révéler la teneur.

Le monarque s'assit sur son tabouret et sortit de son surcot un parchemin blanc qu'il déroula. Sa mine se fit grave.

— En effet, déclara-t-il. C'est une lettre du lord-maire et du conseil de Londres. Ils implorent notre aide. Il y a un tueur, un maudit scélérat qui s'amuse à trancher la gorge des catins, courtisanes et autres prostituées dans toute la ville.

Corbett ricana :

— Depuis quand la mort de simples ribaudes émeut-elle les édiles de la capitale ? Parcourez les ruelles de Londres au cœur de l'hiver, Sire, et vous trouverez plus d'une pauvre fille vieillie avant l'âge et crevant de faim sur les marches d'une église ou morte de froid dans un fossé.

— Ceci, c'est différent, intervint Warrenne, tournant la tête lentement comme s'il remarquait, pour la première fois, la présence de Corbett.

— Qu'est-ce qui est différent, Monseigneur ?

— Ce ne sont pas de simples putains, mais des courtisanes de haut rang.

Le clerc sourit.

— Vous trouvez cela amusant, Corbett ?

— Non ! Mais il y a autre chose, n'est-ce pas ?

Le roi Édouard balança le petit rouleau entre ses doigts.

— Oui ! concéda-t-il d'une voix lasse. Ces courtisanes sont au courant de bien des secrets. Elles ont déclaré sans ambiguïté aux shérifs et aux autorités de la ville que si rien n'était fait, nos belles compagnes de la nuit allaient crier sur les toits ce qu'elles savaient.

Le sourire de Corbett s'élargit :

— Je donnerais tout l'or du monde pour voir ça ! Le linge sale de nos bourgeois vertueux lavé en public !

Cette pensée eut l'heur de réjouir le souverain :

— J'aimerais en dire autant, mais ce sont ces bourgeois qui paient mes impôts. La cité de Londres offre des prêts sans intérêts.

Édouard prit un ton rogue :

— Vous voyez le problème, à présent, Corbett. J'ai besoin d'argent pour empêcher Philippe d'entrer en Flandre et pour chasser Wallace d'Écosse. Sinon, mes armées fondront comme neige au soleil.

Le monarque se retourna en se raclant la gorge et cracha dans la jonchée[1].

— Je me moque éperdument de ces filles, je me moque éperdument des bourgeois. Je veux leur or, un point c'est tout ! Et ma vengeance !

— Comment cela, Sire ? s'étonna Corbett.

Édouard, l'air maussade, fixa le lévrier prêt à lever la patte sur une tenture. Il enleva négligemment sa botte et la lança sur le chien qui détala en glapissant.

— Des catins ont péri, certes, répondit le roi, mais il y a deux autres morts que je n'accepte pas.

Il prit une profonde inspiration.

— Il existe à Londres une congrégation de veuves de haut lignage, les Dames de sainte Marthe. Ce sont des laïques qui se consacrent aux bonnes œuvres, plus précisément aux besoins spirituels et matériels des jeunes prostituées. J'ai octroyé à ces Dames une protection personnelle. Elles se réunissent dans le chapitre de l'abbaye de Westminster et là prient et mettent sur pied leurs activités. Elles accomplissent un travail remarquable sous la direction de leur supérieure, Lady Imelda de Lacey, dont l'époux a combattu à mes côtés à la croisade. L'avez-vous jamais rencontré, Corbett ?

Le clerc fit signe que non et observa soigneusement son souverain. Ce dernier était un personnage étrange. Il pouvait lâcher des chapelets de jurons et se montrer violent, perfide, sournois, cupide et vindicatif, mais il tenait toujours parole. L'amitié lui était aussi sacrée que la sainte messe. Il se rappelait surtout ses compagnons de jeunesse, ces chevaliers qui les avaient

---

1. Jonchée : en été, le sol était recouvert d'un mélange de joncs et de rameaux appelé jonchée. En hiver, il était recouvert de paille. *(N.d.T.)*

accompagnés en Palestine, lui et son épouse bien-aimée, la reine Aliénor, à présent décédée[1]. Si l'un d'eux était attaqué ou ses intérêts lésés, il agissait avec la rapidité et la force de la foudre. Corbett ressentit une certaine peur. Il avait promis à sa femme, Maeve, qu'il rentrerait à Londres et les amènerait, elle et leur fille de trois mois, Aliénor, rendre visite à sa famille au pays de Galles. Il redoutait d'avance ce que le roi allait lui demander.

— L'une de ces Dames de sainte Marthe, Lady Catherine Somerville, reprenait lentement le roi, était la veuve d'un de mes plus chers compagnons. Il y a deux semaines, elle revenait de Westminster en passant par Holborn, accompagnée d'une amie qui la quitta à St Barthélemy, lorsqu'elle prit un raccourci par Smithfield pour regagner sa demeure située près de Barbican. Elle n'y arriva jamais. On retrouva son corps le lendemain, gisant près du gibet. Elle avait eu la gorge tranchée d'une oreille à l'autre. Elle est morte de la même façon que les prostituées qu'elle essayait d'aider. Qui donc, s'exclama le roi, le regard flamboyant de colère, qui donc peut tuer une vieille dame de manière si barbare ? Je veux la venger, murmura-t-il. J'exige qu'on arrête son assassin. Les édiles de la capitale sont en émoi. Ils se refusent à voir leurs noms traînés dans la boue et demandent à ce que les veuves de hauts personnages soient protégées.

— Vous avez parlé de deux morts, Sire ?

— En effet. Il y a une petite maison sur le domaine de l'abbaye de Westminster. J'avais obtenu de l'abbé et des moines qu'ils la donnent en bénéfice[2], sinécure et

---

1. Aliénor de Castille (?-1290) : épouse bien-aimée d'Édouard Ier, fille de Ferdinand III. *(N.d.T.)*
2. Bénéfice : titre, dignité ecclésiastique accompagnée d'un revenu qui n'en pouvait être séparé. *(N.d.T.)*

traitement à un de mes vieux chapelains, le père Benedict. C'était un saint prêtre qui aimait son prochain et consacrait sa vie à faire le bien. La nuit qui suivit le meurtre de Lady Somerville, le père Benedict périt dans l'incendie de sa cabane.

— Un assassinat, Sire ?

Le souverain grimaça :

— Cela avait l'air d'être un accident, mais je suis convaincu que c'était un meurtre. Le père Benedict était certes âgé, mais c'était un vieillard alerte et prudent. Je ne comprends pas pourquoi il n'a pas pu sortir alors qu'il était parvenu jusqu'à la porte et tenait même la clé toute prête.

Le monarque écarta les doigts et examina, sur le dos de sa main, la vieille cicatrice due à un coup d'épée.

— Et je m'empresse de préciser, Corbett, qu'il y a un rapport entre ces deux morts. Le père Benedict était le chapelain des Dames de sainte Marthe.

— Y a-t-il un mobile ?

— Par Dieu, je l'ignore.

Édouard se leva et claudiqua pour aller ramasser sa botte. Corbett sentit qu'il taisait quelque chose.

— Il y a un autre problème, n'est-ce pas, Sire ?

Warrenne tira sur un fil de sa cape, comme s'il avait découvert l'objet le plus merveilleux de la pièce. L'appréhension de Corbett s'accrut.

— Oui. Une de vos vieilles connaissances est de retour à Londres.

— Une vieille connaissance ?

— Le seigneur Amaury de Craon, l'émissaire personnel de Sa Majesté Très Chrétienne, Philippe de France. Il a loué une maison dans Gracechurch Street et y a installé sa suite — assez modeste, d'ailleurs. Il m'a transmis des lettres dans lesquelles mon frère, le roi de France, proteste de son amitié. J'ai accordé des sauf-conduits à de Craon, mais si ce scélérat est ici, c'est que des ennuis se profilent à l'horizon et cela ne me dit rien qui vaille.

Corbett se frotta le visage. De Craon était l'agent spécial de Philippe. Sa venue s'accompagnait toujours d'une cohorte de trahisons, de complots, d'intrigues et de révoltes.

— De Craon est peut-être un scélérat, rétorqua Corbett, mais ce n'est pas un tueur de bas étage. Il ne peut pas avoir trempé dans ces crimes !

— Pas plus que les mouches qui grouillent sur la merde n'en sont responsables, riposta Warrenne.

— Belle image, Monseigneur !

Corbett se retourna vers son souverain, adossé au mur.

— En quoi cela me concerne-t-il, Sire ? Vous m'aviez promis de me libérer de mon service pendant deux mois lorsque vous auriez réglé vos affaires dans l'Ouest.

— Vous n'êtes qu'un simple clerc ! railla Warrenne du coin des lèvres.

— Je vous vaux bien, Monseigneur !

Le vieux comte rota longuement et bruyamment en détournant les yeux.

— Vous allez vous rendre à Londres, Hugh !

— Vous m'aviez donné votre parole, Sire !

— Allez au diable, Corbett ! J'ai besoin de vous à Londres. Je veux que vous mettiez un terme à ces assassinats, que vous en trouviez l'auteur et le fassiez pendre à Tyburn. Je veux que vous découvriez ce que trament de Craon et son compagnon Raoul de Nevers ! Ce que cherchent ces fouille-merde !

— Qui est ce de Nevers?

— Dieu seul le sait! Un Français de petite noblesse à l'allure et aux manières de courtisan.

Le roi grimaça.

— Tous les deux se sont fort intéressés à vous. Ils ont même rendu une visite de courtoisie à Lady Maeve.

Corbett sursauta. Un frisson de terreur le parcourut. Les manigances de De Craon étaient une chose, mais de Craon sous son propre toit avec son épouse et son enfant, c'était une autre paire de manches.

— Vous irez à Londres, Hugh?

— Oui, Sire! J'y prendrai ma femme et ma fille, et en compagnie de notre maisonnée, nous partirons, comme prévu, pour le pays de Galles.

— Il n'en est pas question, par Dieu!

Corbett se leva.

— Par Dieu, Sire, c'est ce que je ferai!

Il s'arrêta près de Warrenne et le regarda:

— Et vous, Monseigneur, vous devriez boire plus de lait! Cela vous débarrasserait de vos aigreurs d'estomac!

Le clerc se dirigea vers le seuil, mais fit soudain volte-face en entendant le sifflement de l'acier. Édouard, près du trône, venait de sortir sa grande épée du fourreau, qui pendait au dossier de la chaise.

— Vous avez l'intention de me tuer, Sire?

Édouard se contenta de lui jeter un coup d'œil furieux. Corbett comprit qu'il était au bord d'une de ses crises de colère spectaculaires. Il en reconnaissait les symptômes: visage pâle, lèvres mordillées, gestes de menace avec l'épée, coups de pied nerveux dans la jonchée. Comme un gamin, songea Corbett, comme un enfant gâté qu'on empêche de faire ses quatre volontés. Le clerc revint vers l'huis. La coupe lancée par le monarque manqua sa tête de justesse et alla rebondir sur la porte avant qu'il ne l'atteignît. Corbett allait soulever le loquet lorsqu'il sentit la pointe d'une dague sur son cou. Warrenne se tenait derrière lui. Un mot du roi et Corbett était un homme mort! La garde de son poignard fut repoussée dans sa ceinture.

— Et maintenant, Monseigneur? murmura le clerc en observant, par-dessus son épaule, le souverain qui, affalé sur le trône, le suppliait du regard, tout courroux envolé.

— Revenez, Hugh! marmonna Édouard. Pour l'amour de Dieu, revenez!

Il jeta son épée dans la jonchée. Le clerc comprit, avec sa perspicacité habituelle, que la patience royale était à bout. Il s'avança vers lui.

— Rengainez votre dague, Warrenne. Nous sommes amis, par le ciel, pas trois voyageurs ivres dans une taverne! Corbett, asseyez-vous!

Il scruta le visage du clerc. Ce dernier vit les yeux du monarque s'embuer de larmes et grogna en son for intérieur. Il pouvait affronter un roi déchaîné, mais pas un roi larmoyant, à la fois pitoyable et extrêmement dangereux. Il avait dernièrement assisté à une rencontre entre le souverain et sa fille aînée. Celle-ci avait contracté un mariage secret avec un soupirant que son père considérait comme indigne d'elle. Édouard était passé du courroux aux larmes, puis, voyant que cela n'était guère efficace, il en était venu aux coups et avait jeté au feu les bijoux de sa fille avant de bannir la pauvre princesse et son époux dans le manoir le plus glacial de tout le pays. Ses accès de rage pouvaient avoir des conséquences encore plus graves. Certaines villes écossaises qui avaient eu la témérité de résister à un siège avaient été prises d'assaut et toute la population — femmes et enfants y compris — massacrée sans pitié.

Le monarque claqua des doigts. Warrenne, sa dague rengainée, leur servit du vin, puis se rassit en avalant bruyamment sa boisson et en lançant au clerc des regards torves, comme s'il mourait d'envie de lui trancher la tête.

— Je suis abandonné de tous ! se lamenta le roi. Ma bien-aimée Aliénor est morte. Burnell a disparu, lui aussi. Vous souvenez-vous de ce vieux gredin, Hugh ? Par la gueule de l'enfer, je regrette de ne pas l'avoir à mes côtés en ce moment !

Il essuya ses larmes d'un revers de main. Corbett s'installa plus confortablement pour admirer Édouard — l'acteur jouant un de ses rôles favoris : le monarque chenu pleurant la gloire passée. Corbett n'avait pas oublié, bien sûr, Aliénor, la belle épouse castillane de son souverain. Lorsqu'elle était en vie, le roi réprimait ses emportements. Quant au chancelier Burnell, évêque de Bath et Wells, c'était un fin renard qui avait aimé Corbett comme son propre fils.

— Tous sont partis, gémit à nouveau le roi. Mon fils me hait, mes filles épousent qui elles veulent. J'offre paix et prospérité aux Écossais, qui me les jettent à la figure, et Philippe de France joue au chat et à la souris avec moi.

Il saisit le poignet de Corbett.

— Mais je vous ai, Hugh, mon bras droit, mon épée, mon bouclier et mon défenseur !

Corbett se mordit brusquement les lèvres. Il ne devait pas sourire, ni regarder Warrenne qui avait plongé le visage dans son hanap.

— Je vous en supplie, l'implora Édouard. J'ai besoin de vous, Hugh, juste pour cette fois-ci ! Allez à

Londres et réglez cette affaire ! Vous verrez votre épouse et votre petite fille.

Il resserra sa prise.

— Vous l'avez prénommée Aliénor. Je ne l'oublierai pas. Vous irez, n'est-ce pas ?

Sa poigne de fer se durcit encore.

— Oui, Sire ! Mais quand toute cette affaire sera élucidée et la partie gagnée, tiendrez-vous votre parole ?

Édouard sourit hardiment, mais Corbett lut la moquerie dans ses yeux.

— Je ne suis pas un pion, Sire ! protesta le clerc à mi-voix.

Il coula un regard de côté vers le comte : celui-ci ne se gaussait-il pas de lui ?

— Warrenne ! lança Corbett d'un ton tranchant.

Le comte leva la tête.

— La prochaine fois que vous me menacerez de votre dague, Monseigneur, je vous enverrai *ad patres* !

Corbett se dirigea vers la porte.

— Hugh, revenez !

Le roi, debout, balançait l'épée entre ses mains.

— Vous n'êtes pas un pion, Corbett, mais vous me devez tout. Vous connaissez tous mes secrets. Je vous ai octroyé un bon manoir à Leighton et vous êtes riche, à présent. Maintenant, je vais vous offrir plus ! Agenouillez-vous !

Surpris, Corbett mit genou en terre tandis que le monarque s'empressait de le toucher du plat de l'épée sur la tête et les épaules, avant de lui donner une petite tape sur la joue.

— Je vous fais chevalier !

Proclamation simple et laconique ! Corbett, embarrassé, épousseta son habit. Édouard remit l'épée dans son fourreau.

— Dans un mois, la Chancellerie vous enverra vos lettres d'anoblissement. Eh bien, Corbett! Qu'en dites-vous?

— Que ma reconnaissance vous est acquise, Sire!

— Sottises! grogna son interlocuteur. Si Warrenne vous avait menacé à nouveau et que vous l'aviez tué, j'aurais été forcé de vous faire exécuter. Mais à présent, vous êtes chevalier, vous avez titre et bonnes terres. Ce sera un combat entre pairs.

Il serra la main de Corbett entre les siennes.

— Partez maintenant, mes clercs rédigeront les mandats nécessaires, vous donnant autorité en mon nom.

Corbett sortit en toute hâte, secrètement ravi de l'honneur, mais maudissant doucement son souverain qui était arrivé à ses fins.

Dans la pièce, Warrenne s'essuya les yeux, sa grande carcasse secouée par le rire devant la duplicité du roi. Celui-ci, ravi de l'admiration du comte, laissa passer quelques secondes avant de se pencher vers lui.

— John, murmura-t-il, je vous aime comme un frère, mais si vous tirez encore votre dague contre Corbett, je vous expédie dans l'autre monde moi-même, foi de monarque!

De retour dans ses appartements, Corbett rassembla machinalement ses affaires et les fourra dans ses fontes de selle. Maeve serait folle de rage, songeait-il. Son beau visage placide se pincerait de colère, ses yeux s'étréciraient et lorsqu'elle ouvrirait la bouche, ce serait pour accabler de malédictions le roi, la Cour et les obligations de son époux. Corbett sourit en son for intérieur. Elle se calmerait vite, rassérénée par son titre de chevalier, et s'accorderait une petite pause avant de redoubler d'invectives contre leur gracieux souverain. Puis il pensa à sa petite Aliénor, qui, à trois mois, promettait déjà d'être aussi belle que sa mère. Pleine de vie et un corps mignon à croquer. Corbett avait désiré un fils — on l'avait assez taquiné là-dessus! —, mais en fait, ce qui lui importait, c'était que Maeve et l'enfant fussent en bonne santé. Il s'assit sur le bord du lit et écouta distraitement les bruits qui montaient de la cour en contrebas. Mon Dieu! Faites que l'enfant reste en bonne santé! Il se souvint de sa première épouse, Mary, et de leur petite fille, mortes bien des années auparavant. Parfois, leurs visages surgissaient avec netteté dans son esprit, mais d'autres fois, ils semblaient disparaître dans une brume épaisse et tenace.

— Non! Il ne faut pas que cela arrive une deuxième fois! pria Corbett à voix basse en tapotant le sol de ses bottes. Non, il ne le faut pas!

Il prit la flûte posée sur le lit et en tira quelques accents mélodieux. Les yeux clos, il revécut le passé en une fraction de seconde. Mary était à ses côtés et la petite fille que la peste allait si vite emporter trottinait devant elle d'une démarche hésitante. D'autres souvenirs le submergèrent : le regard perspicace et matois de Robert Burnell, les traits délicats et passionnés d'Alice-atte-Bowe[1]. Et puis, les visages d'hommes tués ou pris sur le fait, coupables de terribles trahisons ou de crimes subtils. Il songea à l'irascibilité croissante et aux dangereuses sautes d'humeur du roi et se demanda combien de temps il resterait à son service.

« J'ai bien assez d'or! se dit-il. Et un bon manoir dans l'Essex. » Il hocha distraitement la tête. « Édouard ne veut pas me laisser partir, mais lui reste-t-il long-

---

1. Voir *Satan à St Mary-le-Bow*, coll. 10/18, n° 2776.

temps à vivre ? » Le regard rivé au sol, il fit glisser la flûte dans ses mains, caressant avec plaisir le bois poli.

— Envisager la mort du souverain est de la haute trahison, chuchota-t-il.

Mais le roi avait la soixantaine. Qu'arriverait-il à sa mort ? Le prince de Galles, grand jeune homme blond, était d'une tout autre trempe : amateur de chasse et de beaux garçons, il goûtait fort les joies du lit et de la table.

A la mort d'Édouard, se demandait Corbett, que ferait son successeur ? Le nouveau monarque l'emploierait-il ou le remplacerait-il ? Que dirait Maeve ? A la pensée de son épouse, Corbett se rappela ce qu'avait annoncé le roi au sujet de De Craon.

— Que cherche donc ce goupil, ce maudit rouquin ? s'interrogea-t-il à mi-voix.

Il se leva du lit pour s'approcher de la table qui croulait sous les parchemins. Deux feuilles attirèrent son attention : l'une, du vélin sale et maculé de traces de doigts, était couverte d'un mélange de chiffres et de signes cabalistiques, code employé par son agent à Paris ; l'autre était la traduction de ces phrases codées, nettement rédigée à l'encre bleu-vert par l'un des clercs du Sceau privé. Corbett s'en empara, la parcourut rapidement et poussa un juron. Il avait eu l'intention de mettre le roi au courant. L'agent, qui se faisait passer pour un négociant venu à Paris acheter du vin, avait aperçu le hors-la-loi et fugitif anglais Richard Puddlicott en compagnie du garde du Sceau de Philippe IV, Guillaume de Nogaret, dans une taverne près du grand portail du Louvre. Puddlicott était recherché en Angleterre pour vol, assassinat — il avait tué un courrier royal — et surtout pour escroquerie. On n'avait pas son signalement précis, mais ses agissements frauduleux avaient fait s'envoler les bénéfices de plus d'un marchand. Autrefois clerc à Cambridge, il utilisait à présent son intelligence remarquable et son esprit d'à-propos pour soutirer à ses victimes leur argent durement gagné. Il réapparaissait à intervalles réguliers, soit en Angleterre, soit en France, prêt à jouer ses tours pendables. Aucun représentant de la loi n'était parvenu à lui mettre la main au collet. L'agent de Corbett à Paris le décrivait comme étant un blond rubicond à la légère claudication. Pourtant le sénéchal de Bordeaux le signalait comme étant un brun au teint cireux et au corps bien découplé.

Corbett relut la lettre. Tout ce que son agent avait pu apprendre, c'était que le garde du Sceau avait parlé à Puddlicott, mais il ignorait quelle avait été la teneur de leur conversation. Guillaume de Nogaret avait semblé prêter une oreille fort attentive et bienveillante aux propos de Puddlicott.

« J'aurais dû le dire au roi ! » se morigéna Corbett avant de se diriger à grands pas vers le seuil, les documents dans sa main crispée, et d'ordonner d'une voix de stentor à un clerc de les apporter immédiatement au monarque.

Ensuite il contempla la pièce en désordre. L'agitation, née de l'entrevue avec son souverain, s'était apaisée et il décida qu'il valait mieux partir sur-le-champ.

— Plus vite je serai en route, plus vite j'en aurai fini, marmonna-t-il. Bon, où se trouve mon fidèle et honnête Ranulf ?

L'honnête Ranulf, son serviteur, était en compagnie de gardes de la Maison du roi. Accroupi dans un coin de la grand-salle, il leur faisait précautionneusement miroiter les délices d'une partie de dés. Le visage blême sous sa tignasse rousse, il arborait un air sérieux et ses yeux pers, pareils à ceux d'un chat, parcouraient la pièce sans ciller.

Il murmura d'un ton solennel :

— Je ne m'y connais guère en dés.

Les soldats grimacèrent un sourire à l'idée qu'ils allaient plumer un pigeon. Ranulf fit tinter ses pièces.

— Mon compagnon et moi avons quelques économies !

Il se retourna vers Maltote, le palefrenier de Corbett. Ce blond au visage replet, qui avait l'allure d'un garçon de ferme sans malice, fixait les soldats d'un regard de hibou, un rictus aux lèvres. Ranulf sourit : son traquenard semblait marcher. Ils lancèrent les dés. Ranulf perdit, puis se mit à gagner au milieu des cris de « C'est la veine des débutants ». Le jeu l'absorba complètement jusqu'au moment où il vit les gardes lever des yeux pleins d'appréhension et sentit, sur son épaule, la poigne de fer de son maître.

— Ranulf, mon cher ami, susurra Corbett, un mot !

Ranulf lui décocha un regard furibond.

— Messire, je joue gros jeu !

— Moi aussi, Ranulf, rétorqua Corbett. Un mot cependant, loin de tes amis.

Ranulf se releva péniblement et Corbett l'entraîna, les doigts crispés sur son épaule.

— Que se passe-t-il, Messire ?

Ranulf grimaça de douleur lorsque Corbett resserra son étreinte.

— D'abord, Ranulf, je t'ai interdit de faire des parties de dés avec les soldats du roi. Ils ne renâclent pas à la tâche et tu ne dois pas les dépouiller de leurs deniers. Ensuite, poursuivit Corbett en desserrant les doigts, tu vas retourner à Londres immédiatement...

Ranulf troqua sa mine de feinte innocence pour une mimique narquoise.

— ... et enfin, il faut que tu fasses nos bagages.

— Messire, protesta Ranulf d'une voix rauque, je suis en train de gagner !

— Je sais, Ranulf, et tu rendras cet argent jusqu'au dernier sou ! Maltote !

Ranulf fit volte-face, l'air navré, et leva les yeux au ciel en croisant Maltote. Corbett lança un coup d'œil angoissé à son palefrenier.

— Tu n'es pas armé ? s'enquit-il prudemment.

Le jeune homme sourit.

— Bien !

Corbett lui rendit son sourire, émerveillé devant l'ingénuité que trahissaient les yeux couleur de bleuet. Il n'avait jamais vu un soldat connaissant aussi bien les chevaux, sachant à la perfection les maîtriser et les soigner, qui fût aussi peu doué pour le maniement des armes. Maltote se servait-il d'un poignard, il se coupait ou blessait quelqu'un. Portait-il un arc, il s'y prenait les pieds ou manquait d'éborgner un pauvre passant. Quant à la lance ou l'épée, elles s'avéraient aussi dangereuses entre ses mains que dans celles des ennemis.

— Maltote ! Maltote ! murmura Corbett. Dire qu'avant ta rencontre avec Ranulf on t'aurait donné le bon Dieu sans confession !

Il frémit devant l'admiration qu'il lut dans les yeux de son serviteur.

— Oui, oui, je sais ! soupira-t-il. Ranulf est un puits de science quand il s'agit de dés, de femmes et de vin. Mais nous devons nous rendre à Londres. Il faut nous en aller sur-le-champ. Prends deux chevaux aux écuries royales, galope à bride abattue et va annoncer notre arrivée à Lady Maeve.

Il s'humecta les lèvres.

— Dis-lui, conclut-il, que nous n'allons pas au pays de Galles, mais resterons un peu plus longtemps à Londres.

Le courrier opina du bonnet avec vigueur avant de s'éloigner prestement. Il ne s'arrêta que pour observer Ranulf qui, consterné, restituait ses gains frauduleusement acquis avec ses dés pipés. En le regardant partir, Corbett pria, les yeux clos, pour que Dieu et son palefrenier lui pardonnent sa couardise. Après tout, c'est le jeune messager qui, le premier, devrait essuyer le courroux de Lady Maeve !

CHAPITRE II

La silhouette, tapie dans l'ombre, attendait. Seul était visible, à la piètre lueur qui filtrait par l'étroite fenêtre, le reflet de la dague de cuivre qu'elle enfonçait dans une figurine en cire. Elle avait soigneusement pétri la statuette, n'utilisant que de la cire vierge recueillie sur des cierges d'autel ou dans les bougeoirs en or ou en argent des nantis. Elle avait façonné avec amour cet objet de haine. Six pouces de haut, seulement. Elle avait dû faire appel à une habileté digne d'un graveur pour modeler le visage rond, les longues jambes et les bras ainsi que les seins fermes et provocants. Elle avait épinglé, sur la tête, de la laine teinte en orange et attaché du crêpe rouge autour de la taille, de telle sorte que la poupée semblait porter une jupe volumineuse. Des yeux morts — deux boutons minuscules — la fixaient sans la voir, tandis qu'elle examinait son œuvre. Puis, en ricanant, elle replongea sa dague dans le corps mou et blanc avant de l'en retirer et de décapiter méticuleusement la figurine.

Dans sa pauvre soupente, au-dessus d'une boutique de drapier dans Cock Lane, Agnès Redheard était transie de peur. Elle n'osait plus sortir de chez elle. Elle n'avait rien acheté à manger depuis des jours et, par suite de l'absence de clients, avait vu diminuer son modeste pécule. Elle avait soif et faim. Elle se sentait si seule qu'elle aurait accordé gratuitement ses faveurs pour avoir quelqu'un à qui parler, une oreille complaisante où déverser ses potins. Elle s'habilla fiévreusement. Son salut était proche, songea-t-elle. Elle passa sa robe écarlate sur son corps voluptueux, attacha la bride en cuir de ses patins de bois [1] et remit de l'ordre dans sa chevelure rousse emmêlée à l'aide d'un peigne d'acier qui avait vu des jours meilleurs. Elle parcourut la soupente du regard.

— O Seigneur ! murmura-t-elle. Comme j'aimerais partir d'ici !

La chambre était devenue une prison depuis cette fameuse nuit où, abandonnée par un client, elle s'était faufilée dans les ruelles obscures en espérant que son amie, Isabeau, lui permettrait de coucher chez elle, par terre. Elle maudit le boulanger qui, au lieu de la ramener dans sa chambre, avait brutalement abusé d'elle dans un coin sombre et n'avait payé que la moitié de la somme promise avant de la chasser avec force invectives en menaçant d'appeler le guet.

Elle se pressait à toutes jambes dans l'Old Jewry lorsqu'elle s'était arrêtée net : une silhouette encapuchonnée sortait furtivement de la maison où demeurait Isabeau. Cela lui avait paru bizarre, mais elle avait reconnu le personnage et esquissé un sourire sous le porche plongé dans l'ombre. Elle avait ensuite grimpé l'escalier quatre à quatre avec la ferme intention de brocarder gentiment son amie. Arrivée à mi-chemin, Agnès

1. Patins de bois fixés sous les souliers pour ne pas les salir. *(N.d.T.)*

avait glissé sur le filet de sang s'échappant de la gorge tranchée d'Isabeau. Elle avait hurlé à n'en plus finir jusqu'à ce que la rue entière fût réveillée. Pourtant, elle n'avait pas parlé. La malheureuse avait vu le visage de l'assassin, mais se refusait à croire que quelqu'un d'aussi dévot eût pu perpétrer un acte à ce point odieux. Elle avait donc fait l'acquisition d'une plume et d'un rouleau de parchemin et envoyé un message urgent à Westminster. Et à présent, sa protectrice lui avait répondu en la priant de se rendre à l'église près de Greyfriars. Agnès prit sa cape élimée et descendit d'un pas léger. Dehors, le gamin mal débarbouillé à qui elle donnait un penny pour surveiller l'entrée lui fit un signe de la main en grimaçant.

— J'ai vu aucun inconnu rôder par ici, maîtresse ! s'exclama-t-il.

Agnès lui sourit et l'enfant se demanda ce qui n'allait pas : la catin ne s'était pas fardée. Il ne comprenait pas pourquoi elle se terrait dans sa chambre en le payant pour être avertie de l'approche de tout étranger. Il la regarda s'éloigner, puis se racla la gorge et cracha. En tout cas, il espérait qu'Agnès Redheard ne découvrirait jamais qu'il n'avait pas fait parvenir son message à Westminster. Il avait jeté le parchemin dans une rigole et, avec le penny qu'elle lui avait alloué, s'était payé un panier de prunes au sucre.

Pendant ce temps, Agnès s'enfonçait dans un dédale de ruelles. Elle passa près de mendiants aux yeux morts qui imploraient la charité et d'un cul-de-jatte qui affirmait avoir vu le diable à Smithfield et que personne n'écoutait. Les étals étaient encore abaissés sous les encorbellements des hautes demeures et les apprentis, tout de cuir vêtus, s'égosillaient à vanter bœuf épicé, mouton et bon pain frais. Agnès huma les odeurs alléchantes et son estomac cria famine. Elle eut un instant de vertige. Elle dut se reposer dans l'encoignure d'un porche. Au coin de la venelle, elle vit une femme âgée relever ses jupes et s'accroupir pour pisser. La vieille surprit son regard et gloussa en dévoilant ses gencives rougeâtres et ses chicots pourris. Agnès se hâta de détourner les yeux et, les poings serrés, se mit à courir.

Elle longea le grand fossé de la ville, regorgeant d'immondices et de détritus, où, sous l'ardent soleil d'été, pourrissaient des cadavres de chats et de chiens. Elle tourna à droite, descendit Aldersgate Street pour rejoindre St Martin's Lane, puis s'engagea dans les venelles qui devaient l'amener à Greyfriars. Elle parvint à un carrefour où le prévôt avait entassé le butin dérobé par un larron qu'on allait pendre à Tyburn. Certaines marchandises étaient âprement disputées et soudain éclata une violente altercation. Agnès s'arrêta, incapable de se frayer un chemin dans la cohue qui bloquait le passage. Un marchand ambulant arriva près d'elle, sa charrette à bras croulant sous des miches de pain, des fromages et des anguilles grillées. Agnès tendit la main. Il lui fallait manger, mâcher quelque chose. Tout d'un coup, un garnement jeta un crapaud mort, tout gonflé, dans la charrette. Le marchand saisit la charogne et la lança au loin, en dévidant des chapelets de jurons. Agnès ne laissa pas échapper cette occasion : elle fit main basse sur un petit pain de sarrasin dur et un morceau de fromage, puis, profitant d'une brèche dans la foule, s'enfuit dans un étroit passage nauséabond. Elle tourna à gauche. L'église se dressait devant elle. La jeune femme aurait poussé un cri de soulagement si elle n'avait pas eu la bouche pleine. Elle était arrivée. Elle n'avait plus rien à craindre. Elle gravit les marches branlantes et franchit sans bruit le porche obscur. Le message glissé sous sa porte avait été des plus laconiques : elle devait se rendre à l'église juste avant l'Angelus et y attendre l'arrivée de sa bienfaitrice.

Agnès s'accroupit au pied d'un pilier et enfourna dans sa bouche le reste de pain et de fromage. Elle mâcha lentement le dernier morceau pour mieux en savourer les sucs. Son estomac s'était calmé et elle se sentait plus forte, mais oh, si fatiguée ! Ses yeux se fermaient malgré elle. Tout d'un coup elle entendit un chuchotement :

— Agnès ! Agnès !

Elle se redressa et scruta l'obscurité.

— Où êtes-vous ? s'écria-t-elle.

Pas de réponse. Effrayée, elle se rencogna contre le pilier. « Si je me tiens là, pensa Agnès, je demeure en sécurité. »

— Je vous en prie ! supplia-t-elle. Que voulez-vous ?

Elle entreprit de faire le tour du pilier, le visage tourné de côté, découvrant son cou. Cible ô combien vulnérable ! L'assassin, tapi derrière le pilier, la tua d'un seul mouvement de son coutelas bien affûté. Ses yeux grands ouverts reflétant la terreur, Agnès s'écroula sur les dalles tandis que son bourreau faisait une boule de la figurine de cire, l'enfouissait dans sa large manche et, quelques instants durant, contemplait le corps de la fille.

— Adieu, Agnès ! chuchota-t-on. Moi aussi, je t'avais vue ! Ne t'en étais-tu pas rendu compte ?

Corbett et Ranulf quittèrent Winchester le lendemain du départ de Maltote. Le roi en personne descendit dans la cour pour leur dire adieu et resta un moment à s'entretenir de questions mineures avec Corbett. Puis il saisit la bride de la monture et leva les yeux vers son clerc.

— Vous vous emploierez sérieusement à cette tâche, n'est-ce pas, Hugh ? Vous mettrez un terme à ces assassinats ?

— Je ferai de mon mieux, Sire !

— Cette histoire de Puddlicott... marmonna le souverain.

— C'est un scélérat ! Un jour ou l'autre, il se balancera au bout d'une corde !

— Ce n'est pas si simple !

Le souverain flatta l'encolure du cheval.

— S'il est dans les bonnes grâces de Messire de Nogaret, Puddlicott nous donnera bientôt du fil à retordre, mais nous verrons bien ! poursuivit-il avec un sourire crispé.

Il lâcha la bride et recula.

— Mon salut à Lady Maeve et à la petite Aliénor ! Tenez-moi au courant de l'affaire ! Je vais passer quelque temps à Winchester, puis je partirai pour Hereford.

Corbett acquiesça. Puis il donna une petite tape à sa monture, et, suivi de Ranulf qui menait le poney de bât, sortit du château par l'étroite allée pavée pour gagner la ville. Il ne s'était pas écoulé une heure qu'ils franchissaient les portes de Winchester au moment où les cloches sonnaient l'office de prime. Ils se dirigèrent vers l'est, suivant les chemins tortueux qui les amenèrent jusqu'à l'ancienne voie romaine. Sous un ciel limpide, alors que le soleil montait à l'horizon, Corbett mit son cheval à l'amble, respirant avec délices les douces senteurs de la campagne. Les paysans s'activaient dans leurs champs. Vaches et moutons se déplaçaient paresseusement dans les pâturages et broutaient l'herbe haute parsemée de primevères, de pervenches et d'autres fleurs sauvages. La rosée dégouttait encore des haies. Corbett prêta l'oreille au chant des coucous, des ramiers et des grives perçant l'obscurité de velours des frondaisons. Un gros lapereau dans la gueule, un renard leur coupa le chemin en quelques bonds et Ranulf, surpris, l'abreuva d'injures.

Ils firent une petite halte pour déguster le pain blanc et le vin coupé d'eau que Ranulf avait quémandés aux cuisines du palais. Le jeune homme faisait grise mine. Il détestait la campagne. S'il n'en avait tenu qu'à lui, il se serait bandé les yeux jusqu'à ce qu'ils franchissent Cripplegate et se fondent dans le tohu-bohu, les couleurs et la puanteur des rues de Londres. Corbett, par contre, rayonnait de bonheur. Il avait de bonnes raisons d'être heureux : il était loin du roi, il retournait à Londres et, si Maltote avait bien rempli sa mission, Maeve avait déjà déchargé toute sa bile. Mais, s'apercevant de la morosité de Ranulf, il lui expliqua les motifs de leur retour lorsqu'ils remontèrent à cheval et poursuivirent leur route. Bouche bée, le jeune homme écouta son maître et oublia l'appréhension que faisait naître en lui la rase campagne. A la fin, il siffla doucement entre ses dents écartées.

— Par l'enfer ! lança-t-il en empruntant le juron de son souverain. On égorge les putains de Londres. Et on a assassiné un prêtre ! Et ce rat de Français qui essaie de nuire à tout prix !

Ranulf hocha la tête sans ajouter un mot.

— Et n'oublie pas Puddlicott !

Ranulf-atte-Newgate fit la grimace :

— Qui pourrait oublier Puddlicott ?

— Que veux-tu dire, Ranulf ?

— Eh bien, répondit le serviteur avec un haussement d'épaules, avant d'entrer à votre service, Messire...

— C'est-à-dire à l'époque où tu étais un gibier de potence et un voleur ?

— Je n'ai jamais été un voleur !

— Bien sûr ! Disons donc : lorsque tu peinais à faire la différence entre la propriété d'autrui et la tienne...

Ranulf foudroya son maître du regard. Son passé était un sujet qu'ils abordaient rarement, car, n'eût été l'intervention de Corbett, il aurait été pendu à Newgate et son corps supplicié jeté dans une fosse remplie de chaux près de Charterhouse[1].

Corbett lui fit un clin d'œil.

— Je suis désolé, Ranulf. Tu disais ?

— ... Que dans les bas-fonds de Southwark et les repaires de truands vers Whitefriars, Puddlicott était une légende vivante : on racontait qu'il pouvait s'introduire dans n'importe quelle demeure et ouvrir n'importe quel coffre, et même qu'il était capable de raser un homme sans le réveiller.

— A quoi ressemble-t-il ? Le sait-on ?

Ranulf contempla une buse planant paresseusement au-dessus d'un champ.

— Non ! Pour certains, c'est un individu grassouillet, pour d'autres, un grand maigre. Un homme affirmait qu'il était roux, un autre qu'il était brun. Il parle latin couramment et peut vous faire accroire que vessies sont lanternes, que vous êtes un gredin et moi un honnête garçon. Quoi qu'il en soit, il est impossible qu'il soit responsable de ces assassinats.

— Pourquoi ?

— Quand j'étais enfant, quelque chose de semblable s'est produit à Londres. Il y avait un homme — ma mère connaissait son nom, moi, je l'ai oublié — qui détestait les femmes. Il fréquentait les garces, mais ne pouvait jouir qu'en les battant. Ça alla de mal en pis. A

---

1. Voir *Satan à St Mary-le-Bow*, coll. 10/18, n° 2776.

la fin, il ne trouvait son plaisir qu'en les étranglant et en les regardant mourir.

— Un dément! commenta Corbett.

— Fou à lier! Il rôdait dans les rues de Southwark, vêtu d'une tunique rouge. Il en a tué une bonne vingtaine avant d'être arrêté par sa propre famille.

— Que lui est-il arrivé?

— Ma mère l'a vu plongé dans de l'eau bouillante sous le gibet, près de l'auberge *A l'Évêque d'Ely*. Elle m'a dit qu'il avait hurlé pendant des heures. C'est ce genre de fou qui est notre assassin. Pas Puddlicott.

Corbett détourna les yeux en frissonnant. De Craon posait un problème, certes, mais cette cervelle ébranlée? Il pensa à Maeve et ses craintes redoublèrent. Une fois l'enquête commencée, serait-elle en sécurité? Et pourquoi, songea-t-il, ce forcené s'attaquait-il à présent à des dames respectables? Et peut-être même à ce vieux chapelain?

Ils continuèrent leur chemin sans échanger une parole, puis à midi s'arrêtèrent dans une taverne avant d'arriver, tard dans l'après-midi, dans un petit monastère près d'Andover, en lisière de la grande forêt, où ils eurent droit, grâce à leurs mandats, à de bons lits propres et à un solide repas.

Ce fut en fin de matinée, le lendemain, qu'ils franchirent Cripplegate par la route de Red Cross, et s'engagèrent dans les rues de la capitale. Ranulf, l'air plus détendu, arborait un large sourire en regardant les gâtesauces des rôtisseries proposer aux chalands des côtes de bœuf, de la bière, du vin et du pain. Au coin de Catte Street, un groupe de jeunes garçons d'une paroisse voisine chantait un cantique. Entre chaque couplet, un voyageur au teint buriné évoquait l'église de Bethléem et le pilier où s'était adossée la Vierge Marie. Depuis le jour où elle s'était reposée là, proclamait l'orateur, on avait beau essuyer ce pilier, il se couvrait instantanément de sueur.

Au coin de West Cheap, Corbett fit halte pour écouter la harangue d'un prédicateur qui jetait feu et flammes.

— Malheur à cette cité! rugissait-il, les yeux flamboyant comme des charbons ardents. Malheur aux ribaudes qui y ont péri! Ce sont elles-mêmes qui ont attiré la foudre sur leurs têtes!

Il braqua sur Corbett et Ranulf des yeux où étincelait la folie.

— Satan surveille les siens! fulmina-t-il. D'abord, il leur donne la becquée comme s'ils étaient ses oisillons, mais ensuite il se retourne contre eux et les déchire tel un féroce molosse, les engloutissant dans son immonde gueule noire comme autant de bons morceaux juteux.

Corbett scruta les traits émaciés de l'homme. Était-ce un exalté comme celui-ci qui avait exécuté les prostituées, sœurs de celles qu'il apercevait dans la foule, coiffées de leurs perruques rouges?

— Nous l'arrêtons, Messire? plaisanta Ranulf.

Le clerc observa le fanatique, aussi maigre et souple qu'un chat. Lorsqu'il s'égosillait, les yeux lui sortaient de la tête et il ressemblait à un vrai diable. Ses joues et le bas de son visage étaient aussi décharnés que ceux du reclus qui ne vit que de pain et d'eau. Il interrompit soudain ses vitupérations pour sauter de son perchoir et entamer une danse bizarre et extravagante.

Corbett échangea un regard avec Ranulf en hochant la tête :

— Je doute même qu'il puisse marcher droit et, à plus forte raison, venir à bout d'une solide gaillarde ou manipuler un coutelas bien aiguisé.

Ils se faufilèrent dans une ruelle et durent mettre pied à terre pour guider leurs montures et contourner une horde de gamins dépenaillés qui se trémoussaient autour du cadavre d'un chien jaune écrasé par une charrette. Les entrailles bleuies s'échappaient du ventre flasque. Plus loin, les dizainiers[1] avaient appréhendé un homme qui tirait illégalement de l'eau de la Grande Citerne. Ils le forçaient à porter, sur la tête, un seau percé qu'ils se faisaient une joie de remplir constamment.

— Quel bonheur d'être de retour à Londres! commenta Corbett avec un sourire caustique à l'adresse de Ranulf.

Celui-ci l'approuva vigoureusement et contempla l'arc-en-ciel de couleurs qui se déployait devant eux. Capuchons, mantelets, habits proposaient mille nuances : tenues couleur de moutarde ou de mûre des officiers municipaux, soieries dorées des nobles dames, capes de laine des marchands, rejetées sur l'épaule pour dévoiler les lourdes escarcelles et les larges ceintures ornées de pierreries. Un groupe de templiers, reconnaissables à la grande croix cousue sur l'épaule, passa à cheval, bannières et étendards claquant dans la brise. Corbett et Ranulf continuèrent sur Cheapside et se frayèrent un chemin parmi de jeunes seigneurs admirant une meute de lévriers efflanqués au corps effilé que leur propriétaire cherchait à vendre.

Ils atteignirent enfin Bread Street. Après avoir laissé leurs chevaux à l'auberge du *Manteau Rouge*, ils traversèrent la rue en enjambant soigneusement le caniveau pour se diriger vers la demeure du clerc. Ranulf, qui

---

[1]. Dizainier : membre du guet qui veillait à l'exécution des décisions du pouvoir municipal, chassant les vagabonds et organisant les rondes de nuit, etc. *(N.d.T.)*

portait les lourdes sacoches de selle, aurait voulu que son maître ne s'arrêtât pas, mais Corbett s'attarda pour mieux apprécier la peinture fraîche et toute luisante de la porte d'entrée. Le clerc remarqua que l'artisan avait aussi posé, en rangs serrés, d'épaisses barres d'acier pour renforcer les battants. Puis il eut un sourire narquois en voyant le reste de la façade. Avec son esprit de contradiction habituel, Maeve avait demandé aux artisans qui restauraient leur maison à deux étages de peindre les plâtres en noir et les poutres apparentes en blanc. Enfin, au-dessus de la porte, le blason des Llewelyn était fièrement gravé près du Dragon Rouge du pays de Galles.

Ils longèrent la ruelle et entrèrent par la porte de derrière. Ils furent accueillis par deux vieux serviteurs gallois, Griffin et son épouse Anna. Cette dernière, qui avait servi sa maîtresse au pays de Galles, l'avait fidèlement suivie « en terre étrangère », comme elle disait, quand Maeve était venue à Londres après son mariage. Aux yeux de Griffin et de sa femme, l'Angleterre apparaissait comme une contrée aussi singulière que la Palestine et les Londoniens comme des démons qui auraient pris forme humaine. Ils acceptaient Corbett, cependant. Ils le saluèrent avec effusion, baragouinant en gallois. Il se contenta de les embrasser sur la joue en souriant et en leur signalant qu'ils ne devaient pas annoncer son arrivée à Maeve. Il se retourna pour dire un mot à Ranulf, mais, après avoir posé les sacoches par terre, celui-ci s'était promptement éclipsé. Ranulf redoutait vivement Maeve : elle était non seulement belle comme le jour, mais encore dotée d'une langue acérée et d'un esprit de repartie qui n'avait rien à envier au sien. Griffin jeta un regard en biais à Corbett en désignant les sacoches.

— Oui, oui ! proféra le clerc. Monte-les, je te prie. Ranulf reviendra. Il est sans doute allé voir son fils.

Le vieil homme hocha la tête en levant les yeux au ciel, comme s'il ne comprenait pas à quoi son maître faisait allusion. Corbett se doutait que c'était pure feinte. Il était sûr que son serviteur comprenait ses moindres paroles, mais qu'il accentuait son côté gallois pour jouir de la confusion ainsi créée. Tout à coup, Anna, la vieille nourrice de Maeve, lui agrippa la main. La mine grave, elle répétait des mots que ne saisissait pas Corbett, à l'exception de « Llewelyn ». Le clerc fit un geste d'incompréhension, serra affectueusement la main des deux serviteurs et monta silencieusement au *solar*[1].

En haut des escaliers, il glissa un coup d'œil par la porte entrebâillée. Il aperçut son épouse au fond de la pièce. Assise sur un tabouret près de la cheminée, elle portait une robe couleur rouille, étroitement fermée au col, une ceinture bleue et un voile blanc retenu par un cercle ciselé sur sa blonde chevelure. Corbett poussa un léger grognement : elle s'escrimait sur une broderie, signe manifeste qu'elle n'était guère de joyeuse humeur. Elle détestait la couture, avait horreur des ouvrages de dame, mais adorait passer sa colère sur le premier morceau de tissu qui lui tombait sous l'aiguille. Néanmoins, elle fredonnait à mi-voix une étrange berceuse galloise tout en balançant un berceau du bout de sa pantoufle.

Redoutant la tourmente à venir, Corbett resta un moment immobile à contempler cette paisible scène

---

1. *Solar* : salle haute ou solarium, pièce exposée généralement au sud, où se tenaient de préférence le seigneur et sa famille. *(N.d.T.)*

familiale. Il parcourut la pièce du regard, admirant la façon dont Maeve avait transformé l'ancienne salle haute en une chambre respirant le luxe, voire l'opulence. Les charpentiers avaient installé des boiseries qui couvraient les murs jusqu'à mi-hauteur, tandis que la partie supérieure, en briques, avait été enduite d'une épaisse couche de peinture blanche. Cela était largement caché par des tapisseries aux couleurs vives ou par des écus minutieusement gravés sur lesquels figuraient les armoiries de Corbett et de Maeve. Des tapis de laine rouge avaient remplacé la traditionnelle jonchée et les fenêtres s'ornaient de carreaux de verre, dont certains, teintés, offraient un vif contraste de couleurs. Les maçons avaient façonné, sur la vieille cheminée, un manteau qui reposait sur deux énormes piliers. Ses sculptures complexes représentaient des dragons, des scorpions et des guivres. Appuyé contre le chambranle, Corbett respira les douces et chaudes senteurs des herbes odorantes que Maeve devait avoir jetées dans le feu de bûches. Son épouse leva soudain la tête comme si elle se sentait observée.

— Qu'est ceci, ma femme? s'exclama Corbett en poussant la porte. Je reviens chez moi et trouve mon épouse au milieu des cendres!

Maeve lança un cri de surprise, lâcha sa broderie et traversa la pièce en courant presque, son voile blanc flottant comme une bannière.

— Hugh! Hugh!

Elle lui jeta les bras autour du cou et se serra tendrement contre lui, en emprisonnant son visage dans ses mains et en l'embrassant passionnément sur les lèvres.

— Vous auriez dû me prévenir de votre arrivée, lui reprocha-t-elle en se reculant. Un gentilhomme qui vient d'être anobli devrait respecter certaines règles de courtoisie!

— Ainsi vous avez appris la nouvelle ?
— Bien sûr ! Par Maltote.

Corbett déglutit nerveusement.

— Et l'autre nouvelle ?

Maeve eut un sourire forcé. Corbett lui saisit la main et l'attira vers lui.

A sa grande surprise, elle ne semblait pas trop courroucée. Elle n'avait pas le visage tiré et sa peau sans tache restait lisse. L'absence de rides sur son front ou à la commissure de ses lèvres montrait qu'elle avait perdu de son caractère emporté. La bouche qu'il venait de baiser était toute douceur et chaleur, et une lueur taquine brillait dans ses yeux.

— Vous n'êtes pas contrariée, Maeve ?
— Pourquoi le serais-je ? Mon époux est revenu.
— A cause de la nouvelle !
— Mais, Messire, rétorqua Maeve en feignant l'étonnement, vous venez d'être fait chevalier.
— Madame, parvint à dire Corbett d'une voix grinçante, nous n'allons plus au pays de Galles. Vous ne verrez pas votre oncle.

Maeve lui enlaça la taille.

— Ah, c'est vrai ! reprit-elle d'un ton moqueur. Nous n'allons pas au pays de Galles.

Elle se fit plus grave.

— Mais je verrai mon oncle.
— Que voulez-vous dire ?
— Il vient ici. Maltote est déjà parti lui apporter mon invitation.

Corbett se força à ne pas broncher, bien qu'il eût envie de hurler. Il n'avait pas pensé à cela : Lord Morgan ap Llewelyn allait s'engouffrer dans sa demeure comme une bourrasque descendue des montagnes galloises. « Oh, Seigneur ! songea le clerc, il va venir ici, boire et manger comme quatre. Ses serviteurs vont s'enivrer dans les tavernes, se faire arrêter par le guet et jeter en prison quand ils essaieront de tordre le cou aux gardes. Ce seront des nuits de beuverie et de ballades, Lord Morgan braillera des chants barbares avant de s'effondrer en pleurs à l'évocation de la gloire passée du pays de Galles. Et le lendemain matin, il se lèvera, frais comme une rose, pour débattre de la politique galloise du roi Édouard. Il défiera Ranulf aux dés et la maison retentira de leurs jurons lorsqu'ils rivaliseront de tricheries ! » Corbett s'affala sur un tabouret.

— Lord Morgan vient ici ? parvint-il à dire.

Maeve s'accroupit près de lui et lui pressa les doigts.

— Oh, Hugh, ne protestez pas ! Il est peut-être un peu fou, mais il se fait vieux !

— Votre oncle, remarqua Corbett, acerbe, ne vieillira jamais.

— Hugh ! Il m'aime beaucoup et, sous ses airs furieux, il a pour vous une grande admiration.

« O Seigneur Dieu ! » protesta Corbett *in petto*.

Il allait élever des objections, lorsqu'il vit des larmes dans les yeux de Maeve. C'était l'une de ses ruses favorites : Dites oui dès maintenant, voulait-elle signifier, ou bien je vais errer dans cette maison comme une âme en peine !

— Combien de temps va-t-il rester ?

— Deux mois.

« Autrement dit, six ! » pensa Corbett en soupirant.

— Bon, qu'il vienne !

Maeve l'embrassa à nouveau.

— Nous serons tous réunis, murmura-t-elle, les yeux brillants de joie.

« Oui ! se dit Corbett, très las, nous serons tous réunis ! »

Maeve frappa dans ses mains :

— Il peut prendre la chambre du fond et ses serviteurs dormiront dans la grand-salle ou dans une taverne !

Corbett se leva, un sourire crispé aux lèvres, et effleura les boucles de son épouse.

— Moi, je serai très occupé ! énonça-t-il avant de saisir brusquement sa femme par les épaules : Le roi m'a dit que vous aviez eu des invités, Maeve. Le seigneur Amaury de Craon et son compagnon, Raoul de Nevers.

Maeve fit la moue.

— De Craon a été charmant. Oh, je sais ! C'est un vieux renard, mais il m'a offert une écharpe de pure soie, tissée à Lyon, et une cuillère d'argent pour Aliénor.

— Jetez-les ! ordonna Corbett d'un ton rogue.

— Hugh !

— Ce de Craon est une fripouille impitoyable qui ne me veut que du mal.

— Hugh, il s'est montré fort courtois !

— Et son compagnon ?

— De Nevers ?

Maeve eut une mimique dubitative :

— C'est un bel homme, plus réservé que de Craon. Il a montré tact et amabilité. Il m'a fait bonne impression.

Corbett jeta un coup d'œil courroucé à son épouse avant de comprendre qu'il devait avoir l'air ridicule.

— Je suis désolé, s'excusa-t-il à mi-voix. De Craon me met toujours mal à l'aise.

Maeve lui prit la main :

— Faites comme moi, oubliez-le ! Venez voir votre fille !

Corbett la suivit jusqu'au berceau et contempla son

enfant. A trois mois, Aliénor ressemblait déjà à Maeve : une belle peau satinée, des traits nettement dessinés. Il toucha l'un des doigts minuscules.

— Elle est si petite ! murmura-t-il.

La main du bébé était tiède et lisse comme du satin. Il la pressa imperceptiblement et, sous la courtepointe rembourrée, Aliénor s'agita et sourit dans son sommeil.

— Elle va bien, n'est-ce pas ?
— Oui, naturellement !

Il posa délicatement sa main sur le front du bébé. Maeve le regarda faire, aux aguets. Son époux, d'ordinaire si calme, voire flegmatique, ressentait les plus vives craintes quant à la santé de l'enfant. Elle détourna les yeux. Elle avait beau faire, son mari était encore hanté par des fantômes. La plus grande terreur pour cet homme si distant était, assez bizarrement, de perdre ses proches et de rester seul ici-bas. Elle lui prit la main.

— Venez, chuchota-t-elle. Notre chambre est prête. Il y a du vin, du pain et des fruits près du lit.

Maeve sourit.

— Un lit recouvert de soie rouge, précisa-t-elle à mi-voix, avec deux tourterelles brodées au centre.

Son visage redevint grave :

— Préférez-vous vous reposer ? Boire une boisson sucrée ? Vous devez être épuisé après ce long voyage !

Corbett lui rendit son sourire.

— Appelez Anna ! murmura-t-il en l'étreignant. Qu'elle reste auprès d'Aliénor ! Moi, Madame, je vais vous montrer si je suis épuisé !

CHAPITRE III

Corbett se leva tôt le lendemain matin. Il moucha la chandelle et ouvrit l'étroite fenêtre treillissée qui donnait sur le jardin et le petit verger derrière la maison. Le jour allait poindre, le ciel se parait déjà de nombreuses zébrures de lumière. Lorsque survint l'aube, les cloches de St Laurent-de-la-Juiverie se mirent à carillonner : on pouvait ouvrir les portes de la ville et vaquer aux affaires de la journée. Corbett revint vers le lit et embrassa sur la joue son épouse encore endormie avant de s'approcher du berceau d'Aliénor. Il contempla sa petite fille et croisa son regard solennel. Il était fasciné. L'enfant était si placide, si calme. Avant même de se lever, il l'avait entendue gazouiller, vagir et babiller à l'adresse de la poupée de bois que Maeve avait placée sur son minuscule oreiller. Il se détourna à regret et revêtit à la hâte les vêtements que Maeve avait étalés la veille sur le coffre : des chausses bleu foncé, une chemise de fine toile blanche et une cotte-hardie sans manches, ornée d'une ceinture. N'ignorant pas les obstacles redoutables qui pourraient se dresser sur son chemin, Corbett dédaigna la ceinture et décrocha le baudrier suspendu à une cheville fixée au mur. Il le boucla, puis, prenant sa cape et ses bottes, il sortit de la chambre sur la pointe des pieds au moment même où Aliénor, se rendant compte qu'elle avait faim, se mettait à brailler comme si elle voulait montrer à son père une nouvelle facette de sa personnalité.

— C'est bien la fille de sa mère ! pesta tout bas Corbett en montant l'escalier à pas de loup et en arrivant devant la chambre de Ranulf.

Il poussa la porte. Comme d'habitude, la pièce était sens dessus dessous, à croire qu'on s'y était battu. Seuls des ronflements sonores y trahissaient la présence de Ranulf.

Corbett se fit une joie de le réveiller d'une bourrade avant de descendre à la cuisine. Les servantes n'avaient pas encore allumé le feu. Il se servit un pichet de petite bière. Ranulf apparut, yeux battus et menton mal rasé. Corbett le laissa étancher sa soif avant de l'entraîner, à moitié endormi, dans la taverne de l'autre côté de la rue. Il y eut le traditionnel échange de propos caustiques avec un grand gaillard de palefrenier qui finit, quand même, par leur amener leurs montures et les seller. Puis, tout en s'aspergeant le visage avec l'eau d'une énorme barrique, Ranulf lui chanta pouilles en déclarant tout de go que certains feraient mieux de travailler dur au lieu de se prélasser dans du bon foin. Cela amena le garçon d'écurie à lancer un chapelet de jurons qui firent les délices de Ranulf. Ce dernier criait encore des noms d'oiseaux par-dessus son épaule lorsque son maître et lui s'engagèrent dans la Mercery, en direction du Guildhall.

La journée promettait d'être belle. Marchands et apprentis abaissaient déjà leurs étals, fixant les poteaux, relevant les auvents et exposant leurs marchandises. L'air s'emplissait de la fumée de charbon de bois qui s'échappait des cabanes d'artisans derrière Cheapside.

Les charrettes, chargées de l'approvisionnement de la cité, roulaient à grand fracas sur les pavés, leurs conducteurs claquant du fouet et invectivant leurs chevaux. Des vendeurs, en justaucorps de toile ou de cuir, ne perdaient pas de vue les mendiants tapis dans les coins d'ombre entre les maisons. Ceux-là étaient des simulateurs, pas de vrais malheureux, mais des gueux, des fraudeurs, prêts à de petits larcins avant que le commerce ne batte son plein. Quatre hommes de guet amenèrent, d'un pas martial, un groupe de voyous, d'ivrognes, de voleurs, de prostituées débraillées et de mauvais garçons vers la Grande Citerne, près de laquelle la plupart passeraient toute la journée enfermés dans une cage où ils seraient en butte aux quolibets des honnêtes citoyens dont ils avaient troublé le sommeil.

Lorsque les cloches de St Mary-le-Bow commencèrent à carillonner, Corbett leva les yeux et vit que l'on éteignait l'énorme fanal qui servait de repère aux Londoniens pendant la nuit. Puis d'autres cloches se mirent en branle, appelant les fidèles à l'office de prime. Ranulf se délecta du spectacle qui l'entourait, mais bien vite, en jetant un regard noir vers son maître, il se plaignit à haute et intelligible voix d'avoir l'estomac dans les talons. Ils s'arrêtèrent à l'étal d'une rôtisserie et, les rênes négligemment enroulées autour du bras, ils avalèrent du bœuf bien épicé, servi dans de petites écuelles. Ranulf parla de son fils, fruit illicite d'une de ses innombrables aventures amoureuses. Corbett l'écouta attentivement. Ranulf aurait aimé que son enfant passât quelque temps dans la maison de Bread Street. Corbett sourit bravement, mais sentit le cœur lui manquer. Lord Morgan, Ranulf et le rejeton de Ranulf... la paix et l'harmonie de son foyer seraient irrémédiablement compromises !

Corbett avala un morceau de viande puis se rinça les doigts dans un bol d'eau de rose présenté par un gamin hâve dont les yeux lui dévoraient le visage. Il semblait crever.de faim, aussi le clerc lui glissa-t-il une piécette en lui disant :

— Achète-toi de quoi manger, mon garçon !

Il s'essuya les mains sur un linge et s'assura que l'enfant lui obéissait. Puis ils descendirent Cheapside à pied, marchant près de leurs chevaux. Corbett écoutait d'une oreille distraite la description enthousiaste que Ranulf faisait de son fils, tout en se remémorant les événements de la nuit : après des ébats passionnés et fous, Corbett et Maeve étaient descendus dans la cuisine se restaurer un peu, avant de retourner se coucher. Il se rappela le ton badin de Maeve et ses commérages à lui sur la vie à la Cour. Son épouse, pourtant, avait pris l'air grave en apprenant les raisons de son retour à Londres.

— J'ai entendu parler de ces crimes ! avait-elle déclaré en s'asseyant sur le lit et en s'enveloppant dans les draps. D'abord, personne n'y a prêté attention. Dans la capitale, des prostituées sont tuées ou disparaissent sans que cela empêche quiconque de dormir, mais, avait-elle ajouté en hochant la tête, la mort de ces femmes, la façon dont elles ont péri... est-ce vrai que...

— ... Que quoi ? avait demandé Corbett, l'esprit soudain en éveil.

— On dit que l'assassin...

Maeve avait ramené les genoux contre son menton en frissonnant.

— On dit que ce tueur mutile les corps.

Corbett lui avait jeté un coup d'œil surpris :

— Qui vous a raconté cela ?

— C'est la rumeur. Nombre de dames, maintenant,

ont peur de sortir le soir, mais le dernier crime a eu lieu pendant la journée.

Maeve lui avait appris alors le meurtre d'une fille de joie retrouvée mutilée, sous le porche d'une église près de Greyfriars.

Corbett avait doucement caressé son bras nu.

— Pourquoi avoir peur? C'était toutes des putains et des courtisanes.

— Et alors?

Maeve avait relevé la tête d'un mouvement vif.

— Ce sont des femmes quand même et Lady Somerville n'était pas une ribaude.

Corbett s'était tu. Il était quasiment sûr que la mort de Lady Somerville était une affaire différente. La vieille dame avait-elle découvert quelque chose? Avait-elle surpris le criminel?

Corbett parcourut du regard Cheapside qui s'animait : il apercevait déjà les perruques aux couleurs criardes et les habits clinquants des prostituées. La journée s'assombrit, soudain. Il se souvint des mutilations qu'avait mentionnées Maeve et l'inquiétude s'empara de lui.

Ses adversaires habituels — de Craon ou tout autre criminel calculateur — agissaient pour des motifs que la raison comprenait. Mais cet homme? Son gibier était-il un dément, comme celui qu'avait décrit Ranulf la veille, un fou, habité par la haine viscérale et perverse des femmes, qui trouvait plus facile de s'attaquer à de pauvres filles de la rue, mais qui pouvait changer d'avis et frapper n'importe quelle dame seule et vulnérable? Corbett eut envie de faire demi-tour et de rentrer chez lui. Il avait l'impression d'être sur le seuil d'un bâtiment très sombre, parcouru par un dédale de couloirs noyés dans l'ombre où le guettait un tueur. « O Seigneur ! pria-t-il, faites que je m'en sorte sans dommage ! Seigneur ! Délivrez-moi des pièges du chasseur ! »

Au Guildhall, son humeur chagrine ne fut guère égayée à la vue d'un huissier qui, sur les marches, mettait aux enchères les pauvres biens d'un pendu : une table en piteux état, deux chaises bancales, un matelas éventré, deux dés à coudre, des chausses, une chemise, un pourpoint et une coupe d'étain cabossée, incrustée d'argent. L'homme, apparemment, avait pillé une église, mais son complice s'était enfui. Aussi un ecclésiastique d'assez piètre allure, tenant un cierge d'une main et une sonnette de l'autre, proclamait-il son excommunication d'une voix de stentor en l'accompagnant d'un torrent de malédictions.

— Qu'il soit maudit où qu'il se trouve ! Chez lui ou aux champs, sur une route ou un sentier, dans la forêt ou sur l'eau ! Qu'il soit maudit, mort ou vif ! Qu'il soit maudit quand il mange, boit, dort, chemine, travaille ou se repose ! Qu'il soit maudit debout ou assis, quand il a faim et soif, quand il urine, défèque et saigne ! Que la malédiction retombe sur sa tête, ses tempes, son front, sa bouche, sa poitrine, son cœur, ses parties viriles, ses pieds et ses orteils !...

Et la litanie terrifiante et tonitruante n'en finissait pas.

— Je suppose, glissa Ranulf à Corbett, que le pauvre diable sait à quoi s'en tenir à présent !

Corbett lui lança les rênes en réprimant un sourire.

— Laisse nos montures dans une taverne proche et rejoins-moi à l'intérieur !

Un mendiant, les traits dissimulés sous un masque et un capuchon, était recroquevillé sous le porche du Guildhall et implorait la charité d'une voix de crécelle. De l'autre côté, un colporteur vendait de jolis rubans. Corbett s'arrêta et leur fit signe de déguerpir.

— Je vous connais! déclara-t-il d'une voix égale. Vous êtes des simulateurs, des fraudeurs! Si je m'occupe du mendiant, l'autre me délestera de ma bourse.

Les deux misérables détalèrent. Corbett longea un couloir et traversa une cour pour gagner la résidence. Le Guildhall proprement dit n'était qu'un vaste terrain ceint d'un mur, où se dressait une grande demeure à deux étages, entourée d'autres bâtiments. Corbett attendit que Ranulf le rejoignît. Ils gravirent un escalier de bois branlant et pénétrèrent dans une immense salle aux murs chaulés où des clercs travaillaient d'arrache-pied sur de grands rouleaux de parchemin et de vélin, étalés sur une table. Aucun ne broncha à l'entrée de Corbett et de Ranulf, mais un personnage corpulent et grassouillet, assis au fond de la pièce, se leva et s'avança en se dandinant. Corbett reconnut la face rubiconde et jouflue, l'habit mal coupé et le surcot maculé de taches de graisse.

— Messire Nettler!

Corbett tendit la main. Nettler, shérif des quartiers nord de la ville, la serra, ses yeux bleus larmoyants brillant de joie.

— Nous vous attendions, Hugh. Les lettres du roi sont arrivées hier soir.

Il lorgna les scribes et baissa la voix :

— On ne peut faire confiance à personne. Le tueur pourrait être ici, dans cette pièce. Je ne veux pas me charger de cette mission. C'est l'un de mes assistants qui va vous conseiller. Venez! Venez!

Ils sortirent à sa suite et arrivèrent, au bout d'un couloir, dans un petit bureau poussiéreux où un clerc, assis à une table haute dans un coin, recopiait des lettres. A ses côtés se tenait un homme qui attirait les regards par sa haute taille et sa forte carrure. Nettler le présenta : Alexander Cade, shérif adjoint. Puis il quitta brusquement la pièce. Corbett profita de ce que Cade achevait la lettre pour l'étudier. Sa réputation était parvenue jusqu'à lui : c'était un fin limier dont l'œil perspicace repérait le moindre vaurien dans une taverne bondée et que les truands de Londres craignaient à juste titre. Pourtant, malgré sa corpulence, Cade arborait la tenue d'un godelureau de la Cour : tunique à bordure chatoyante, chemise de batiste, hautes bottes en cuir de Cordoue et petite calotte d'étoffe sur son épaisse chevelure noire. Son bouc était bien taillé, ce qui, avec son teint cireux et son regard languissant et affable, lui conférait l'aspect d'un homme qui appréciait les bons côtés de la vie plutôt que la poursuite impitoyable des coupe-bourses et des larrons. D'un geste, il invita Corbett et Ranulf à s'installer près de la fenêtre pendant qu'il finissait la lettre. Il se retourna alors avec un grand moulinet du bras.

— C'est l'affaire des prostituées assassinées qui vous amène ? Ou plutôt — soyons honnêtes — la mort de Lady Somerville et celle du père Benedict ?

Cade murmura un ordre à l'oreille de son clerc qui descendit de son siège et alla prendre, sur une étagère, une liasse de documents.

— Je vous remercie. Vous pouvez disposer, chuchota Cade.

Il attendit que le vieil homme refermât la porte pour s'emparer d'un tabouret et s'asseoir en face de Corbett.

— Il y a trois sujets qui me préoccupent, déclara-t-il : les meurtres des filles des rues, les morts de Lady Somerville et du père Benedict et l'arrivée à Londres de Puddlicott.

Corbett resta bouche bée.

— Oui, oui! enchaîna Cade. Notre ami Richard Puddlicott, ce maître ès déguisements qui s'affuble d'une douzaine de faux noms et de masques les plus divers, est de retour dans notre bonne vieille capitale!

Cade écarquilla les yeux :

— Et cette fois, il ne m'échappera pas! Je veux voir ce diable de filou chargé de chaînes!

— Comment savez-vous qu'il se trouve à Londres?

— Lisez!

Cade lui tendit les documents.

— Lisez-les! répéta-t-il. Prenez tout votre temps, Messire. Ou devrais-je dire Sir Hugh?

Il sourit :

— Nous avons appris la nouvelle. Toutes mes félicitations! Lady Maeve doit être au comble de la joie, n'est-ce pas?

— En effet! murmura Corbett.

Cade remplit deux gobelets de vin et les offrit à ses visiteurs.

— Je vous les laisse lire tranquillement. Ensuite, nous pourrons en discuter.

Il s'éloigna d'un pas léger. Ranulf regarda par la fenêtre une file de prisonniers qu'on amenait dans la cour tandis que Corbett parcourait les documents. Les deux premiers étaient des missives adressées aux shérifs de Londres, les informant de la colère éprouvée par le souverain devant les nombreux crimes sanglants perpétrés dans la capitale, et, en particulier, devant la mort atroce de Lady Somerville et les circonstances mystérieuses entourant l'incendie dans lequel avait péri le père Benedict. Le document suivant était un rapport, rédigé apparemment par Cade lui-même, où figuraient la liste des victimes et la date de leur disparition. Corbett siffla entre ses dents. Seize en tout, sans compter

Lady Somerville. Tous les meurtres avaient eu lieu sur le territoire de la capitale, aussi loin que Grays Inn à l'ouest, Portsoken à l'est, Whitecross Street au nord et Ropery au sud, près de la Tamise. Corbett nota aussi que les meurtres avaient commencé dix-huit mois plus tôt et qu'ils s'étaient produits à intervalles réguliers, une fois par mois, le 13 du mois. Les seules exceptions étaient Lady Somerville — tuée le 11 mai — et la dernière victime, la prostituée trouvée dans l'église près de Greyfriars, égorgée quelques jours auparavant. Les catins étaient généralement massacrées dans leur chambre, mais trois, y compris la dernière, avaient trouvé la mort ailleurs. Toutes avaient connu la même fin horrible : la gorge tranchée d'une oreille à l'autre et les organes génitaux mutilés et découpés au couteau. Là encore, la seule exception était Lady Somerville qui, à Smithfield, avait été frappée d'un coup rapide à la gorge, sans qu'il y eût d'autre marque de violence, avait ajouté Cade. Les robes des filles étaient toujours rajustées bien soigneusement. Corbett fixa un moment le rapport avant de lever les yeux.

— Une mort par mois, murmura-t-il. Le 13.

— Vous dites, Messire ?

— Les prostituées ont toutes été tuées à peu près à la même date. Elles ont toutes eu la gorge tranchée et les parties génitales mutilées.

Ranulf claqua grossièrement des lèvres.

— Votre avis, Messire ?

— D'abord il pourrait s'agir d'un dément qui aime tuer les femmes, et plus spécialement les putains, ou de quelqu'un qui recherche une catin bien précise, ou encore...

— Ou encore... ?

— De quelqu'un qui s'adonne à la magie noire. Les sorciers ont toujours aimé le sang.

Ranulf détourna les yeux en frissonnant. De la fenêtre, il discernait la silhouette impressionnante de St Mary-le-Bow, où Corbett avait combattu et défait une secte satanique dirigée par la belle criminelle Alice-atte-Bowe.

— Je n'en ai aucune idée! chuchota Corbett qui entreprit de lire le compte rendu du décès du père Benedict.

C'était un rapport laconique rédigé par le clerc du coroner : dans la nuit du 12 mai, les moines de Westminster avaient été réveillés par le rugissement d'un brasier et s'étaient rués à l'extérieur. La maison du père Benedict, située à l'écart, dans l'enclos de l'abbaye, était la proie des flammes. Sous la direction de William Senche, intendant du palais voisin, ils avaient tenté d'éteindre le feu avec l'eau du puits, mais sans succès. Le bâtiment n'était plus qu'une carcasse vide où ils avaient trouvé le corps à demi calciné du père Benedict, recroquevillé près de la porte, la clé à la main, et à ses côtés les restes de son chat.

On ne put déterminer les causes de l'incendie. La haute fenêtre à battants était ouverte. Une légère brise devait avoir attisé les flammes nées, sans doute, d'une étincelle jaillie de la cheminée ou d'une bougie.

Corbett leva les yeux.

— Bizarre! s'écria-t-il.

Ranulf regardait d'un œil distrait les criminels qu'on enchaînait dans la cour. L'exclamation de Corbett le fit sursauter.

— Qu'y a-t-il, Messire?

— La mort du père Benedict. Ce prêtre était un homme âgé, Ranulf, et avait sans doute le sommeil léger. Or le voilà qui se lève au beau milieu de la nuit, effrayé par l'incendie qui s'est mystérieusement déclaré. Il est trop vieux pour sortir par la fenêtre, alors il prend la clé, va jusqu'à la porte, mais ne l'ouvre pas. Fait encore plus étrange : son chat périt aussi ! Bon, un chien resterait, peut-être, aux côtés de son maître, mais un chat s'enfuirait par une fenêtre ouverte ! Or cette bête meurt également !

— Il aurait pu être asphyxié par la fumée, suggéra Ranulf.

— Non ! s'exclama Corbett. Je ne comprends pas comment on peut atteindre une porte, clé à la main, et ne pas faire le petit effort supplémentaire d'introduire la clé dans la serrure et de la tourner. Pourtant, c'est le chat qui m'intrigue le plus. Ceux que je connais me font penser à toi, Ranulf. Ils ont un remarquable instinct de survie et une sainte horreur du feu.

Ranulf détourna le regard et fit la grimace. Corbett revint sur ses pas et étudia les notes gribouillées par Cade au bas du rapport. Juste avant sa mort, le père Benedict avait envoyé une courte lettre au shérif, l'informant qu'un sacrilège horrible allait être commis, mais il n'avait donné aucun autre détail. Corbett hocha la tête, puis lut le dernier parchemin, un minuscule bout de papier graisseux : la brève note d'un mouchard du gouvernement. On avait aperçu le faux-monnayeur Richard Puddlicott dans Bride Lane près de l'auberge à l'enseigne de *L'Évêque de Salisbury*. Corbett se tapota le genou avec le parchemin et contempla la jonchée sale. Que de mystères ! Mais c'était ce Puddlicott qui l'intriguait le plus. Les coursiers du roi avaient traqué cette fripouille dans toute l'Europe, que faisait-il donc en Angleterre ? Sa présence avait-elle un lien avec ces morts ? Ou poursuivait-il d'autres buts, aussi néfastes ? Pour son compte ou pour celui d'Amaury de Craon ?

Corbett, perdu dans ses pensées, sirotait son vin lorsque Cade entra.

— Ces documents vous ont-ils intéressé, Corbett ?

— Oui ! Vous n'avez aucune idée de l'identité du tueur ?

— Absolument aucune !

— Et Lady Somerville ?

— Elle venait d'assister à une réunion des Dames de sainte Marthe à Westminster et s'en revenait avec une compagne. Après avoir longé Holborn, elles s'arrêtèrent un peu à l'hôpital St Barthélemy. Puis Lady Somerville déclara qu'elle couperait par Smithfield pour gagner sa demeure, près de Barbican. Celle qui l'accompagnait souleva quelques objections, mais Lady Somerville ne fit qu'en rire. Elle était âgée, remarqua-t-elle, et tous les truands la connaissaient, grâce à ses bonnes œuvres, et ne l'importuneraient donc pas.

Cade haussa les épaules.

— Elle avait un fils qui avait passé la nuit à faire ripaille avec des amis et ne regagna son domicile qu'au petit matin. Constatant que sa mère n'était pas rentrée, il organisa des recherches et ses serviteurs retrouvèrent le corps près du gibet de Smithfield, la gorge tranchée d'une oreille à l'autre.

— Mais sans autre mutilation ?

— Non.

— Avant sa mort, Lady Somerville était-elle angoissée ou abattue ?

— Non, pas vraiment.

— Soyez plus précis, Messire !

Le shérif adjoint réprima son irritation.

— Eh bien, l'une de ses amies a affirmé qu'elle s'était montrée plus renfermée dernièrement et ne cessait de répéter certain dicton.

— Lequel ?

— *Cucullus non facit monachum* : L'habit ne fait pas le moine[1].

— Que voulait-elle dire ?

— Je l'ignore. Peut-être était-ce une allusion à une autre de ses occupations charitables ?

— A savoir ?

— Elle lavait souvent les habits des moines de l'abbaye de Westminster. Leur abbé, Walter Wenlock, est malade, voyez-vous, et le prieur est décédé. Aussi Lady Somerville se chargeait-elle souvent d'organiser la lessive à l'abbaye.

Corbett lui rendit le parchemin.

— Et la mort du père Benedict ?

— Vous êtes au courant, n'est-ce pas ?

— Bizarre qu'il n'ait pas ouvert la porte !

— Peut-être a-t-il été terrassé par la fumée ou sa robe de bure a-t-elle pris feu ?

— Et le chat ?

Cade s'adossa au mur et tapota le sol de sa botte.

— Messire Corbett, on ramasse les cadavres à la pelle et vous, vous vous inquiétez d'un chat !

Corbett eut un petit sourire.

— Je ne comprends pas tout simplement pourquoi le chat ne s'est pas enfui par la fenêtre ouverte.

Cade haussa les sourcils, puis ses paupières s'étrécirent.

— Bien sûr ! Je n'y avais pas pensé ! avoua-t-il à mi-voix.

— J'aimerais voir cette maison ou plutôt ce qu'il en

---

1. Cette façon de parler est empruntée aux auteurs de droit canon, traitant de la capacité ou de l'incapacité de posséder des bénéfices. Elle veut dire : il faut être profès et non simple moine pour posséder un bénéfice régulier. *(N.d.T.)*

resté. Et ce message que le père Benedict vous a envoyé?

— Nous ne savons pas à quoi il fait allusion, cela pourrait être n'importe quoi. Vous n'ignorez pas les scandales qui, parfois, empoisonnent la vie des prêtres et des moines. C'était peut-être une affaire de ce genre ou encore quelque chose en rapport avec Westminster.

— Comment cela?

— Eh bien, l'abbaye et le palais sont pratiquement déserts. Les travaux de maçonnerie ont dû être interrompus, faute d'argent. L'Échiquier et le Trésor voyagent avec le roi à présent, cela fait donc des années que la Cour n'a pas résidé ici. L'abbé Wenlock est malade et la discipline de la communauté s'est relâchée. En fait, ce qui donne à Westminster toute son importance, c'est que le roi a entreposé une grande partie de son Trésor dans la crypte sous le chapitre.

Corbett, interloqué, dévisagea son interlocuteur

— Pourquoi?

— A cause des travaux de restauration de la Tour[1]. La sécurité laisse à désirer dans la plupart des salles. La crypte de l'abbaye de Westminster est probablement l'endroit le plus sûr de Londres en ce moment.

— Vous êtes formel : le Trésor ne risque rien?

— Absolument rien! Je suis passé voir le père Benedict, quelques heures avant sa mort. Il était absent, alors je suis allé jeter un coup d'œil au Trésor. Les sceaux sur la porte n'avaient pas été brisés, j'en ai donc déduit que rien de fâcheux ne s'était produit. Vous comprenez, la

---

1. La Tour de Londres : commencée sous les ordres de Guillaume le Conquérant, elle fut achevée en 1097. Son donjon central — la tour Blanche — doit son nom à la pierre blanche de Caen. *(N.d.T.)*

crypte n'a qu'une entrée, cette porte où sont apposés des sceaux. Et en admettant que quelqu'un la franchisse, il n'irait pas loin : l'étroit escalier menant à la crypte a été délibérément détruit et la salle elle-même est protégée par les murs les plus épais qu'il m'ait été donné de voir.

— Et Maître Puddlicott ?

— Tout ce que je peux dire, répondit Cade, c'est qu'on a aperçu le misérable à Londres, et encore, cela est un témoignage de seconde main.

— Il doit être ici pour des motifs peu recommandables.

Cade eut un petit rire sec :

— Bien sûr, mais lesquels ?

Corbett donna un coup de coude à un Ranulf ensommeillé.

— Écoutez, Messire, savez-vous que l'envoyé du roi de France, Amaury de Craon, et son compagnon, Raoul de Nevers, sont à Londres ? Le prétexte officiel est qu'il apporte des messages de paix à notre souverain de la part du roi Philippe. Ce n'est pas la vraie raison de leur présence ici.

— Prétendez-vous qu'ils soient en relation avec Puddlicott ?

— C'est possible. On a vu ce dernier en compagnie de Guillaume de Nogaret, le garde du Sceau de Philippe IV.

Cade se versa un gobelet de vin qu'il coupa d'une généreuse rasade d'eau.

— Oh oui ! reprit-il. Nous sommes au courant de la présence de De Craon à Londres. Il a assisté à une réception organisée par la ville et présenté ses lettres de créance au lord-maire. Nous surveillons discrètement sa résidence de Gracechurch Street, mais cela commence à nous ennuyer. Il n'a rien fait de suspect et s'intéresse plus aux bateaux sur la Tamise qu'à autre chose. Et comme nous ne sommes pas en guerre avec la France, il ne commet là aucun délit.

Corbett se leva en s'étirant.

— Bien! soupira-t-il. Par où commençons-nous?

Le shérif adjoint eut un geste hésitant :

— Comme l'a dit mon maître, je suis à vos ordres.

— Alors, suivons les préceptes de Maître Cicéron : « *Et respice corpus!* »

— Je vous demande pardon?

— Voyons le corps!

Corbett prit sa cape.

— Puis-je emprunter la liste des femmes assassinées?

Cade la lui tendit.

— La dernière victime est-elle déjà enterrée?

— Non, elle se trouve au dépositoire[1] de St Laurent-de-la-Juiverie.

Cade vida son gobelet et attacha son baudrier.

— Si vous voulez l'examiner, vous devez vous hâter. Le prêtre veut l'enterrer près des autres ce matin même.

— Comment cela, près des autres? bredouilla Ranulf.

— Oui, expliqua Cade. Les prostituées décédées reposent d'abord dans un petit bâtiment du Guildhall, puis sont transportées dans une charrette jusqu'à St Laurent-de-la-Juiverie où le prêtre procède à leur inhumation. Il reçoit un shilling chaque fois, si je me souviens bien.

— Et c'est donc là, insista Ranulf, qu'elles ont toutes été enterrées, à l'exception de Lady Somerville?

---

1. Dépositoire : local où l'on dépose provisoirement les cadavres avant l'inhumation. *(N.d.T.)*

— En effet. Mais pour un shilling, elles n'ont pas grand-chose : un linceul de toile élimée, une fosse peu profonde et une prière à l'office de prime.

— Personne ne vient jamais réclamer les corps ?

— Bien sûr que non ! Certaines de ces pauvres filles viennent d'Écosse, d'Irlande, de Flandre, de villes et villages aussi éloignés que ceux de la Cornouailles à l'ouest et Berwick-on-Tweed au nord.

— Et personne ne suit leur enterrement ?

— Non ! Nous y avons pensé et nous nous sommes tenus aux aguets.

Cade frissonna.

— On les enterre comme des chiens ! reconnut-il à voix basse. Même leurs clients habituels ne se dérangent pas pour leur dire un dernier adieu.

Corbett finit son vin et rendit le gobelet à son interlocuteur.

— Je ne veux pas vous faire rougir, Messire, mais je ne vous cacherai pas que le roi vous tient en très haute estime.

Cade, gêné, racla le sol de ses lourdes bottes.

— Mais, enchaîna Corbett en refermant le piège, n'est-il pas curieux que vous n'ayez pas dressé une liste des clients de ces filles ? Quels étaient les individus qui avaient commerce avec elles ? Vos mouchards sont capables de vous renseigner sur la venue d'un petit truand comme Puddlicott, mais pas sur les clients des prostituées assassinées ?

Le sourire de Cade s'effaça :

— Écoutez !

Il s'assit sur un tabouret et énuméra les différents points sur ses doigts boudinés :

— D'abord, quelques-unes étaient des courtisanes de haut rang. Oh oui, je sais ! Elles meurent dans la misère, mais, de leur vivant, elles sont entretenues par certains des hommes les plus riches et influents de la capitale...

— Un moment! l'interrompit Corbett. Plusieurs d'entre elles devaient rouler sur l'or. Qu'est-il advenu de ces richesses?

Cade grimaça :

— La plupart des prostituées dépensent immédiatement ce qu'elles gagnent. A leur mort, leurs biens sont pillés par des gens... peu scrupuleux. Enfin, elles n'ont ni héritiers ni parents, le reste est donc confisqué par la Couronne.

Corbett opina :

— Continuez!

— Comme je le disais, seigneurs et riches marchands n'apprécieraient guère que l'on associe leur nom avec ce qu'ils appellent maintenant de simples filles publiques. Ensuite — Cade prit une profonde inspiration, les yeux fuyants, et Corbett sentit qu'il ne disait pas toute la vérité — ensuite, c'est la manière dont elles sont mortes qui me donne à réfléchir : la plupart furent tuées dans leurs chambres et elles connaissaient sans doute leur assassin. Messire Corbett, je suis shérif adjoint. Ce sont ces bourgeois prospères qui me versent mon salaire. Je ne veux pas être l'officier qui découvre qu'un de ses employeurs a rendu visite à une prostituée le jour de sa mort!

Cade rougit de confusion — pour de bon, cette fois — et se frotta la joue.

— Oui, oui! Je l'admets! Je suis terrifié! Je suis prêt à mettre la main au collet de n'importe quel scélérat — fût-il seigneur, marchand ou homme d'Église —, mais cette affaire est différente. Si je découvre que le lord-maire lui-même a été voir une catin, qu'est-ce que cela prouve?

— Vous pourriez faire certains rapprochements, chercher un nom qui soit commun à tous ces assassinats.

Cade pointa un doigt vers Corbett :

— Non, Messire, c'est vous l'ami du roi, c'est vous qu'il a récemment anobli ! A vous de révéler la vérité ! A vous de désigner le coupable ! Par Dieu ! C'est pour cela qu'on vous a envoyé ici, soit dit sans vous offenser !

Corbett se mordilla les lèvres et toucha doucement la main de Cade.

— Je vois ! murmura-t-il.

De fait, il comprenait à présent pourquoi un simple shérif adjoint avait été chargé de régler une affaire à laquelle ses supérieurs refusaient d'être mêlés de près ou de loin. Corbett sourit en son for intérieur. Il savait maintenant ce qui avait poussé son souverain à le renvoyer à Londres ! Il relut la liste que Cade lui avait confiée.

— Vous êtes fort perspicace, Messire Cade ! déclara-t-il. Ces putains devaient connaître leur assassin, avoir grande confiance en lui. Même la dernière, Agnès, dont nous allons examiner la dépouille. Elle a été tuée dans une église ; je suppose qu'elle y a été attirée par son bourreau.

— C'est possible, répondit Cade. Mais oublions un moment la mort de ces pauvres filles. Comment expliquez-vous l'assassinat de Lady Somerville ?

— Je ne vois pas, marmonna Corbett. Peut-être était-elle au courant de quelque chose ? Laissez-moi vous dire, Cade, que vous avez tout lieu d'être inquiet. Quand nous appréhenderons ce monstre — et nous le ferons, soyez tranquille ! — je parie que ce sera quelque grand seigneur avec plus d'un secret dans son sac.

— Mon Dieu ! murmura Cade.

Corbett fixa le mur du fond.

— Ce qui m'intrigue, reprit-il, c'est la fréquence croissante des crimes. Selon votre liste, les prostituées meurent le 13 du mois. Or, en mai, cela change. Certes, Lady Somerville est tuée le lundi 11, le père Benedict le lendemain, la prostituée Isabeau le mercredi 13, et cette fille près de Greyfriars l'est peu après. Quel événement a donc forcé le tueur à changer ses habitudes ?

— Et si... ? l'interrompit Cade.

— Si quoi ?

— S'il y avait plusieurs assassins ?

CHAPITRE IV

Le temps pour Cade de rassembler ses affaires, et les trois hommes quittaient le Guildhall et rejoignaient Catte Street, le quartier de la Vieille Juiverie et la sombre masse de St Laurent. La foule s'était rassemblée autour du pilori installé près de la porte à claire-voie du cimetière. Les curieux, pour la plupart, étaient des vauriens qui accablaient de quolibets un homme enchaîné au pilori pour avoir vendu des cordes d'arc défectueuses. Sa marchandise de mauvaise qualité était entassée et brûlée sous son nez. Le malheureux, la tête coincée entre les planches, était obligé de respirer la fumée âcre qui lui irritait la bouche, les narines et les yeux. De temps à autre, il lançait une kyrielle d'injures à ses tourmenteurs avant de succomber à des accès de toux qui lui rejetaient la tête contre le bois.

Corbett et ses compagnons jouèrent des coudes et pénétrèrent dans le cimetière mal entretenu. Cade se rendit au presbytère, frappa à la porte et parla à quelqu'un à l'intérieur. Quelques minutes après, une petite silhouette corpulente apparut sur le seuil, un énorme trousseau de clés à la main. Corbett décocha un regard d'avertissement à Ranulf pour qu'il ne commît pas d'impairs : le tour de taille du curé, en effet, ainsi que ses joues bien roses et sa démarche nonchalante comme celle d'une femme disaient assez que cet homme d'Église s'intéressait plus aux biens d'ici-bas qu'au salut des âmes. Sa cape en tissu vert de Lincoln était bordée de petit-gris tandis que des bijoux de pacotille étincelaient à ses doigts et à ses poignets. Ses yeux de fouine fixaient Corbett avec courroux. Il n'y eut pas de présentations. Le prêtre ouvrit un sachet de cuir et en sortit trois éponges imbibées de vinaigre et d'herbes odoriférantes.

— Vous en aurez besoin, déclara-t-il d'un ton rogue en les leur tendant. Maintenant, suivez-moi!

Il les amena derrière l'église, au dépositoire, une longue cabane sans fenêtres. Il déverrouilla la porte et leur fit signe d'entrer.

— Un beau spectacle! commenta-t-il, caustique. J'enterre cette pauvre fille dans une heure. Il y a une chandelle sur la saillie du mur à droite.

Corbett affronta l'obscurité le premier et sentit immédiatement l'odeur de putréfaction. Heureusement qu'il était muni de cette éponge et qu'il avait un estomac à toute épreuve! Ranulf, par contre, devint verdâtre; aussi, après avoir allumé la chandelle avec de l'amadou, Corbett lui ordonna-t-il de rester dehors.

— Ne faites pas attention aux rats! leur cria le curé. Le cercueil est posé sur des tréteaux, au centre.

Corbett leva la chandelle et, malgré l'inconfort de la situation, ressentit un pincement de compassion à la vue de la bière oblongue et solitaire. Cade, marmonnant des jurons, souleva le couvercle mal ajusté, découvrant l'horrible vision. Apparemment, la jeune femme allait être enterrée dans l'état où on l'avait trouvée: nul n'avait fait sa toilette mortuaire. Son visage, blanc comme linge, paraissait encore plus affreux à la lueur tremblotante de la bougie, sa peau était déjà boursouflée et son corps gonflé par la mort. Corbett examina la longue estafilade violette qui coupait la trachée-artère. Cade, pressant l'éponge sur son nez et sa bouche, souleva la robe de la malheureuse. Corbett ne jeta qu'un coup d'œil à la mutilation avant de se détourner et de vomir le vin qu'il venait d'avaler. Il tituba jusqu'à la porte, suivi de Cade, livide. Ils sortirent à l'air libre et Corbett laissa tomber son éponge et la chandelle aux pieds du curé.

— Que Dieu ait pitié de son âme! murmura-t-il entre deux renvois. Elle était la fille de quelqu'un, la sœur de quelqu'un!

Il pensa soudain à sa petite Aliénor. La masse de chair éventrée qu'il venait de voir avait été, elle aussi, un bébé gazouillant dans un berceau, autrefois.

— Que Dieu lui fasse miséricorde! répéta-t-il.

Il s'accroupit et s'essuya la bouche d'un revers de main. Ranulf apporta une aiguière du presbytère et, sans crier gare, versa de l'eau pour que Corbett se lave mains et visage. Le clerc se releva et défit son escarcelle, non sans avoir foudroyé l'ecclésiastique du regard. Deux pièces d'argent roulèrent vers ce dernier.

— Voici, mon père! bougonna Corbett. Faites célébrer une messe pour elle. Et, par pitié, avant de l'enterrer, versez un mélange de vinaigre et d'eau de rose sur le cercueil, et recouvrez la dépouille d'un linceul. Sa vie a probablement été un enfer et sa mort fut atroce. Elle a droit à quelque respect.

Le curé repoussa les pièces de sa botte de cavalier.

— Je m'y refuse! se récria-t-il d'une voix aiguë.

— Dieu m'est témoin que vous le ferez! rugit Corbett. Ou que vous trouverez quelqu'un pour le faire! Sinon, je veillerai à ce que l'on vous enlève ce bénéfice! Je le vérifierai...! Je crois savoir que le roi a besoin de chapelains pour son armée en Écosse!

Le clerc se redressa de toute sa taille devant le prêtre effrayé.

— Mon nom est Sir Hugh Corbett, déclara-t-il à mi-voix. Je suis garde du Sceau privé, ami et conseiller de notre souverain. Vous vous exécuterez, n'est-ce pas?

La morgue de son interlocuteur se dégonfla comme une outre crevée. Il opina et ramassa soigneusement les pièces d'argent. Sans attendre, Corbett revint à la porte à claire-voie, où ils avaient attaché leurs chevaux, et respira longuement de grandes goulées d'air.

— Celui qui a commis ces atrocités, dit-il avec un geste vers le dépositoire, est un être malfaisant et démoniaque.

Cade, l'air toujours nauséeux, se contenta de hocher la tête en maugréant tandis que Ranulf semblait avoir vu un fantôme. Ils redescendirent la Poultry, réprimant des haut-le-cœur en passant près des tables et des récipients nauséabonds des peaussiers qui, à l'aide de coutelas, raclaient la graisse des peaux qu'ils jetaient ensuite dans des barriques remplies d'eau.

Ranulf, revigoré à présent, affubla de quolibets les apprentis qui, de l'eau jusqu'à la taille, foulaient les peaux dans de vastes baquets. Ils ripostèrent allégrement tout en réservant le plus gros de leur venin à un malheureux enchaîné, par les dizainiers, au poteau d'un étal. Une pancarte accrochée au cou du vaurien signalait que, la veille, il s'était glissé, en état d'ivresse, entre les maisons des peaussiers en miaulant comme un chat. Grave insulte soulignant que certains de ces négociants essayaient de faire passer des peaux de chat pour de la vraie fourrure!

Corbett et ses compagnons parvinrent enfin à la Mercery dont les marchands, derrière leurs étals, s'égosillaient pour proposer dentelles, nœuds, coiffes, peignes de buis, chapelets, poivriers et fil à coudre. Puis ils passèrent près du marché couvert de West Cheapside, maîtrisant difficilement leurs montures affolées par les vaches que l'on amenait aux abattoirs de Newgate, par les Shambles. Les bêtes semblaient se douter du sort qui leur était promis et tiraient sur les longes enserrant leur cou. Leur panique était perçue par les chevaux qui hennissaient de peur. Plus loin, près de Newgate, les bouchers avaient travaillé d'arrache-pied : les pavés luisaient de sang et d'abattis visqueux. Puis ils traversèrent Newgate, la brise d'été leur apportant les effluves fétides de la prison et la puanteur du fossé qui la longeait.

— Décidément, c'est une matinée placée sous le signe des mauvaises odeurs! maugréa Cade en désignant le fossé, chaudron frémissant d'eau croupie, de rats morts, de cadavres de chats et de chiens, d'excréments et d'immondices en provenance des marchés.

Il envoya une bourrade malicieuse à Ranulf.

— Restez sur la voie étroite de la vertu! lui conseilla-t-il. A partir de lundi prochain, les shérifs vont employer tous les détenus à nettoyer le fossé et à aller, à force de rames, balancer les ordures en mer!

Corbett, pensant encore au corps de la malheureuse prostituée, s'arrêta à Fleet Bridge pour acheter un peu d'eau fraîche à un porteur qui la vendait dans des pichets et des tonnelets. Les autres l'imitèrent et ils se rincèrent la bouche avant de redescendre Holborn en direction du Strand. Ils dépassèrent St Dunstan-in-the-West et les archives de la Chancellerie, contournèrent Temple Bar et se retrouvèrent sur le large Strand conduisant à Westminster. Cette belle artère était bordée d'imposantes auberges, à la peinture et au plâtre récemment refaits, dont les propriétaires étaient membres de la noblesse. Une foule de juges, d'avocats et de clercs en habits rayés et calottes blanches entraient et sortaient des cours de justice.

Corbett fit halte devant l'hôpital de Notre-Dame-de-Roncevaux, près du village de Charing, pour admirer la croix délicatement sculptée que son souverain venait d'ériger à la mémoire d'Aliénor, son épouse bien-aimée. Les trois compagnons poursuivirent leur chemin et, au sortir d'un tournant, aperçurent la dentelle de pierre, les pignons et les tours de l'abbaye et du palais de Westminster. Ils pénétrèrent dans le domaine royal par une petite poterne dans le mur nord et virent, sur leur droite, la masse imposante de l'abbaye et, plus près d'eux, joliment blottie entre l'abbaye et les jardins du palais, la belle église de St Margaret. Pourtant, la splendeur de l'abbaye et de l'église était gâchée par des échafaudages en train de rouiller, entassés pêle-mêle contre les murs par les maçons qui avaient cessé le travail lorsque le Trésor, à court d'argent, n'avait pu les payer.

Cade désigna le nord, de l'autre côté de l'abbaye.

— Là-bas, déclara-t-il, au milieu d'un petit verger, vous trouverez les ruines de la maison du père Benedict et de ce côté-ci — il pointa son doigt dans une autre direction —, derrière l'église abbatiale, s'élève le chapitre où se réunissent les Dames de sainte Marthe. Voulez-vous que nous nous y rendions d'abord ?

Corbett fit signe que non.

— Allons voir plutôt l'intendant du palais ! Il pourra sans doute nous fournir plus de renseignements.

Cade eut une moue significative.

— Cet intendant, un certain William Senche, est entre deux vins la plupart du temps et incapable de distinguer le jour de la nuit. Vous savez ce que c'est, Sir Hugh : quand le chat n'est pas là, les souris — et les rats ! — dansent !

Ils guidèrent leurs montures dans la cour du palais. Cela faisait des années que le roi était absent et les signes de négligence sautaient aux yeux : mauvaises herbes poussant entre les pavés, volets rabattus aux fenêtres, verrous et barres mis aux portes, écuries vides et parterres de fleurs transformés en jungle. Un roquet accourut vers eux, babines retroussées, et jappa jusqu'à ce que Ranulf le chassât. Non loin des bâtiments de l'Échiquier, qui dominaient les jardins de la rive envahis par la végétation, ils rencontrèrent un serviteur au regard morne. Ils l'envoyèrent à la recherche de William Senche. Celui-ci apparut en haut des marches de la chapelle St Étienne et Corbett jura à voix basse. William Senche avait le physique de sa réputation, celui d'un pilier de taverne invétéré : des yeux globuleux de poisson mort, une bouche molle et un nez rouge comme une pivoine. Des touffes éparses de cheveux roux et un front proéminent achevaient d'en faire un homme d'une remarquable laideur. Il avait déjà goûté aux vignes du Seigneur, mais quand il comprit qui était Corbett, il essaya de faire bonne figure. Il répondit sans détour et brièvement aux questions du clerc, mais son regard se dérobait constamment, comme s'il dissimulait quelque chose.

— Non ! Non ! protesta-t-il d'une voix agacée. J'ignore tout des Dames de sainte Marthe. Elles se réunissent dans l'abbaye et là-bas, ajouta-t-il sur un ton sinistre, c'est la parole de l'abbé Wenlock qui a force de loi, mais il est très malade.

— Alors qui dirige l'abbaye ?
— Oh, il n'y a plus que cinquante moines, dont la

plupart sont âgés. Le prieur Roger a été rappelé à Dieu. C'est le sacristain Adam of Warfield qui a la haute main sur tout.

L'intendant se balançait d'un pied sur l'autre comme s'il avait une envie pressante. Sa nervosité s'accrut lorsque Cade l'approcha d'un côté et Ranulf de l'autre.

— Allons, allons, Messire Senche! le nargua Corbett tranquillement. Vous êtes un dignitaire de quelque importance, pas un jeune écervelé de la Cour! Nous aimerions vous entendre sur d'autres sujets...

— Lesquels?

— Eh bien, la mort du père Benedict, par exemple!

— Je ne sais rien! bafouilla l'autre.

Corbett l'agrippa doucement par le col de son pourpoint d'une propreté douteuse.

— Cela, c'est le dernier mensonge que j'accepterai de votre part. Le soir du 12 mai, vous vous êtes aperçu que la maison du père Benedict était en feu.

— En effet!

L'intendant écarquillait les yeux.

— Comment cela se fait-il? On ne la voit pas depuis la cour du palais...

— Je ne dormais pas. J'étais allé prendre l'air dehors. J'ai aperçu la fumée et les flammes et j'ai sonné le tocsin.

— Ensuite?

— Il y a un puits près des arbres. Nous nous sommes munis de seaux mais le brasier était déjà très intense.

La bouche de l'intendant s'affaissa et il ressembla plus encore à un poisson mort.

— Quand nous avons finalement réussi à éteindre l'incendie, nous avons examiné la pièce et découvert le père Benedict gisant juste derrière la porte.

— Il avait une clé à la main?

— Oui.
— Et sinon, rien de bizarre ?
— Non.
— Et avez-vous identifié les causes de l'incendie ?

— Le père Benedict était un vieil homme. Il a peut-être renversé une lampe à huile ou une chandelle, ou encore une étincelle a pu jaillir de la cheminée...

— Et vous n'avez rien remarqué de suspect ?

— Non, rien du tout. Je ne peux vous en dire plus. Adam of Warfield, lui, pourrait vous aider.

Sur ce, l'intendant fit volte-face et détala comme un lièvre.

Corbett et Cade échangèrent un regard interrogateur, puis regagnèrent le domaine de l'abbaye en repassant par la poterne, le shérif adjoint s'esclaffant devant l'imitation que faisait Ranulf de l'accent et des tics de William Senche.

Devant eux se dressait l'imposante église abbatiale avec ses gargouilles ricanantes et ses visions infernales. Corbett contempla, fasciné, les scènes terrifiantes qu'avait si habilement représentées le sculpteur. Aux pieds du Christ en majesté rendant son Jugement, les damnés étaient entraînés par d'effroyables démons vers un gigantesque chaudron d'huile bouillante où d'autres diables piquaient des malheureux de leurs lances et de leurs épées comme des cuisiniers tâtant la viande en train de cuire. Corbett entendit du bruit tout à coup et regarda, à sa gauche, la vaste étendue déserte du vieux cimetière. L'herbe et le chanvre avaient bien cinq pieds de haut, mais Corbett aperçut un jardinier âgé s'efforçant de son mieux de nettoyer le pourtour des tombes.

— Eh bien, l'ami, s'exclama-t-il ; tu en as du pain sur la planche !

L'homme tourna vers Corbett des yeux larmoyants et des joues maculées de terre.

— Pour sûr! répondit-il avec l'accent du terroir, en tapotant une pierre tombale en piètre état. Mais mes clients ne protestent guère!

En souriant, Corbett leva les yeux vers le bâtiment circulaire qui dominait le cimetière.

— C'est le chapitre?

Cade fit signe que oui.

— Et la crypte se trouve en dessous?

— Oui.

Corbett parcourut du regard les contreforts massifs et l'impressionnant mur de granit.

— Expliquez-moi à nouveau comment on peut entrer dans la crypte.

— Eh bien, derrière le chapitre se trouve le cloître, mais on ne peut pénétrer dans la crypte que par une porte située dans le coin sud-est de l'église abbatiale. Comme je vous l'ai dit, des sceaux y ont été apposés. On descend ensuite par l'escalier raide d'un passage voûté et bas de plafond. Les marches ont été démolies, et pour accéder à la crypte, où est entreposé le Trésor, il faut utiliser des échelles spéciales.

Cade poursuivit, les paupières rétrécies :

— Je vous ai déjà raconté tout cela, alors pourquoi cet intérêt subit?

— Je pensais au message laconique et difficile à dé... crypter du père Benedict.

Corbett sourit à son jeu de mots.

— Je me demandais s'il avait en tête un avertissement concernant le Trésor? Il avait peut-être été témoin de quelque chose.

Cade hocha la tête :

— J'en doute fort. La porte est scellée, barrée et verrouillée, et même si vous l'ouvriez, il vous faudrait le matériel d'un siège pour atteindre le centre de la crypte.

En outre, je ne crois pas que les bons frères laisseraient quiconque en sortir, chargé des sacs du Trésor.

Corbett en convint à regret et ils se dirigèrent vers les principaux bâtiments abbatiaux en coupant par le domaine. Un frère convers aux yeux chassieux et à la démarche traînante s'occupa de leurs chevaux, puis les conduisit, par des couloirs dallés, à la cellule d'Adam of Warfield. Corbett prit immédiatement le sacristain en grippe. Cet homme de haute taille, aux traits anguleux et accusés, avait un long nez crochu et une bouche en cul-de-poule. Avec son regard fuyant sous ses sourcils broussailleux, Corbett ne le trouva pas très à son aise. Cela dit, Warfield leur fit bon accueil, avec de petits gestes délicats de ses doigts fuselés. Il leur offrit pain et bière, mais Corbett les refusa malgré les protestations étouffées de Ranulf. Les trois visiteurs, assis sur un banc comme des écoliers, se sentaient assez gênés en face du sacristain qui, lui, était perché sur un haut tabouret, les mains enfouies dans les larges manches de son habit noir. Trop indolent, songea Corbett, trop placide, pas le genre d'homme à mettre à la tête d'une grande abbaye. Au début, ils échangèrent des banalités. Corbett demanda des nouvelles du vieil abbé qui était virtuellement grabataire et exprima ses condoléanccs devant la mort récente du prieur Roger. Adam of Warfield ne semblait pas très affligé.

— Nous en avons informé Rome ! précisa-t-il d'une voix rauque. Mais nous n'avons pas encore reçu l'aval pour élire un nouveau prieur.

Il eut un sourire d'excuse .

— Je fais ce que je peux !

— Je n'en doute pas ! rétorqua Corbett.

Le clerc supportait mal l'air doucereux de son interlocuteur et parcourait du regard la pièce austère, chichement meublée. Il ne pouvait se défaire de l'idée que Warfield cachait son jeu. Il remarqua des restes de sucre fin sur l'habit sombre et décela, sur la table, la tache ronde laissée par un gobelet de vin. Il eut alors la certitude que le sacristain, tout comme le curé de St Laurent, appréciait la bonne chère.

— Et la mort du père Benedict ? demanda-t-il à brûle-pourpoint.

Adam of Warfield se raidit :

— J'ai déjà tout dit à Messire Cade, récrimina-t-il. Nous étions dans notre dortoir lorsque Messire Senche, l'intendant du palais, nous a réveillés. Nous avons fait de notre mieux, mais la maison fut entièrement dévastée par l'incendie.

— Ne trouvez-vous pas étrange que ce jour-là le père Benedict ait envoyé un message à Cade lui révélant qu'un acte épouvantable, un sacrilège, était en train de se commettre ? Je vous le demande solennellement, Adam of Warfield : que se passe-t-il dans l'abbaye royale qui ait pu ainsi bouleverser ce saint homme ?

Le sacristain soupira profondément. Corbett sentit des relents de vin.

— Notre souverain roi, reprit Corbett, aimait beaucoup le père Benedict. Je veux savoir ce qui inquiétait ce digne prêtre, et, croyez-moi, vous ne m'arrêterez pas : je satisferai ma curiosité.

Le sacristain était manifestement désarçonné, ses mains tiraillaient nerveusement son habit.

— Le père Benedict était âgé, balbutia-t-il. Il était porté quelquefois à l'affabulation.

Il étira son cou maigre et Corbett vit soudain une faible marque violette sur le côté de sa gorge. « Comment se fait-il, s'étonna le clerc, qu'un moine de Westminster et un prêtre ordonné, qui plus est, puisse avoir un suçon dans le cou ? » Il l'examina plus attentivement : ce n'était pas une coupure de rasoir ou une écorchure ! Il se leva et alla regarder par la petite fenêtre en losange.

— Que savez-vous des Dames de sainte Marthe, frère Adam ?

— Ce sont des dames fort dévotes et généreuses qui se réunissent tous les après-midi dans notre chapitre. Elles consacrent leur temps à prier et à faire le bien, surtout parmi les prostituées de cette ville.

— Vous approuvez cette activité ?

— Bien sûr !

Corbett se retourna à demi.

— La mort de Lady Somerville vous a-t-elle surprise ?

— Naturellement !

— J'ai cru comprendre qu'elle travaillait à la buanderie. Que faisait-elle exactement ?

Corbett observa le sacristain par-dessus son épaule. Il était livide. Et n'étaient-ce pas des gouttelettes de sueur qui perlaient à son front ?

— Lady Somerville lavait et prenait un soin particulier des nappes d'autel, linges, chasubles et autres vêtements liturgiques ainsi que des habits monastiques.

— Savez-vous ce qu'elle voulait dire par « *Cucullus non facit monachum* » ?

— L'habit ne fait pas le moine ?

Le sacristain eut un sourire caustique.

— C'est une expression souvent employée par ceux qui ne nous aiment guère pour dire que porter un habit de moine ne suffit pas pour être un bon moine.

— Vraiment ? intervint Ranulf. Et vous n'êtes pas d'accord, mon frère ?

Warfield lui lança un regard méprisant et Corbett tambourina sur le rebord de la fenêtre.

— Donc, vous ignorez à quoi elle faisait allusion ?

— En effet. Mes relations avec les Dames de sainte Marthe étaient des plus rares. J'ai assez de travail par ailleurs. Je les rencontre quelquefois au chapitre, c'est tout.

— Bien, bien, bien!

Corbett revint à son banc.

— Personne à Westminster ne semble être au courant de rien. N'ai-je pas raison, mon frère? Bon! Je voudrais d'abord voir la maison du père Benedict et la porte de la crypte, et ensuite j'aimerais rencontrer les Dames de sainte Marthe. Vous m'avez bien dit qu'elles se réunissaient tous les après-midi?

Le sacristain le confirma d'un signe de tête.

— Alors, mon cher frère, allons-y! Commençons cette enquête!

Précédés de Warfield, ils quittèrent les bâtiments abbatiaux pour traverser à nouveau les jardins à la végétation trop touffue et pénétrer dans un petit verger.

— Que se passe-t-il donc ici? s'exclama Ranulf en un murmure peu discret. C'est l'abbaye royale, la demeure royale, mais tout s'en va à vau-l'eau!

— En fait, c'est le roi qui est responsable! le reprit Corbett à voix basse. Il est trop occupé en Écosse pour obtenir du pape Boniface[1] que de nouvelles élections aient lieu. Il a retiré sa Maison de Westminster. Il n'a plus de quoi payer maçons et jardiniers. Je ne crois pas qu'il se doute de l'ampleur du désastre. Quand j'en aurai fini avec cette affaire, j'éclairerai sa lanterne.

— Et les autres s'en moquent comme d'une guigne! renchérit Cade. Nos riches marchands considèrent Westminster comme un village tandis que les évêques de Cantorbéry et de Londres ne sont que trop heureux d'assister à son déclin.

---

1. Le pape Boniface VIII fut pape de 1294 à 1303 et défendit l'Église contre les attaques de Philippe le Bel. *(N.d.T.)*

Le verger s'éclaircit pour laisser apparaître un petit enclos à la clôture brisée, entourant les ruines calcinées de la cabane du père Benedict. Corbett en fit lentement le tour. Ce n'était pas une construction en torchis, mais en briques découpées par des tailleurs de pierre, ce qui expliquait qu'il en restât plus qu'un tas de cendres. Corbett examina la fenêtre au châssis de bois, encastrée haut dans le mur à huit bons pieds au-dessus du potager.

— C'est la seule fenêtre ? s'enquit-il.
— Oui.
— C'était un toit de chaume ou de tuiles ?
— De tuiles rouges.

Corbett s'approcha de la porte d'entrée, encore accrochée de guingois à ses gonds d'acier. Épaisse de deux pouces, elle était en chêne et renforcée de barres.

— N'y avait-il qu'une porte ?
— Oui, oui !

Corbett la poussa et ils parcoururent les décombres noirâtres, fronçant les narines à cause de la puanteur du bois calciné et de la fumée âcre. Ce n'était plus qu'une carcasse vide, aux murs noircis et brûlés. La cheminée, au fond de la pièce, n'était plus que briques qui s'émiettaient.

— Quel lieu dépouillé ! commenta Corbett à mi-voix. Le lit du père Benedict devait se trouver dans le coin, là-bas, près de la cheminée, non ?

Warfield fit signe que oui.

— C'est probablement ici qu'il dormait, étudiait et prenait ses repas, n'est-ce pas ?
— En effet, Messire. Il n'y avait qu'une seule pièce.
— Et par terre ?
— Une simple jonchée.

Corbett alla jusqu'au coin et fouilla les cendres répandues sur le sol. Il en retira quelques brins et les frotta entre ses doigts : oui, c'était bien une jonchée qui, très sèche, avait dû s'embraser rapidement.

Il revint vers le centre de la pièce et examina le mur sous la fenêtre, là où l'incendie avait fait rage, transformant le châssis de bois en cendres légères comme de la plume. Le feu avait laissé de profondes cicatrices noires sur le mur et tout réduit en poussière. Corbett se dirigea vers la cheminée et les restes du châlit. Il resta un instant immobile sans se soucier des murmures d'impatience de ses compagnons et gratta les cendres du bout de sa botte.

— Apporte-moi un bâton, Ranulf.

Le serviteur sortit rapidement dans le verger et rapporta une longue baguette d'if qu'il tailla avec son poignard. Corbett farfouilla dans les cendres, creusant la terre compacte, se concentrant sur la traînée sombre qui partait directement de la fenêtre. Puis il rejoignit ses compagnons près de la porte.

— Le père Benedict a été assassiné ! leur annonça-t-il.

Le sacristain étouffa une exclamation.

— Eh oui, frère Adam ! Redites-moi ce qui est arrivé lorsque vous avez essayé de combattre les flammes.

— Eh bien, nous n'avons pas pu atteindre la porte, tellement la chaleur était intense. Nous avons jeté des seaux d'eau sur les murs et par la fenêtre, c'était tout ce qu'on pouvait faire !

— Et ensuite ?

— Heu... Le feu s'est éteint et nous avons forcé la porte.

— Elle était encore verrouillée ?

— Oui, mais elle branlait sur ses gonds.

— Et vous avez trouvé le corps du père Benedict à demi calciné ?

— Oui, juste derrière, avec le cadavre de son chat à côté.

Le sacristain hocha la tête.

— Je ne vois pas comment il a pu être assassiné. La porte était verrouillée et il n'y avait qu'une clé. On ne peut guère imaginer que le père ait ouvert et refermé la porte derrière celui qui aurait mis le feu et quitté la pièce.

Le sacristain eut un sourire de triomphe comme s'il avait exposé un brillant syllogisme, d'une finesse supérieure.

— Le meurtrier n'est pas entré, décréta Corbett. Si le feu s'était déclaré près de l'âtre, c'est là que les flammes auraient été les plus fortes. Or, regardez le mur sous la fenêtre et le mur opposé. Ils ont été gravement endommagés, ainsi que le plancher entre les deux. L'incendie est né au milieu de la pièce. Voici ce qui s'est passé : on a jeté par la fenêtre un pot, ou une outre remplie d'huile, d'huile très pure, très difficile à déceler. Ce pot ou cette outre a éclaté et on a lancé de l'amadou ou une chandelle allumée, et la jonchée sèche et imbibée d'huile est rapidement devenue un brasier infernal.

— Bien sûr ! s'exclama Cade. C'est pour cette raison que le chat n'a pas pu sauter par la fenêtre ! Le sol au-dessous était plein d'huile et la fenêtre trop haute !

— Et le mur opposé, expliqua Ranulf, a été sérieusement détérioré à cause de la brise qui aura poussé les flammes dans sa direction.

— C'est absurde ! s'insurgea le sacristain.

— Oh non ! maintint Corbett. J'ai examiné le sol sous la jonchée, au centre de la pièce. Ce n'est que de la terre battue. Elle est tachée d'huile et certains endroits sont à peine moins brûlés que d'autres

— Mais, protesta Warfield, le père Benedict est arrivé jusqu'à la porte !

— Certainement ! Le bruit du récipient heurtant le sol et le ronflement du brasier ont dû le réveiller. Il a pris sa cape et la clé et, le chat dans les bras, a couru à la porte.

— Et le mur de flammes ?

— Il devait être assez haut, mais pas à son comble. Le père n'avait pas le choix : il devait le franchir avant que le feu ne s'élève jusqu'aux chevrons.

— Comment savez-vous que la clé n'était pas dans la serrure ? demanda Cade.

— Parce que le père Benedict aurait survécu, dans ce cas, et l'assassin aurait choisi un autre stratagème.

Corbett regarda le baudrier de l'assistant du shérif.

— Votre dague, Messire Cade, est à la mode italienne, n'est-ce pas ? Longue et mince ? Puis-je vous l'emprunter ?

Étonné, Cade la lui tendit.

— Maintenant, ordonna Corbett, veuillez rester tous dehors ! Ranulf, mets ta main sous la serrure !

Ses compagnons sortirent, un peu interloqués. Corbett referma péniblement la porte en la soulevant et en la retenant d'une main avant de glisser la fine dague dans la serrure. La lame fut bloquée, aussi la poussa-t-il doucement jusqu'à ce qu'il entendît l'exclamation de surprise de Ranulf. Le clerc ouvrit la porte et rendit la dague à son propriétaire.

— Eh bien, Ranulf, qu'as-tu là ?

Son serviteur lui montra un minuscule morceau de bois à moitié consumé, long et rond, comme découpé par un maître charpentier.

— Voilà ce qui s'est passé, résuma Corbett : le meurtrier sait où le père Benedict garde sa clé. Cette nuit-là, il glisse cette rondelle de bois dans la serrure, se rend silencieusement sous la fenêtre, jette l'huile et la torche enflammée, puis s'enfuit. Le père court jusqu'à la porte, le brasier faisant rage autour de lui. Il introduit la clé, mais elle n'entre pas dans la serrure. Il la ressort et essaie à nouveau, peut-être. Mais c'est trop tard!

Corbett jeta un coup d'œil au sacristain :

— Cette rondelle n'aurait pas pu être insérée plus tôt car le père Benedict n'aurait alors pas pu verrouiller la porte derrière lui. Oh non! frère Adam. Le père Benedict a été assassiné de sang-froid et j'ai la ferme intention de découvrir l'identité de son bourreau et le motif du meurtre.

Corbett se retourna en entendant du bruit. Un moine courtaud et grassouillet sortait du couvert des arbres et accourait vers eux. La fatuité mais aussi l'angoisse se peignaient sur son visage au teint terreux.

— Frère Adam! Frère Adam! bafouilla-t-il. Que se passe-t-il donc ici?

Il s'arrêta, les lèvres pincées, redressant la tête comme un coq et dévisageant rapidement chaque membre du groupe de ses petits yeux noirs.

— Qui sont ces gens? Avez-vous besoin d'aide?

— Non, frère Richard! le rassura Warfield.

Le moine replet passa ses pouces dans la cordelette de son habit.

— Je pense que si! déclara-t-il.

— Allez-vous-en, bonhomme! s'interposa Ranulf. Vous êtes en présence de Sir Hugh Corbett, garde du Sceau privé, émissaire spécial du roi.

— Je suis navré, vraiment navré! bégaya le frère Richard, implorant Warfield du regard.

— Ne vous tracassez pas, frère Richard!

Le sacristain lui donna une bonne claque sur l'épaule :

— Tout va bien.

Warfield sourit à Corbett :

— Frère Richard est mon assistant et s'acquitte de ses tâches avec un zèle louable.

— C'est très bien, trancha Corbett. Alors vous pouvez nous conduire à l'entrée de la crypte.

Il se retourna, non sans avoir surpris le coup d'œil d'avertissement qu'échangèrent Warfield et son bon vivant d'assistant.

CHAPITRE V

Adam of Warfield les conduisit à l'église abbatiale. Les nefs, bordées de colonnes de pierre et plongées dans un silence d'outre-tombe, s'étendaient devant eux. L'air sentait le moisi et Corbett perçut l'odeur douce-amère de l'encens et des fleurs fanées. Les ombres mouchetées alternaient avec les flots de lumière qui se déversaient par les vitraux des hautes baies. Ils descendirent la nef. Leurs pas résonnaient sous l'immense voûte et leur respiration même semblait trouver son écho. Ils gagnèrent le transept sud, barré par une impressionnante porte en chêne renforcée de pointes de fer et de plaques d'acier. Sur le bord qui jouxtait le linteau, on avait apposé des scellés, gros cercles de cire écarlate où figurait le sceau du Trésor. La porte avait trois verrous, chacun fermé par deux cadenas.

— A chaque cadenas, expliqua Adam of Warfield, correspondent deux clés. Le roi en détient une, le lord-maire l'autre.

Il désigna la serrure :

— Elle a été scellée, elle aussi.

Corbett s'accroupit pour mieux examiner le grand disque de cire pourpre marqué du sceau du chancelier.

— Tout est intact, constata-t-il. Mais comment procéderait-on si notre souverain voulait y entrer ?

— J'ai posé la question aux barons de l'Échiquier, répondit Cade. Ils ont été très clairs : il est interdit d'ouvrir la porte sauf en présence du roi lui-même. Jusqu'à présent, il a assez d'or et d'argent. S'il lui en faut plus, il donnera l'ordre de fondre les lingots encore entreposés dans la Tour.

Cade eut un sourire caustique.

— Nous sommes en paix avec la France : cela signifie qu'il n'est nullement obligé de faire des coupes franches dans le Trésor.

Corbett acquiesça. Tout semblait parfaitement en règle et les commentaires de son interlocuteur lui rappelaient les commérages de la Cour : les officiers du Trésor s'étaient, devant lui, félicités de ce que le roi n'eût pas encore besoin de fondre son argenterie pour payer ses troupes.

Corbett tapota la porte.

— Et derrière, il y a l'escalier, non ?

Adam of Warfield poussa un soupir d'exaspération :

— Oui, mais il a été mis hors d'usage. Quiconque essaierait de forcer cette porte serait vite repéré. Vous désiriez rencontrer les Dames de sainte Marthe, je crois ?

Et sans attendre la réponse, le sacristain et frère Richard les emmenèrent dans le cloître carré, bordé d'arcades, véritable îlot verdoyant d'herbe luxuriante, agrémenté en son centre d'une fontaine autour de laquelle les oiseaux s'ébattaient en gazouillant. Ils franchirent une petite porte, longèrent des couloirs et atteignirent enfin la salle capitulaire.

Corbett entendit un brouhaha qui s'éteignit dès qu'ils passèrent le seuil. Il cligna des yeux : il faisait très sombre, bien que l'on eût retiré les vantaux des fenêtres et allumé des bougies dans les recoins obscurs et sur la table de chêne. L'atmosphère était à la désolation. Corbett le sentit lorsque le groupe de femmes, assises autour de la table, s'arrêta de parler et se tourna vers lui. D'abord il ne vit, dans la pénombre, que de vagues silhouettes indistinctes, mais, en se concentrant, il s'aperçut qu'elles portaient toutes des coiffes bleu foncé, attachées avec des lacets dorés, des robes et des tabliers de différentes teintes, sous des tabars[1] de la même couleur que leur coiffe. Il parvint, avec peine, à distinguer le motif représenté : le Christ et une jeune femme agenouillée à ses pieds, sainte Marthe, sans doute. Puis il aperçut des chevilles nues sous la table et comprit qu'à l'instar de nombreuses veuves de la noblesse ces dames bien nées soumettaient à des règles monastiques leur vie consacrée à la piété. Bien conscient du bruit de ses bottes sur le plancher, il traversa la pièce, précédant les autres, non sans remarquer que Cade et les moines restaient en arrière, comme pour se dissimuler aux regards.

— Croyez-vous qu'elles soient toujours vêtues ainsi ? murmura Ranulf.

— J'en doute. Simplement aux réunions, je suppose.

— Pourquoi chuchotez-vous ? Que faites-vous ici ? s'écria une dame âgée aux cheveux blancs, assise au haut bout de la table, la main en cornet autour de son oreille.

Elle les apostropha derechef et une femme de haute taille, à sa droite, répéta ses questions.

— Messires, nous sommes en réunion ! Vous n'avez ni frappé ni demandé l'autorisation d'entrer céans !

— Madame, déclara Corbett, nous sommes ici au nom du roi.

1. Tabar : petit manteau simple. *(N.d.T.)*

Les autres femmes se mirent à discuter à voix basse, mais la vieille dame tapa dans ses mains pour réclamer le silence tandis que sa voisine se levait et s'avançait très dignement à leur rencontre. Corbett, d'un seul coup d'œil, dénombra dix-sept Dames de sainte Marthe en tout.

— Je suis Lady Catherine Fitzwarren, se présenta la femme de haute taille. Notre supérieure, Lady Imelda de Lacey, vous a posé une question : qui êtes-vous ?

Corbett la dévisagea : bien qu'elle ne fût pas très âgée, des cheveux gris s'échappaient de sous sa coiffe. Son visage lisse, au teint clair, n'avait pas une seule ride. Ses hautes pommettes soulignaient des yeux ardoise, mais sa mine compassée et ses lèvres pincées lui donnaient l'air un peu revêche. Corbett ne broncha pas, habitué qu'il était aux attitudes arrogantes et aux ronds de jambe des courtisans. Moins on parlait, mieux cela valait !

— Je sais qui vous êtes, vous, dit-elle aux moines en leur décochant un regard méprisant. Et vous, poursuivit-elle en pointant un long doigt osseux vers Cade, vous êtes l'adjoint du shérif, qui paraît bien incapable de mettre la main sur l'assassin sanguinaire de ces pauvres filles.

Pendant sa diatribe, Corbett n'avait pas quitté du regard la dame siégeant au haut bout de la table. « Il me faut prendre des gants, pensa-t-il. Cette Lady de Lacey doit bien compter soixante-dix printemps, au bas mot, et c'est la veuve d'un des grands mentors d'Édouard. Quant à Lady Fitzwarren, son époux a été l'un des meilleurs connétables du roi au pays de Galles. » Corbett respira profondément et lança un coup d'œil d'avertissement à Ranulf.

— Madame, déclara-t-il en s'approchant d'elle, je suis Sir Hugh Corbett, garde du Sceau privé et haut dignitaire à la Chancellerie.

Lady Fitzwarren tendit immédiatement une fine main blanche. Corbett l'effleura des lèvres, en faisant mine d'ignorer les ricanements étouffés de Ranulf.

— C'est notre souverain lui-même qui m'a chargé de mener l'enquête sur la mort de Lady Somerville et celle, bredouilla-t-il, des malheureuses auxquelles vous avez fait allusion.

— En ce cas, Sir Hugh, répliqua-t-elle d'une voix tranchante, vous êtes le bienvenu. Mais la présence de ces frères est-elle nécessaire ?

Adam of Warfield et frère Richard ne se le firent pas dire deux fois : ils sortirent précipitamment comme des chiens battus.

— Eh bien !

Lady Catherine se retourna, un sourire contraint aux lèvres.

— Il nous faut d'autres chaises.

Elle frappa dans ses mains et des servantes, assises dans une sombre encoignure de fenêtre, s'empressèrent de lui obéir. Corbett s'efforça de réprimer un éclat de rire en les voyant traîner, maugréant et pestant tout ce qu'elles savaient, trois chaises à haut dossier jusqu'au bout de la longue table ovale. Il ordonna à Cade et à Ranulf de les aider. Lady Fitzwarren alla se rasseoir, toujours très digne, tandis que les trois hommes, gênés, prenaient place.

— Peut-être serait-il souhaitable, reprit la vieille Lady de Lacey d'une voix étonnamment claire, que nous expliquions à l'émissaire du roi — on dénotait du sarcasme dans sa voix — qui sont les Dames de sainte Marthe. Nous sommes un groupe de laïques, poursuivit-elle avec feu, des veuves qui, suivant les préceptes de saint Paul, se consacrent à la charité. Nous prêtons serment d'obéissance à l'évêque de Londres et venons en aide aux filles des rues. Aux femmes, enchaîna-t-elle en foudroyant Corbett d'un regard perçant comme une vrille, qui sont obligées de se vendre pour satisfaire les appétits charnels des hommes.

Elle s'interrompit, fixant Corbett comme si elle le tenait personnellement pour responsable du sort de toutes les prostituées de la capitale.

Corbett se mordilla la lèvre pour ne pas sourire. Ranulf baissa la tête et reçut un coup de pied sous la table.

— Si tu éclates de rire, Ranulf, siffla Corbett entre ses dents, je te briserai le cou de mes propres mains !

— Qu'avez-vous dit ? Qu'avez-vous dit ?

Lady de Lacey mit sa main en cornet.

— Rien, Madame. Je demandais à mon serviteur s'il s'était bien occupé des chevaux.

La vieille dame frappa la table à l'aide d'un petit marteau.

— Vous aurez la bonté de m'écouter quand je vous parle, par la mort diantre !

Corbett joignit le bout de ses doigts en se mordant furieusement les lèvres. Il se rappela certaines anecdoctes concernant Lady de Lacey : elle avait souvent accompagné son époux en campagne et ne craignait pas d'utiliser un langage de corps de garde. Il parcourut l'assemblée du regard : à l'exception de Lady Catherine Fitzwarren, les dames étaient assises, tête baissée. Les épaules de certaines tressautaient : Corbett fut soulagé de constater qu'il n'était pas le seul à trouver la situation comique. Il n'eut garde de bouger pendant que Lady de Lacey finissait, sur un ton sec, de brosser le tableau des activités de la congrégation.

— A la fin de la réunion, et seulement alors, déclara-t-elle sur un ton impérieux, notre sous-prieure, Lady

Catherine, vous fournira toute l'aide nécessaire. Ainsi que Lady Mary Neville.

Elle désigna, d'un claquement de doigts, l'une des jeunes femmes qui, assise au bas bout de la table, les fixait intensément.

Corbett et son serviteur contemplèrent ses traits délicats au teint mat et ses yeux d'un bleu profond où le regard de Ranulf se noya. Le jeune homme avala sa salive, sa gorge se serra et son cœur battit à tout rompre. Il n'avait jamais vu pareille beauté et, bien qu'il ne manquât pas de conquêtes, il sut tout d'un coup, là, dans cette salle capitulaire inconnue, que pour la première et sans doute la dernière fois de sa vie il venait de tomber follement amoureux. La dame lui sourit gentiment avant de détourner la tête. Ranulf la dévora des yeux pendant le reste de la réunion qui ne fut, pour lui, que brouhaha lointain.

Corbett observait également la jeune veuve. « Ce n'est pas possible! pensa-t-il. Non, cela ne se peut. » Il était bouleversé, ses mains se glacèrent. Lady Mary avait le même prénom, la même allure, les mêmes attitudes que sa première épouse, morte des années auparavant. Il ne pouvait le croire. Il était si stupéfait que son esprit en perdit sa vivacité coutumière et qu'il ne s'aperçut pas que Lady Mary avait provoqué le même genre de réaction chez son serviteur. Mais Cade, intrigué par leur manège, donna un léger coup de coude à Corbett.

— Vous, Messire! s'écria Lady de Lacey du haut bout de la table, êtes-vous sourd, jeune écervelé? C'est à vous que je m'adresse!

Corbett s'inclina, un sourire gêné aux lèvres :

— Veuillez me pardonner, Madame, mais le voyage depuis Winchester a été assez pénible...

Il scruta les traits autoritaires de la vieille dame, la

fermeté de sa mâchoire et son profil d'aigle, et résista à la tentation de lui rendre coup pour coup. Il s'obligea à se concentrer et, malgré l'ambiance bizarre, ne put s'empêcher d'admirer, à part soi, ces dames qui, bien qu'élevées à la Cour, semblaient être les seules dans tout Londres à se soucier des hordes de jeunes femmes amenées à se prostituer.

Elles abordèrent différentes questions au cours de la réunion. Lady de Lacey rappela comment elles s'étaient partagé la ville, chacune ayant un secteur précis sous sa responsabilité, comment elles avaient organisé des lieux d'accueil près de Ste Marie-de-Bethléem dans Mark Lane près de la Tour, dans Lothbury et au croisement de Night Rider et de Thames Street, comment elles se procuraient argent et vêtements, réussissaient à marier certaines des plus jeunes et à donner à d'autres habits, nourriture et un petit pécule pour qu'elles retournent dans leurs villages et hameaux d'origine.

Corbett ressentit la compassion sous les paroles laconiques de Lady de Lacey, sa sincère sollicitude pour des êtres plus infortunés qu'elle. Il comprit que la congrégation existait déjà depuis au moins vingt ans et qu'elles avaient tissé des liens étroits avec les hôpitaux St Barthélemy et St Antoine où les médecins prodiguaient des soins gratuits tandis que la guilde des apothicaires leur vendait herbes médicinales et remèdes à prix très réduit. Quelle différence, songea Corbett, avec les têtes de linotte que l'on voyait à la Cour, croulant sous les bijoux, parées de satin, ne pensant, dans leurs petites cervelles de coquettes, qu'à leur beauté et aux délices de la table !

La réunion s'acheva enfin sur des prières. Tandis que les Dames s'apprêtaient à quitter les lieux, en adressant des sourires timides aux trois hommes et en chuchotant entre elles, Lady Fitzwarren et Lady Neville les conduisirent dans une petite pièce jouxtant la salle capitulaire. Lady de Lacey lança soudain à Corbett, d'une voix de stentor, qu'elle espérait que le roi se couvrait bien les épaules et buvait les potions qu'elle lui envoyait.

— Le roi a toujours souffert de rhumatismes, clamat-elle assez fort pour que tout Westminster l'entendît. Et quand il était enfant, il passait son temps à attraper froid et à renifler. Par la sainte messe, je regrette de ne pas être à ses côtés! Un solide destrier sous moi, et je donnerais une bonne leçon à ces foutus Écossais!

La porte se referma derrière eux et la voix de la vieille dame ne leur parvint plus qu'étouffée.

Lady Fitzwarren eut un sourire contraint, mais sa compagne, adossée contre le mur, le visage entre les mains, était prise de fou rire.

— Veuillez excuser Lady de Lacey, murmura Lady Fitzwarren lorsqu'ils prirent place sur des tabourets autour d'une table basse et branlante.

— Elle devient sourde comme un pot, elle parle parfois comme un charretier, mais elle a un cœur d'or.

Lady Fitzwarren fit la moue :

— Nous n'avons pas de vin, je crois.

Corbett affirma en haussant les épaules que cela n'avait pas d'importance. Son attention, en fait, se portait plus sur son serviteur qui ne quittait pas Lady Neville des yeux. Il suivit son regard. « Qu'elle est belle! se dit-il. Elle a la douceur d'une colombe! » Il serra les poings. Il lui fallait oublier le passé et avertir Ranulf que Lady Mary Neville n'était pas de celles à qui il pouvait conter fleurette et faire les yeux doux.

— Eh bien!

Lady Fitzwarren se pencha vers eux.

— Vos questions, Messire?

Elle toussota en jetant un coup d'œil à sa compagne.

— Nous étions au courant de votre venue, enchaîna-t-elle. Le roi nous avait annoncé votre visite, mais Lady de Lacey agit toujours ainsi !

Elle lissa son tabar bleu.

— Vous voulez nous interroger sur la mort de ces jeunes filles ?

— Oui, Madame.

— Nous ne savons rien. Oh ! nous avons bien essayé de découvrir la vérité, mais même les femmes avec qui nous œuvrons n'ont aucun indice, aucune idée, aucun soupçon de l'identité de l'assassin.

Elle s'humecta les lèvres.

— Vous comprenez, nous travaillons avec des malheureuses, abandonnées même de Dieu — tout au moins en apparence, car nous sommes convaincues qu'il n'en est rien, bien sûr. Ce qu'elles font, qui elles connaissent, où elles vont, qui profite d'elles... tout cela ne nous intéresse pas. Même le salut de leur âme nous importe peu. Nous prenons soin d'elles en tant que personnes, en tant que créatures prises au piège de la misère et de l'ignorance, et leurrées par de vaines promesses dans le marécage des fausses richesses. Nous sommes persuadées que si nous les tirons de ce mauvais pas, elles reviendront dans le droit chemin.

Corbett la dévisagea. Il ne la comprenait pas. Elle était dure et aimable à la fois, idéaliste et pragmatique. Il lorgna Ranulf : si seulement ce dernier cessait de contempler Lady Neville, si seulement celle-ci s'arrêtait de le regarder avec ces yeux de biche qui ravivaient tant de souvenirs dans son âme !

— Alors vous ne savez rien ? demanda-t-il.

— Absolument rien.

— Vous non plus, Lady Mary ?

Corbett se tourna vers elle, sans vouloir entendre le soupir agacé de Lady Fitzwarren. La jeune femme s'éclaircit la gorge.

— Lady Catherine n'a pas menti.

Sa voix était douce, mais Corbett y décela un accent chantant rappelant les inflexions écossaises. Il se souvint alors que les Neville étaient une puissante famille possédant de vastes terres dans le Westmorland et le long des marches d'Écosse.

— Nous ignorons tout, sauf qu'un individu à l'âme noire comme l'enfer massacre ces malheureuses, chuchota-t-elle. J'ai suivi les enterrements des trois ou quatre premières à St Laurent-de-la-Juiverie, puis m'en suis abstenue. Vous comprenez pourquoi, Sir Hugh ? La fin de notre parcours ici-bas ne peut se résumer à être enveloppé dans de la toile crasseuse et jeté dans une fosse, comme un tas d'immondices !

Corbett se remémora ce qu'il avait vu à l'église ce matin-là et approuva d'un signe de tête.

— Parlons d'autre chose, alors !

Il s'interrompit : les grandes cloches de l'abbaye sonnaient l'office de none. Il se demanda fugitivement si les moines prenaient seulement la peine d'accomplir leurs devoirs religieux.

— De quoi d'autre peut-on discuter ? s'enquit Lady Fitzwarren d'un ton peu amène.

— De la mort de Lady Somerville. L'une de vos sœurs qui fut tuée le lundi 11 mai en traversant Smithfield.

— Je peux éclairer votre lanterne, intervint Lady Neville.

Elle se pencha, les mains sur les genoux.

— Le jour même, nous avions eu une réunion qui s'était achevée tard dans l'après-midi. Lady Somerville et moi avons quitté Westminster. C'était une belle journée, aussi avions-nous préféré marcher. Après avoir remonté Holborn, nous avons rendu visite à des malades à St Barthélemy. Lady Somerville partit de l'hôpital, mais n'arriva jamais chez elle. Son cadavre fut retrouvé au point du jour, le lendemain.

— Quelqu'un avait-il un grief contre elle ?

— Non, c'était une personne réservée, austère et indépendante qui avait eu bien des malheurs dans sa vie.

— A savoir ?

— Son époux a trouvé la mort au combat en Écosse. Ils n'ont eu qu'un fils, Gilbert, qui, je crois, était un crève-cœur pour sa mère.

Lady Neville eut l'air chagriné :

— Sir Gilbert Somerville est très porté sur les plaisirs de ce bas monde. Il ne cessait de rappeler à sa mère que son père n'avait récolté, en tant que connétable, qu'une flèche dans le cou.

Corbett fixa le mur derrière elle. « Il y a tant de joueurs dans cette partie ! pensa-t-il. Le tueur pourrait être n'importe qui. »

— Avant sa mort, Lady Somerville a-t-elle dit quelque chose d'inhabituel ou de bizarre ?

— Non ! répliqua vertement Lady Fitzwarren.

— Oh, allons !

Corbett durcit le ton.

— On m'a affirmé qu'elle ne cessait de répéter le dicton « *Cucullus non facit monachum* », « L'habit ne fait pas le moine ».

— Ah oui !

Les doigts de Lady Neville voltigèrent à ses lèvres.

— C'était comme un refrain. En fait, elle me l'a redit le jour même où elle a été assassinée.

— Dans quelles circonstances ?

— Nous étions ici, en train de regarder les frères sortir de l'église abbatiale. « Ils se ressemblent tous, ai-je observé, et il est difficile de les distinguer à cause de leurs coules[1] et de leurs capuchons. » C'est alors qu'elle a énoncé le dicton à nouveau. Je lui ai demandé ce qu'elle entendait par là, mais elle s'est contentée de sourire avant de s'éloigner.

— Est-ce tout ? N'y a-t-il pas eu d'autre incident ?

— Si !

Lady Fitzwarren se tapota les joues.

— La semaine précédant sa mort, elle a voulu savoir si, à mon avis, notre travail en valait la peine. Je lui ai demandé la raison de cette question et elle m'a répondu que tout cela était peut-être voué à l'échec dans notre bas monde dominé par le mal. Puis, vendredi dernier — vous devez vous en souvenir, Lady Mary —, elle est arrivée assez en retard, l'air inquiet et agité. Elle venait de chez le père Benedict, nous a-t-elle dit.

— Elle ne vous a pas fourni d'explications ? s'enquit Cade.

Corbett se retourna en entendant Lady Neville frapper dans ses mains avec surexcitation.

— Oh ! Je me rappelle quelque chose ! s'exclama-t-elle, les yeux brillants.

Corbett songea qu'elle était d'une beauté rayonnante, une fois abandonné son air de piété docile.

— Juste avant d'atteindre St Barthélemy, elle a évoqué un éventuel départ de la congrégation. Devant mes objections, elle a réaffirmé que le mal rôdait dans l'abbaye.

---

1. Coule : habit monastique, à capuchon et à larges manches. *(N.d.T.)*

Lady Neville haussa les épaules.

— Je sais que cela a l'air bizarre, mais c'est ce qu'elle a déclaré.

— Lady Somerville se consacrait-elle beaucoup à ces œuvres ?

— Non, répondit Lady Fitzwarren. Ce qui rend ses déclarations plus étranges encore. Vous comprenez, elle souffrait de douleurs rhumatismales aux jambes. Marcher lui était pénible, mais les médecins lui assuraient que c'était bon pour sa santé. Son travail, c'était surtout la buanderie de l'abbaye ou plutôt la sacristie de l'autre côté du chapitre. Elle avait la haute main sur les linges d'autel, les serviettes et les habits liturgiques.

— Et la mort du père Benedict ?

— Sir Hugh ! Il a péri dans un incendie. Nous en avons éprouvé un immense chagrin. C'était un prêtre âgé et très gentil, en plus d'être notre chapelain. Pourquoi cette question ?

— Comment était-il avant sa mort ? A-t-il révélé quelque chose sortant de l'ordinaire ?

— Étrange que vous le mentionniez, Sir Hugh, intervint Lady Neville. Oh ! poursuivit-elle, hochant la tête, il n'a rien dit de particulier, mais il était devenu très discret et même distant.

Elle eut une moue dubitative.

— Mais j'ignore pourquoi ! Que Dieu l'accueille en Son sein !

— C'est ce que vous avez remarqué après que Lady Somerville lui eut rendu visite ?

— Oui, mais je ne sais pas ce qu'ils se sont dit. Elle avait des soucis et le père Benedict était notre chapelain.

Corbett se leva.

— Y a-t-il autre chose, Mesdames ?

Elles firent, à l'unisson, signe que non.

— Peut-être, osa Corbett, pourrais-je avoir un aperçu de votre travail ?

— Nous sortons justement ce soir, proposa Lady Fitzwarren.

Le clerc revit brusquement le visage de son épouse.

— Non, non ! C'est impossible !

— Où travaillez-vous, en fait ? demanda Ranulf.

— Dans notre quartier, répondit Lady Neville. Farringdon.

Corbett ressentit une pointe de jalousie en observant le sourire qu'adressa la jeune femme à Ranulf.

— Nous pensons qu'il vaut mieux travailler dans un quartier où nous sommes bien connues et en sécurité, là où, le cas échéant, nous pouvons compter sur l'aide des dizainiers. Demain soir, peut-être ?

Corbett s'inclina en souriant :

— Peut-être !

Les deux Dames les raccompagnèrent au chapitre. Corbett regarda ses compagnons avec méfiance. Cade avait toujours eu la réputation d'être taciturne, mais depuis qu'il était entré dans la salle capitulaire, il était la discrétion même, une ombre. Quant à Ranulf, il avait mis le holà à ses ricanements et ses railleries sous cape.

En traversant à nouveau le chapitre vide, Corbett s'arrêta soudain à mi-chemin.

— Puis-je jeter un coup d'œil à la sacristie ? C'est par ici, m'avez-vous dit.

Lady Fitzwarren le guida jusqu'au mur du fond et ouvrit une porte. La sacristie n'était guère plus qu'une longue pièce oblongue où coules, capuchons et habits étaient suspendus à des chevilles enfoncées dans les parois. Sur les étagères s'empilaient soigneusement des linges d'autel, des serviettes de lavabo, des amicts[1], des étoles et des chasubles. Corbett ne vit rien de suspect, certainement rien qui aurait pu expliquer la profonde inquiétude de Lady Somerville. Il ressortit et prit congé des deux femmes devant le chapitre, s'inclinant sur la main qu'elles lui tendaient. Corbett rougit en se détournant : Lady Neville avait pressé ses doigts plus qu'elle ne l'aurait dû, il en était certain !

Ils contournèrent l'abbaye et revinrent à leurs montures. Ranulf gardait encore le silence, mais Cade recouvra l'usage de la parole. Il semblait fasciné par Lady de Lacey et fit naître un sourire sur les lèvres d'un Ranulf rêveur en décrivant avec force détails comment la vieille dame n'hésitait pas à investir le Guildhall pour haranguer le lord-maire et les échevins à propos de n'importe quelle idée lui passant par la tête. Ils enfourchèrent leurs montures et franchirent la porte nord. Sur la route, Corbett s'arrêta et se retourna pour contempler la masse sombre de l'abbaye de Westminster. Il serra les rênes avec énergie. Quelles forces maléfiques s'étaient donc emparées de cette superbe abbaye et avaient à ce point terrifié le père Benedict et Lady Somerville ? Quel fléau — connu d'eux seuls — avait causé leurs morts atroces ? Corbett regarda une gargouille et la créature de pierre sembla bondir sur lui.

— Quand cette enquête sera terminée, s'exclama-t-il, il faudra que le roi prenne les choses en main ici ! Il y a quelque chose de pourri dans notre belle abbaye !

Il lança son cheval au petit galop. La silhouette, en habit et capuchon, qui se cachait à l'étage supérieur du chapitre, observa les trois hommes qui s'éloignaient

---

1. Amict : linge que le prêtre porte sur les épaules durant la messe. *(N.d.T.)*

dans Holborn. Un chapelet dans sa main crispée, l'ombre ricana avant de siffler avec toute l'animosité d'un serpent.

La petite troupe mit pied à terre à *L'Évêque d'Ely*. Cade prit congé de ses compagnons en alléguant d'autres obligations, l'air morne. Corbett le suivit du regard jusqu'à ce qu'il tourne à droite, dans Shoe Lane.

— Quelle mouche l'a piqué ? murmura-t-il. Pourquoi est-il devenu si silencieux tout d'un coup ? Qu'a-t-il à cacher ?

Ranulf se contenta de hausser les épaules et le clerc décida de poursuivre son chemin. Ils se joignirent à la cohue qui se pressait dans Newgate. La rue se rétrécissait et ils se retrouvèrent vite bloqués par les lourdes charrettes apportant les produits de la campagne environnante : fruits, seigle, avoine, quartiers de viande, oies caquetantes et poulets en cage. Le bruit devint assourdissant : les énormes chevaux de trait avançaient à grand-peine, les roues des chariots foulant les pavés en un roulement de tonnerre et soulevant des nuages de poussière. L'air vibrait d'étranges jurons, d'altercations soudaines, de claquements de fouets et de tintements de harnais. Corbett tourna à gauche avant la porte de la ville, précédant Ranulf dans une ruelle encombrée de bris de pavés qui obstruaient le caniveau, au milieu. Il leur fallut avancer lentement car le sol était parfois défoncé par de larges ornières et des trous profonds, certains comblés par des fagots de genêt et des copeaux de bois et d'autres transformés en fosses où l'on déversait la fange des maisons riveraines.

— Messire, où allons-nous ?

— A St Barthélemy ! Je veux mettre à nu l'âme d'un assassin.

CHAPITRE VI

Ils traversèrent une rue et s'engouffrèrent dans un passage où il faisait noir comme dans un four, tellement les maisons se pressaient les unes contre les autres, leurs pignons se rejoignant pour occulter le jour. Ils parvinrent enfin au vaste champ de foire de Smithfield. La foule, encore dense, s'agglutinait autour du marché aux chevaux. Des gens fortunés, surtout, se montraient avides d'acquérir aux enchères des juments arabes. De jeunes damoiseaux en pourpoints épais, outrageusement rembourrés aux épaules et resserrés à la taille, arboraient manches bouffantes de velours, satin et damas et des chausses multicolores qui mettaient en valeur le galbe de leurs mollets et le volume de leur braguette. Ils escortaient des dames aux atours non moins resplendissants : superbes robes de brocart au décolleté carré, relevées sur le devant par des lacets de soie, et coiffes élaborées surmontant des fronts hauts et des sourcils impitoyablement épilés. Corbett eut un petit sourire quand il les compara dans son souvenir avec les Dames de sainte Marthe à l'habit sobre et aux visages vierges de tout fard.

Jouant des coudes dans la cohue, ils passèrent devant le grand bûcher où l'on exécutait les criminels et arrivèrent à l'arche d'entrée de l'hôpital St Barthélemy. Ils pénétrèrent dans une cour où se trouvaient les communs, écuries, forges, etc., puis dans la longue salle voûtée, parallèle à l'église du prieuré. Un vieux soldat, devenu serviteur, qui réchauffait ses os au soleil de ce bel après-midi, s'offrit à les guider. Ils longèrent des couloirs et aperçurent des salles d'une propreté irréprochable où l'on avait ouvert les fenêtres et changé récemment la jonchée parsemée à présent d'herbes odorantes. Chaque chambre comptait trois ou quatre lits : Corbett distingua les malades, dont la tête reposait sur des oreillers immaculés. C'étaient, pour la plupart, des malheureux que les moines recueillaient et soignaient ou à qui ils permettaient, au moins, de mourir dignement. Le vieux briscard s'arrêta devant une porte et frappa à l'huis. « Entrez ! » cria-t-on. Les deux hommes se retrouvèrent dans une chambre à l'ameublement spartiate. Le contenu de coupes et de chaudrons — herbes médicinales broyées et autres concoctions — embaumait l'air. Le père Thomas, l'apothicaire, leur tournait le dos, penché sur une table près de la fenêtre.

— Qui est-ce ? demanda-t-il, agacé d'être dérangé pendant qu'il disséquait une racine à l'aide d'un petit couteau bien aiguisé.

— Nous allons repartir, si vous ne voulez pas de nous, mon père !

Le moine se retourna ; c'était un homme de haute taille, au visage ingrat mais chaleureux.

— Hugh ! Ranulf !

Ses traits chevalins s'éclairèrent d'un sourire et il vint serrer la main du clerc qu'il connaissait depuis leurs années d'études à Oxford. Corbett accentua sa poignée de main.

— *Sir* Hugh, à présent, mon père !

Le moine fit une parodie de courbette avant de s'enquérir de la santé de Maeve et de saluer Ranulf, dont il se moqua gentiment : celui-ci se contenta de grimacer, sans lancer les habituels quolibets qu'il aimait tant décocher à ses amis et connaissances. Le père Thomas approcha des tabourets.

— Avez-vous faim ?

— Oui, répondit le clerc.

Il n'avait rien mangé depuis le modeste plat de viande avalé dans la matinée... dont il avait vomi la majeure partie dans le cimetière de St Laurent-de-la-Juiverie. Le père Thomas ouvrit la porte et lança un ordre dans le couloir. Quelques minutes après, un frère convers apportait des petits pains, juste sortis du four et enveloppés d'un linge, ainsi que deux pichets pleins à ras bord de bière mousseuse.

— C'est moi-même qui la brasse ! précisa fièrement le moine.

Corbett savoura le goût piquant et frais de la boisson et, d'un sourire, montra qu'il l'appréciait tandis que Ranulf murmurait tout le bien qu'il en pensait.

— Bon !

Le père Thomas s'assit en face du clerc.

— En quoi puis-je vous être utile, mon cher Hugh ? Un autre crime ? Un poison rare ?

— Non, Thomas. Je veux que vous m'aidiez à mettre à nu l'âme d'un tueur. On vous a appris les meurtres de prostituées et l'assassinat de Lady Somerville ?

— Oui, oui.

— Je crois savoir que Lady Somerville est venue ici le soir de sa mort ?

— En effet.

Corbett se pencha :

— Alors, mon père, dites-moi quel genre d'homme fréquente assidûment les filles perdues et leur tranche la gorge, avant de mutiler leurs parties génitales ?

Le père Thomas grimaça.

— Hugh, je sais que la digitale affecte le cœur, mais comment... ?

Il hocha la tête d'un air navré.

— L'arsenic rouge, à petites doses, peut soulager des maux de ventre, mais, si on l'administre en trop grandes quantités, il trouera l'estomac. Comment et pourquoi, je ne saurais le dire. Alors, en matière d'esprit, de cerveau, de conscience, je ne peux qu'avouer mon ignorance !

Avec un profond soupir, il se retourna vers son bureau. Un crâne jaunâtre y était posé. Il le prit et le tendit sur sa paume ouverte.

— Regardez, Hugh ! Il y avait un cerveau dans ce crâne. Au creux de ma main, je tiens un écrin qui renfermait autrefois le pouvoir de rire et de pleurer, de raconter des histoires et de chanter, de sonder peut-être les secrets de la Création ou de concevoir les plans d'une belle cathédrale.

Il reposa le crâne sur le sol.

— Lors de mes études à Salerne, j'ai rencontré des médecins arabes : l'esprit humain, affirmaient-ils, le contenu d'un crâne et le fonctionnement du cerveau sont aussi mystérieux que la nature divine elle-même.

S'enflammant pour ce thème, il rajusta machinalement son habit.

— En un mot comme en cent, Hugh, ces médecins avancent un certain nombre de théories, la principale étant que toutes les maladies du corps proviendraient de l'esprit. Ils vont jusqu'à soutenir que les gens guéris par des miracles se sont, en fait, guéris eux-mêmes. Ils soulignent aussi qu'à l'instar du corps affecté par ce qu'il mange et boit, l'esprit est influencé par ce qu'il subit. Des individus naissent bien avec des becs-de-lièvre ou des membres déformés. Peut-être d'autres viennent-ils au monde avec un esprit pervers qui les pousse à tuer !

— Prêtez-vous foi à cela, mon père ?

— Non, pas vraiment.

— Alors, comment expliquer le comportement de notre tueur ?

Le moine fixa ses mains.

— Reprenons tout cela ! Ces Arabes affirmaient que le cerveau — l'esprit — est modelé par ses expériences. Si un homme est brutalisé pendant son enfance, par exemple, il deviendra un adulte violent. Certains prêtres rejettent cette théorie. Pour eux, le mal est l'œuvre de Satan.

— Et pour vous, mon père ?

— Je pense que c'est un mélange des deux. Si un homme boit inconsidérément, enchaîna-t-il avec un sourire malicieux à l'adresse de Ranulf, sa panse se fait plus rebondie, son teint plus rubicond et son intelligence moins vive. Si on poursuit cette analogie, qu'arrive-t-il dans le cas où un esprit malade se nourrit de haine et de vengeance ?

— Désolé, mon père, mais je n'en ai aucune idée !

— Eh bien, le criminel pourrait être un homme qui, ayant assouvi ses appétits charnels, aspirerait à présent à étendre son pouvoir. Il agit comme s'il avait le droit de vie et de mort sur son prochain.

— Ainsi, trancher des gorges ferait partie intégrante de son plaisir ?

— Peut-être.

— Alors pourquoi les mutilations ?

— Ah! répondit le moine en haussant les sourcils. Cela semble contredire ma théorie. Il se peut qu'il soit impuissant ou qu'il n'atteigne la jouissance que par cet acte atroce.

Le père Thomas passa la main dans ses cheveux clairsemés.

— Je ne connais pas les détails, mais je pense que cette dernière hypothèse est la plus vraisemblable. Votre meurtrier, Hugh, déteste les femmes, les prostituées en particulier. Il les rend responsables de quelque chose, il les blâme et s'adjuge le droit de prononcer un verdict à leur encontre.

— C'est donc un dément?

— Oui, probablement; un être rendu fou par le chancre de la haine qui le ronge.

— Son comportement serait-il constamment celui d'un forcené?

— Oh non, pas du tout! En fait, ces tueurs font preuve d'une rare dissimulation et utilisent mille subterfuges pour camoufler leurs abominations.

— Ce peut être n'importe qui, alors?

— Hugh, dit le père Thomas en se penchant vers son ami, cela pourrait être vous, moi, Ranulf, le roi, l'archevêque de Cantorbéry...!

Il lut l'incrédulité dans le regard de Corbett.

— Oh oui! Cela peut même être un prêtre ou un homme qui mènerait une vie apparemment exemplaire! Avez-vous jamais entendu parler de « l'assassin de Montpellier »?

— Non.

— Il y a environ dix ans, dans cette cité languedocienne, un misérable massacra plus de trente femmes avant d'être capturé. Et savez-vous qui c'était? Un membre du clergé, fameux professeur de droit à l'université! Loin de moi l'intention de vous effrayer, Hugh, mais votre criminel est peut-être la dernière personne que vous auriez soupçonnée!

— Père Thomas! s'écria Ranulf, son inertie fort secouée par les propos horrifiants du prêtre. Père Thomas, je peux comprendre que ce genre d'individus tue des prostituées, mais Lady Somerville...?

Le moine eut un geste d'ignorance:

— Je n'ai aucune réponse à cela, Ranulf! Peut-être était-elle la seule femme à se trouver là à ce moment?

— Mais elle n'a pas été mutilée.

— Sans doute le tueur lui reprochait-il de secourir ces filles de joie, objets de sa haine, ou bien encore...

— Oui?

— ... ou bien encore connaissait-elle son identité et aura-t-il voulu alors la réduire au silence.

Corbett reposa sa chope.

— Bizarre que vous disiez cela, mon père, parce que Lady Somerville répétait constamment le dicton : « L'habit ne fait pas le moine. »

— Ah oui! un adage populaire qui résume bien votre tâche, Hugh. Personne n'est celui qu'il — ou elle — paraît!

Le père Thomas se leva et resserra la cordelette de son habit.

— Je ne peux rien faire de plus en ce qui concerne l'assassinat de Lady Somerville, mais attendez un instant!

Du seuil, il héla un frère lai à qui il murmura ses instructions.

— J'ai fait appeler quelqu'un susceptible de vous aider. Alors, Hugh, que dites-vous de ma bière?

Ils étaient en pleine discussion sur le brassage lorsqu'un coup à la porte les interrompit. Un jeune moine aux cheveux blond-roux et au teint frais entra.

— Ah, frère David !

Le père Thomas fit les présentations d'usage.

Le moine sourit à Corbett : ses dents de devant bien écartées conféraient un air encore plus enfantin à son visage constellé de taches de rousseur.

— Sir Hugh, en quoi puis-je vous être utile ?

— Mon frère, deux dames sont arrivées au prieuré, le lundi 11 mai, des Dames de sainte Marthe, Lady Somerville et Lady Mary Neville.

— En effet. Elles sont venues voir deux malades, des femmes que nous avons recueillies.

— Que s'est-il passé ?

— Elles sont restées environ une heure à bavarder, puis Lady Somerville annonça qu'elle devait s'en aller. Lady Neville s'efforça de l'en dissuader et lui offrit de l'accompagner pour traverser Smithfield, mais l'autre, la plus âgée, Lady Somerville, refusa, en affirmant qu'elle ne risquait rien. Elle est partie... et voilà.

— Quand Lady Mary Neville a-t-elle quitté l'hôpital ?

— Peu de temps après.

— Quel chemin a-t-elle pris ?

— Je l'ignore, Sir Hugh, répondit le jeune moine avec un sourire.

Corbett le remercia et frère David se dirigea vers le seuil et allait l'atteindre lorsqu'il se retourna et déclara :

— Je suis au courant de l'assassinat de Lady Somerville. Son corps a été retrouvé près du gibet de Smithfield, n'est-ce pas ?

— En effet.

Frère David désigna la fenêtre :

— Le soir tombe, la foire aux chevaux s'est achevée. Si cela vous intéresse, je connais un mendiant, un malheureux à moitié fou, qui a perdu ses jambes à la guerre. Je crois qu'il pourra vous aider. La nuit, il dort sous le gibet. Il s'y sent en sécurité.

Frère David haussa les épaules.

— Il a, peut-être, été témoin de quelque chose. Une nuit qu'il passait près de la porte du prieuré, je l'ai entendu hurler que le démon rôdait dans Smithfield. Je lui ai demandé ce qu'il voulait dire, mais il vit dans un monde imaginaire et passe son temps à proclamer qu'il voit des apparitions.

Sur ce, le jeune moine referma la porte derrière lui. Corbett croisa le regard du père Thomas, puis celui de Ranulf.

— Sinistre! murmura-t-il. Le tueur pourrait être n'importe qui, mais je suis convaincu que la mort de Lady Somerville est à la source de cette affaire.

Ils prirent congé du père Thomas. Corbett consacra quelques moments aux vieilles commères à qui Lady Neville et Lady Somerville avaient rendu visite le soir du 11 mai. Mais elles n'avaient plus toute leur tête et leurs divagations ne rimaient à rien, aussi Corbett les quitta-t-il rapidement. Il rajusta sa cape dans la cour de l'hôpital et dévisagea Ranulf qui, toujours silencieux, semblait perdu dans ses pensées.

Il le taquina gentiment :

— Qu'y a-t-il, Ranulf?

— Rien, mon maître!

Corbett passa son bras sous celui de son compagnon.

— Allons! Allons! Tu t'es montré d'une discrétion de nonne!

Se libérant d'une secousse, Ranulf s'éloigna et contempla le jour qui tombait. Les derniers rayons du soleil illuminaient le ciel bleu et une légère brise leur apportait les bruits lointains de la ville.

— Quelque chose m'intrigue, murmura-t-il, mais je ne veux pas en parler pour l'instant.

— Et le reste ?

Ranulf soupira.

— Peut-être que je vieillis, Messire. Je cours les tavernes et fais la fête. Je m'acoquine avec le genre de filles que ce scélérat a massacrées. Je lis la joie dans leurs yeux quand je les lutine et les couvre d'or.

Il laissa échapper un soupir.

— Mais, à présent, j'entrevois un autre aspect de leurs vies et...

— Et quoi ?

— Ce qui m'inquiète, Messire, c'est ce que vient de dire le père Thomas. Le meurtrier peut être n'importe qui. Si vous et moi n'avions pas été à Winchester, nous serions supects comme tout habitant de cette ville — y compris notre ami Alexander Cade !

Le visage de Corbett se durcit :

— Qu'insinues-tu ?

— Eh bien, Cade est un bon officier. Il n'accepte jamais de pots-de-vin, il va jusqu'au bout des choses et il ne se laisse pas marcher sur les pieds. Alors pourquoi est-il resté si silencieux à l'abbaye ? Et j'ai également remarqué qu'à St Laurent-de-la-Juiverie il s'est éloigné prestement du dépositoire et s'est tenu en retrait. Je me trompe peut-être, mais, comme vous, je pense qu'il cache quelque chose.

— J'ai bien l'impression que tous cachent quelque chose ! rétorqua Corbett. Tu as entendu le père Thomas. Nous nous trouvons confrontés à un être qui mène une double vie ; le jour, il est sans reproches, mais la nuit, il rôde dans les rues et venelles avec une seule idée en tête : tuer ! Eh bien, Ranulf, je te conseille d'avoir le cœur bien accroché et de te boucher le nez : il est temps de rendre une petite visite au gibet !

Ils sortirent du prieuré et traversèrent le champ de foire, quasiment vide à présent, à part quelques traînards : un maquignon qui s'efforçait désespérément de vendre deux haridelles si épuisées qu'elles tenaient à peine debout, un marchand des quatre-saisons dont la brouette ne contenait plus qu'une poignée de pommes, deux gamins jouant avec une vessie de porc et un ivrogne qui, appuyé contre un des ormes, gueulait une chanson paillarde. Ils dépassèrent le bûcher de Smithfield entre chien et loup et gravirent la légère pente de la colline jusqu'au grand gibet à trois branches. Des effluves douceâtres de putréfaction flottaient dans la brise nocturne. Les deux hommes se couvrirent en hâte la bouche et le nez du bord de leur cape, car ils distinguaient, dans la pénombre, les cadavres qui se balançaient encore au bout des cordes. Corbett ordonna à son compagnon de rester en arrière pendant qu'il irait en reconnaissance. Il se força à ne pas regarder les têtes branlantes, les ventres gonflés, les pieds nus qui s'agitaient comme pour griffer la terre une dernière fois. Il inspecta les abords du gibet : rien ! Mais il entendit soudain le bruit des planchettes de bois. Il s'immobilisa et attendit. Une créature étrange se traînait péniblement sur le sentier menant au lieu d'exécution. Dans la pauvre lumière du crépuscule, on aurait dit un nain enveloppé de guenilles. A la vue de Ranulf, il s'arrêta et tendit la main en implorant la charité. Puis il aperçut Corbett qui se dirigeait droit sur lui à grandes enjambées. Alors la main disparut et le cul-de-jatte fit volte-face avec la rapidité de l'éclair, malgré les planchettes de bois attachées à ses moignons.

— Ne t'enfuis pas ! s'écria Corbett.

Ranulf saisit l'homme par l'épaule. Le gueux gémit, ses traits ridés et déformés se tordant en une grimace pitoyable.

— Pour l'amour de Dieu, laissez-moi ! pleurnicha-t-il. Je ne suis qu'un pauvre mendiant !

Corbett s'accroupit devant lui. Il fixa les yeux brillants et à demi fous, notant le menton et les joues envahis de barbe, la bouche édentée et les filets de salive qui salissaient les commissures des lèvres.

— Tu viens ici toutes les nuits, hein ?

L'autre se débattait toujours sous la poigne de Ranulf.

— Nous ne te voulons pas de mal, ajouta Corbett d'une voix apaisante, je t'assure !

Il ouvrit le poing : les piécettes et les deux pièces d'argent attirèrent l'œil du pauvre hère qui se détendit, un rictus aux lèvres :

— Vous m' voulez du bien, hein ? Vous v'nez aider le vieux Ragwort !

Il vacillait légèrement sur ses planchettes et Corbett se sentait mal à l'aise comme s'il parlait avec quelqu'un à moitié enterré dans la terre brune.

— Vous m' voulez pas de mal, répéta le misérable, et Corbett vit sa main crasseuse se tendre vers les pièces.

— Elles sont à toi, chuchota le clerc, si tu me racontes ce que tu as vu.

— J' vois des choses, répondit lc cul-de-jatte, rasséréné et plus calme à présent que Ranulf relâchait son étreinte. J' vois l' diable rôder. C'est pour ça que j' me cache avec les morts. Ils m' protègent. Quelquefois, j' leur cause. J' leur dis tout ce que j' sais et ce que j' vois et eux, parfois, ils m' parlent. Ils m' disent à quel point ils souffrent.

Il eut un sourire matois :

— J' suis jamais seul. Même en hiver !

Il désigna les lumières de St Barthélemy.

— Quand le soleil s' couche, je fais de même. J' dors dans le cellier, là-bas, mais c'est pas là où j'ai mes visions.

— Et qu'as-tu vu? insista Corbett. La nuit de la mort de la vieille dame?

L'autre plissa les yeux :

— J'ai oublié!

Des pièces changèrent de mains.

— Je m' rappelle! hurla le mendiant en un cri presque assourdissant.

— Chut! lui intima Corbett, un doigt sur les lèvres. Contente-toi de me raconter ton histoire et les autres pièces sont à toi.

Ragwort désigna le gibet en se contorsionnant :

— J' m'assieds là-bas et j' cause avec mes amis ce soir-là...

Corbett se rendit compte qu'il appelait ainsi les pendus.

— ... Tout à coup, v'là-t-il pas que j'entends des bruits de pas et que je vois quelqu'un arriver dans la nuit. C'est la dame.

— Ensuite?

— J'entends d'autres pas.

— Quel genre?

— Des pas lourds. Comme vous l' savez, l' diable marche lourdement.

Corbett lança un coup d'œil exaspéré à Ranulf. Le gueux n'avait plus tous ses esprits. Le clerc se demanda quelle part faire à la réalité et aux élucubrations nées de son imagination enfiévrée.

— Que s'est-il passé alors?

— J' comprends qu' c'est l' diable! reprit son interlocuteur. J' veux avertir la femme, mais elle s'arrête. Elle s' retourne et crie dans l'obscurité : « Qui va là? » L' diable s'avance vers elle et la dame dit : « Oh, c'est vous! »

— Répète ça !
— La vieille dame dit : « Oh, c'est vous ! »
— Ensuite ?
— L' diable s' rapproche encore. J'entends le bruit d'un couteau et l' diable n'est plus là.
— A quoi ressemblait-il ?
— Il portait une cape et de grandes sandales noires sur des pieds noueux.
— Des sandales ? s'exclama Corbett en échangeant un regard avec Ranulf. Un de nos amis, les moines !
— Oh non ! rectifia le cul-de-jatte. C'était Satan lui-même ! Il s'est envolé dans la nuit en battant fort de ses ailes de chauve-souris.

Corbett lui tendit les autres pièces avec un soupir.
— C'était trop beau pour être vrai ! murmura-t-il. Allez, viens, Ranulf ! Cela suffit !

Ils regagnèrent Bread Street en traversant à nouveau la ville plongée dans l'obscurité et trouvèrent la maisonnée en émoi. Maltote était revenu ; Ranulf et lui se jetèrent dans les bras l'un de l'autre comme de vieux complices. Levant les yeux au ciel, Corbett embrassa Maeve et la petite Aliénor qui le dévorait des yeux, folle de joie. Puis il monta à sa chambre, suivi de Maeve portant un gobelet de vin. Elle s'assit sur le lit.
— Il fait nuit noire ! souffla-t-il avec lassitude.

Il regarda la fenêtre treillissée.
— Aussi noire que l'enfer ! On sent une présence maléfique, impitoyable, immonde. Et ce n'est pas le mal à dimension humaine, comme la soif de puissance de De Craon ou du roi Édouard qui désire être considéré comme le Justinien[1] de l'Occident.

---

1. Justinien : empereur d'Orient de 527 à 565, auteur du *Code justinien*. (N.d.T.)

Corbett saisit son épouse par le poignet :

— Ne sortez jamais seule, surtout le soir, avant que j'aie fait la lumière sur cette affaire !

Puis il reposa son gobelet et enlaça Maeve, l'embrassant doucement dans le cou. Lorsqu'il leva la tête, les ténèbres assiégeaient toujours la croisée.

Levé dès potron-minet, le clerc déjeuna dans la cuisine en annonçant à Griffin, qui se traînait dans la pièce en trébuchant partout, qu'il ne voulait pas être dérangé. Il se rendit ensuite à son cabinet à l'arrière de la maison. Il prit un fin rouleau de parchemin, le lissa avec de la pierre ponce et commença à récapituler ce qu'il avait appris.

Premièrement : Seize prostituées avaient été massacrées, une par mois, généralement le 13, toutes de la même façon : la gorge tranchée et le corps mutilé. Elles avaient été tuées dans leur chambre, sauf la dernière, assassinée dans une église. Corbett mordilla sa plume. Quoi d'autre ? Selon Cade, toutes les victimes étaient jeunes, et plus des courtisanes que de simples filles des rues. Pour quelle raison le criminel les avait-il choisies, elles, plutôt que les vieilles sorcières et les putains décaties qui dormaient dans les venelles puantes ? Corbett rejeta la tête en arrière. Si la plupart avaient trouvé la mort dans leur chambre, cela signifiait qu'elles avaient ouvert à leur bourreau et permis ainsi de les approcher. Ce devait donc être quelqu'un en qui elles avaient confiance. Qui donc ? Un homme riche ? Un client qu'elles auraient eu en commun ? Un officier ? Un ecclésiastique ? Corbett se gratta le front. Cade avait pourtant noté, dans son rapport, qu'il n'y avait aucun témoin. Qui était l'assassin ? Qui donc pouvait se faufiler comme l'ombre de la mort, poignarder, dépecer et disparaître comme un feu follet démoniaque ? Et pourquoi le 13 du mois ? Était-ce la célébration d'un culte satanique ? La date avait-elle une signification ? Et pourquoi une seule victime par mois ? Quel mobile avait l'assassin ? Corbett se rappela les paroles du père Thomas et frissonna. Il trempa sa plume dans l'encre et se remit à rédiger.

Deuxièmement : La mort de Lady Somerville. Elle avait été tuée à l'extérieur. Si on prêtait foi au dire du mendiant fou — ce que Corbett était loin de faire —, Lady Somerville connaissait son assassin, car elle s'était adressée à lui dans l'obscurité. Cela fournissait-il des indices quant à l'identité de ce dernier ? Corbett se retrouvait à son point de départ. Quelles personnes Lady Somerville fréquentait-elle ? Pour qui se serait-elle arrêtée dans la nuit ? Un prêtre ? Un moine ? Un officier ? Quelqu'un de la noblesse, comme elle ? Quelqu'un en qui elle avait toute confiance ?

Troisièmement : Qu'avait-elle voulu dire par « L'habit ne fait pas le moine » ? Était-ce une allusion à la double vie du tueur ? Pensait-elle à lui ou simplement à la vie privée de tel ou tel prêtre ou moine ? Corbett eut un geste d'impuissance. Elle pouvait très bien avoir en tête un autre scandale, une scène qu'elle avait vue à Westminster. Et son assassin était-il ce boucher aux mains rouges de sang qui massacrait les prostituées ? Ou quelqu'un qui voulait le faire croire ?

Quatrièmement : Le père Benedict. Pourquoi était-il inquiet ? Pourquoi avait-il envoyé à Cade ce court message sibyllin ? N'était-il pas bizarre que Cade ne fût jamais parvenu à le rencontrer et à découvrir les raisons de ses craintes ? Et son assassinat était-il lié à celui des prostituées ?

Cinquièmement : Richard Puddlicott. Ce maître escroc avait-il partie liée avec de Craon et ses subtiles manigances ? Ou cela avait-il un rapport avec les crimes sur lesquels enquêtait Corbett ?

Corbett se renfonça sur sa chaise, jonglant en esprit avec les différentes hypothèses.

— A combien d'affaires suis-je confronté, en fait ? se demanda-t-il à voix basse. Une, deux, ou trois ? Sont-elles bien distinctes ou sont-elles en corrélation ?

— Hugh !

Corbett se retourna d'un bloc. Maeve, les yeux embrumés de sommeil, se tenait sur le seuil. Emmitouflée dans une couverture de laine blanche, elle ressemblait à un fantôme. Elle s'approcha sur la pointe des pieds et l'embrassa doucement sur la tête.

— Vous parlez tout seul !

— Comme à mon habitude ! Ranulf est-il levé ?

— Non ! Il dort comme un loir. Je l'ai entendu ronfler du bas des escaliers. Lui et Maltote sont sortis hier soir. N'en dites rien, Hugh, mais je crois que notre Ranulf est amoureux.

Corbett sourit, mais son cœur fit un bond.

— Hugh, savez-vous de qui il s'agit ?

— Non, mentit Corbett. Vous connaissez Ranulf, Maeve. Ses amours sont aussi enchevêtrées et complexes qu'une de vos broderies.

Maeve fit volte-face.

— Oh, à propos ! lança-t-elle par-dessus son épaule, Maltote vient de m'apprendre que mon cher oncle, Lord Morgan, arrivera dans une semaine !

Corbett attendit que la porte se refermât derrière elle.

— Seigneur ! soupira-t-il. Ranulf s'est épris de Lady Mary Neville et va commettre une bêtise ! Et en plus, avec l'oncle Morgan, la vie ne sera pas une sinécure !

— Je vous avais dit de ne pas parler tout seul ! C'est donc Lady Mary Neville !

Corbett tourna vivement la tête.

— Petite rusée ! s'écria-t-il. Je vous croyais partie !

— Lady Mary Neville ! répéta Maeve, les yeux ronds. Je sais qui c'est. Ranulf vise haut. Si cela se trouve, lança-t-elle en se faufilant derrière la porte avant que Corbett n'eût pu lui jeter quoi que ce fût à la tête, la prochaine fois, il contera fleurette à une princesse galloise !

Corbett revint à son rapport en souriant. Il se rappela sa conversation avec Cade et se gratta la tête, irrité. Il avait cherché le fil conducteur de ces événements, mais en admettant qu'il y en eût un, pourquoi s'était-il brisé ? Il prit sa plume.

Le seigneur de Craon : quel était son rôle ?

Où était Puddlicott ? Pourquoi était-il apparu à Paris, puis à Londres ? Que manigançait-il ? Y avait-il un rapport entre lui et de Craon ? L'un d'eux ou les deux ensemble avaient-ils trempé dans ces meurtres ?

Que cachait Cade ?

Que cachait Warfield ?

Que voulait dire Lady Somerville par ses remarques mystérieuses sur les moines et le mal régnant à Westminster ? Le père Benedict était-il devenu son confident ? Avaient-ils été tués par le même individu ?

Leur assassin était-il aussi celui des prostituées ? En ce cas, il n'avait pas dû chômer la semaine du 11 mai : tuer Lady Somerville, le père Benedict et la fille Isabeau en trois soirs de suite !

La dernière victime, Agnès, dont il avait examiné le cadavre, avait été tuée huit jours auparavant, un peu avant le retour de Corbett dans la capitale. Elle avait trouvé la mort le 20 et pas le 13. Pourquoi ?

Corbett frissonna. Cade voyait-il juste ? Y avait-il un fil conducteur ? Ou poursuivaient-ils un, deux, ou même trois tueurs ?

CHAPITRE VII

Une heure plus tard, le clerc quittait son domicile en se jurant bien de dire deux mots à Ranulf qui cuvait encore son vin. Il était de méchante humeur et légèrement inquiet. Les préparatifs en vue d'accueillir son « cher » oncle accaparaient Maeve, mais lui était bien résolu à démêler les fils de cette étrange enquête. Il traversa le marché animé de West Cheap et s'enquit des dernières nouvelles de la capitale auprès des dizainiers Ceux-ci se contentèrent de hocher la tête :

— Rien de sérieux, Messire ! Un cambriolage dans Three Needle Street, deux vauriens qui ont brisé une fenêtre avec des frondes à Lothbury et un étudiant d'Oxford qui s'est saoulé et a joué de la cornemuse à Bishopsgate.

Corbett les remercia d'un sourire et s'engagea dans Wood Street et Gracechurch Street, en évitant adroitement les étals qu'ouvraient les négociants en bois, déterminés, dès le matin, à mener rondement leurs affaires. Il demanda son chemin à un apprenti fort en gueule, mais celui-ci lui avoua son ignorance en criant qu'il ne connaissait aucun Français dans le coin. Une servante, rapportant des seaux d'eau de la Grande Citerne, lui indiqua la maison que louait de Craon : une modeste bâtisse d'un étage, délabrée et presque en ruine, coincée entre deux échoppes. Cela amusa Corbett. Les cloches de l'église voisine sonnaient la première messe. Si seulement il pouvait tirer de Craon du lit à cette heure indue! Il souleva le lourd heurtoir de cuivre et l'abattit avec force, puis recommença presque aussitôt. Il entendit des pas et la porte s'ouvrit violemment sur de Craon, revêtu d'une cotte-hardie rouge bordeaux et de jambières de cuir enfoncées dans des heuses[1] noires. Son visage rusé de goupil arbora son sourire le plus faux.

— Mon cher Hugh, nous vous attendions.

Il emprisonna la main de Corbett dans les siennes.

— Vous avez l'air fatigué, Hugh! Ou devrais-je dire « Lord Corbett »?

Une méchanceté narquoise se lisait dans ses yeux pers, très rapprochés.

— Oh oui! Je suis au courant. Entrez! Entrez!

A la suite de l'homme qui rêvait de le tuer, Corbett descendit à l'étage inférieur et pénétra dans une petite pièce à l'allure peu engageante : la jonchée était d'une propreté douteuse et l'âtre un tas de cendres refroidies; le crépi se détachait des murs fendillés et la chaise, dangereusement bancale, qu'attira de Craon semblait pleine d'échardes.

— Veuillez prendre place!

Corbett s'assit, comme l'y invitait de Craon, mais ne se départit pas de sa méfiance. Quant au Français, il s'installa sur le bord d'une table, les pieds ballants. Le clerc aurait voulu voir s'effacer le rictus sournois et malveillant de son adversaire. Celui-ci frappa dans ses mains.

---

1. Heuses : sorte de guêtres en cuir souple. *(N.d.T.)*

— Eh bien, Hugh, est-ce là une visite de courtoisie ? Au fait, poursuivit-il en touchant la main de Corbett, j'ai eu le plaisir de rencontrer Lady Maeve. Votre petite fille est adorable. Elle tient de sa mère. Désirez-vous du vin ?

— Non !

Le sourire de De Craon disparut.

— Très bien, Corbett ! Que voulez-vous savoir ?

— La raison de votre présence ici.

— Je suis porteur, de la part de mon maître, le roi de France, de messages de bonne volonté et d'amitié.

— Mensonges ! lança Corbett.

De Craon le foudroya du regard.

— Un de ces jours, Hugh, souffla-t-il en un murmure feint, je vous ferai rentrer vos insultes dans la gorge !

Corbett eut une mimique goguenarde :

— Promesses, promesses ! Vous ne m'avez toujours pas dit pourquoi vous êtes en Angleterre et restez aussi longtemps à Londres.

De Craon se leva et contourna la table.

— Des marchands français, habitant ici, ont des intérêts qui tiennent à cœur au roi Philippe. Or vous, les Anglais, avez la réputation d'être hostiles aux étrangers.

— Alors prenez garde à vous, de Craon !

— C'est ce que je fais, Hugh, et c'est ce que vous devriez faire. Où se cache votre chien fidèle ?

— En haut de la rue, mentit Corbett. Dans une taverne, en compagnie d'archers royaux. Ils attendent mon retour.

De Craon pencha la tête.

— Vous étiez à Winchester et maintenant vous voilà à Londres. Pourquoi le roi renverrait-il dans la capitale son garde du Sceau privé, le clerc en qui il a le plus confiance ici-bas ?

De Craon mit un doigt sur ses lèvres.

— Certes, il y a les assassinats, enchaîna-t-il, comme pour lui-même. Je sais que les bons bourgeois de cette ville ne veulent pas voir exposés au grand jour leurs sordides petits secrets. Et puis, il y a la mort de Lady Somerville et, bien sûr, cet étrange incendie chez le vieux chapelain du roi, le père Benedict.

De Craon se recoiffa en passant une main dans ses cheveux roux qui s'éclaircissaient.

— Quoi d'autre ? demanda-t-il, l'air faussement interrogateur.

— Richard Puddlicott.

Il ouvrit et referma la bouche comme un poisson.

— Ah oui ! Puddlicott !

— Vous le connaissez ?

— Naturellement !

Le Français sourit.

— Un malfaiteur anglais notoire. Comment appelez-vous ce genre de scélérat ? Un escroc, je crois ? Il est recherché par notre prévôt de Paris autant que par le shérif de Londres.

— Pour quels motifs ?

— Les mêmes qu'ici.

— Alors pourquoi, s'enquit lentement Corbett, a-t-on vu ce Puddlicott en compagnie du plus proche conseiller du roi Philippe, Messire Guillaume de Nogaret ?

De Craon ne se laissa pas démonter :

— Puddlicott est un criminel, certes, mais il nous est précieux. Il nous vend des secrets, des renseignements qu'il estime intéressants. Votre maître en fait bien autant auprès de traîtres français.

Corbett entendit du bruit et bondit sur ses pieds. L'atmosphère de cette maison, où régnaient silence et poussière, lui tapait sur les nerfs. Il se retourna vers la porte au moment où un inconnu se glissait comme une ombre dans la pièce.

— Ah, Raoul !

De Craon fit le tour de la table.

— Messire Corbett, ou plutôt Sir Hugh Corbett, puis-je vous présenter Raoul, vicomte de Nevers, émissaire spécial du roi Philippe en Flandre ?

De Nevers serra chaleureusement la main de Corbett et le clerc le prit immédiatement en amitié. Il ressemblait à Maltote, en plus mince et élancé. Des cheveux blonds encadraient son visage assez enfantin aux traits réguliers, mais l'acuité de son regard et la fermeté de son menton et de sa bouche n'échappèrent pas à Corbett, qui comprit pourquoi le jeune Français avait tant plu à Maeve. Son charme nonchalant et ses façons franches et sans détour contrastaient vivement avec la rouerie et la fourberie de De Craon.

— Avant que vous me demandiez pourquoi Raoul se trouve en Angleterre, murmura de Craon, je vais jouer cartes sur table : le roi Philippe compte envahir la Flandre au printemps prochain. Il a certains droits là-bas...

— ... que notre souverain conteste ! acheva Corbett.

— C'est vrai ! C'est vrai ! confirma de Nevers avant de poursuivre en un anglais hésitant. Notre maître désire tenir à l'œil les marchands flamands. Nous savons qu'ils se rendent à Londres. Nous surveillons leurs mouvements et apportons des messages à votre roi pour lui dire qu'il serait malavisé de fournir aide et assistance à ces gens.

Corbett dévisagea les deux hommes. Ils pouvaient très bien dire la vérité, pensa-t-il, ou du moins une partie, et ce qu'avançait de Nevers avait plus de sens que les propos de De Craon. Les envoyés anglais surveillaient de près les marchands écossais établis à Paris, pourquoi les Français n'agiraient-ils pas de même avec les négociants flamands de Londres ? Corbett prit sa cape.

— *Monsieur*[1] de Craon, *monsieur* de Nevers, je vous souhaite un bon séjour à Londres, mais je vous transmets également la mise en garde de mon maître. Vos sauf-conduits vous protègent. *Monsieur* de Craon, vous connaissez les règles du jeu. Si vous êtes surpris à fourrer votre nez là où vous ne devez pas, je me ferai un plaisir de vous escorter personnellement jusqu'au port le plus proche pour vous réexpédier en France.

Il esquissa un salut et sortit sans attendre leur réponse.

Une fois dans la rue, il poussa un soupir de soulagement. Il se félicitait d'avoir pu surprendre de Craon et son compagnon, car il était convaincu qu'ils tramaient quelque sombre complot que seul le temps révélerait. Il s'avança prudemment parmi les immondices et jeta un coup d'œil intrigué à une charrette à ordures vide de l'autre côté de la rue. Une rosse exténuée attendait dans les brancards. Corbett observa la maison de De Craon. Il y avait quelque chose de louche, mais il n'arrivait pas à dire quoi, exactement. Il avait remarqué, sans doute, un détail incongru. Il haussa les épaules. Il finirait bien par le savoir un jour ou l'autre.

Il inspecta la rue et nota les détritus qui s'amoncelaient en gros tas de chaque côté du caniveau, puis il la redescendit précautionneusement en gardant un œil sur les croisées qui s'ouvraient brusquement pour laisser le passage au contenu des pots de chambre allant arroser

---

1. En français dans le texte. *(N.d.T.)*

passants et pavés. Il s'arrêta dans une rôtisserie au coin de Wood Street pour s'acheter une tourte qu'il jeta après avoir mordu dans quelque chose de dur.

— Maudits édiles! grommela-t-il. Si seulement les dizainiers et les guildes veillaient à la qualité de la marchandise vendue dans la rue autant qu'à leur précieuse réputation!

Il revint dans les Shambles où il s'accorda quelques instants pour observer un baladin, revêtu entièrement de noir, les os blanchis d'un squelette outrageusement peints sur son costume, esquisser une danse macabre tandis qu'un comparse l'accompagnait au tambourin et qu'un gamin jouait une étrange marche funèbre sur un pipeau aux accents aigus. La main sur son escarcelle, Corbett contourna les étals des bouchers en se frayant péniblement un passage dans la cohue et en regardant soigneusement où il mettait les pieds. Une foule s'était rassemblée devant la prison de Newgate pour voir passer les charrettes des condamnés qu'on emmenait soit au gibet de Smithfield, soit à celui des Elms, en ville. Le clerc se souvint du cul-de-jatte de la veille et pressa le pas en frissonnant.

Il regrettait que Ranulf ne fût pas à ses côtés. Au coin de Cock Lane, de vieilles harpies débraillées et de simples filles des rues harcelaient déjà le chaland. Des perruques rousses ou orangées coiffaient leurs crânes tondus et leur fard blanc trop épais se fendillait.

— Un penny pour une culbute, cria l'une d'elles à Corbett.

— Deux, et tu pourras faire tout ce que tu veux, renchérit une autre.

— Ne t'inquiète pas! gloussa une troisième. Cela ne sera pas long!

Corbett s'approcha en s'efforçant de dissimuler son

dégoût sous un sourire : une odeur fade s'échappait de leurs vêtements et le noir qui soulignait leurs yeux commençait à couler sur leurs joues outrageusement fardées.

— Bonjour, belles dames ! salua-t-il.

Les prostituées échangèrent silencieusement un regard avant d'éclater d'un rire suraigu.

— Bien le bonjour, Messire ! répondirent-elles en chœur, en faisant tourbillonner leurs jupes écarlates et en mimant des révérences.

— Quel est votre bon plaisir ?

Une commère, grosse comme un muid, joua des coudes pour s'approcher, les lèvres ouvertes en une parodie de sourire qui laissait voir des chicots noirâtres.

— Laquelle préférez-vous ?

Elle se retourna en grimaçant vers ses compagnes.

— Pour un shilling, vous pouvez avoir le lot, treize à la douzaine !

Un autre accès d'hilarité salua cette repartie. Corbett détourna les yeux, tentant vainement de dissimuler sa gêne.

— Ma chère dame, murmura-t-il, il est à parier que je vous épuiserais à la tâche.

Il sourit au reste du groupe :

— Je veux dire toutes, tant que vous êtes !

Les ricanements et les quolibets s'éteignirent sur les lèvres des ribaudes lorsqu'une pièce d'argent apparut entre les doigts du clerc.

— Pour le moment, mes belles, je ne vais pas profiter de vos faveurs et je m'en excuse humblement, mais cette pièce d'argent, ajouta-t-il avec un coup d'œil à la ronde, ira à celle qui me fournira des renseignements sur la mort d'Agnès. Vous savez, la fille tuée dans l'église près de Greyfriars.

Les prostituées reculèrent comme des enfants terrorisés.

— Je ne vous veux aucun mal, enchaîna Corbett doucement. Je suis au service du roi. Je travaille avec Alexander Cade, le shérif adjoint.

— Ah oui! « Grande Lance »! rétorqua la grosse toupie qui poursuivit, en voyant l'air étonné de Corbett : C'est le surnom que nous lui donnons. Un bon jouteur, ce Messire Cade! Je vous le certifie!

Une adolescente au corps maigre et osseux, vêtue de guenilles et comptant au plus quinze ou seize printemps, se faufila au premier rang :

— Je peux vous parler d'Agnès.

Corbett brandit la pièce d'argent devant ses yeux :

— Vas-y! J'attends!

La jeune fille esquissa un sourire. Son visage blême se fit soudain pathétique et vulnérable. Ses yeux perdirent, l'espace d'un instant, leur dureté méfiante.

— Là-bas, lança-t-elle avec un geste de la main. Agnès habitait une soupente près de chez l'apothicaire.

D'un revers de main, elle essuya un nez qui coulait.

— Elle disait toujours qu'elle était mieux que nous! Oh oui! Elle faisait sa grande dame avec sa chambre et ses belles robes!

— Quoi d'autre?

— Agnès s'est mise à avoir peur. Elle avait vu quelque chose, qu'elle disait.

La bouche de la jeune catin s'affaissa.

— J' sais pas quoi, mais c'était après la mort d'une des autres filles. En tout cas, elle refusait de sortir de chez elle. Elle payait un gamin pour qu'il fasse le guet devant sa porte.

Elle haussa les épaules.

— C'est tout ce que je sais.

Elle tendit une main crasseuse.

— S'il vous plaît, murmura-t-elle anxieusement, j' peux avoir la pièce ?

Corbett la lui fourra dans la main. Puis il dégaina son poignard et redescendit la ruelle plongée dans l'obscurité. Il fit halte devant l'échoppe voisine de celle de l'apothicaire et détailla ses poutres vermoulues et le plâtre qui s'écaillait. Il frappa à la porte. Une vieille sorcière édentée aux yeux enfoncés, tels de petits boutons de jais, dans un visage ridé et terreux, lui ouvrit. Une vraie chouette, pensa Corbett, une de ces mégères qui louaient des chambres aux putains et prenaient leur argent en fermant les yeux sur leurs activités. Bien sûr, la vieille ne se souvint de rien jusqu'au moment où elle vit les pièces d'argent. Là, elle se rappela tout. Corbett écouta ses racontars : elle ne lui dit rien qu'il ne sût déjà, mais en échange d'une autre pièce, elle lui montra la chambre d'Agnès. Il n'y avait rien. On avait enlevé tous les biens de la courtisane, jusqu'au moindre meuble. Il se rendit compte que la vieille lui en faisait accroire.

De retour dans la rue, il s'appuya contre un mur et observa les alentours. L'endroit était immonde. Il aperçut, dans le caniveau, des débris qui flottaient à la surface de l'eau verdâtre : il eut des haut-le-cœur et se boucha le nez pour ne pas respirer les relents nauséabonds des détritus qui s'entassaient à bonne hauteur des parois. Il se sentit espionné et jeta un coup d'œil circonspect aux venelles qui débouchaient dans Cock Lane. Il remonta la rue, en suivant à tâtons le mur de la maison. Mais soudain, il retira prestement sa main qui s'était refermée sur une masse de poils tièdes. Le rat détala dans une fente. Corbett le maudit, puis revint du côté de chez l'apothicaire. Oui ! Il l'avait bien vue, cette ombre fluette dans l'une des venelles.

« Cette matinée va me coûter cher ! » se dit-il, en sortant une autre pièce de son escarcelle et en la brandissant.

— Je sais que tu es là, mon garçon ! chuchota-t-il. Tu fais encore le guet, hein ? Je ne te veux pas de mal.

Il parlait doucement pour ne pas donner l'éveil aux prostituées toujours réunies à l'entrée de Cock Lane, ni aux yeux avides qui l'épiaient aux fenêtres.

— Viens ici, mon garçon ! répéta-t-il d'une voix pressante. Tu auras une belle récompense.

L'enfant s'avança à pas furtifs. Il avait le visage d'une telle maigreur que ses grands yeux lui donnaient l'air d'un jeune hibou effrayé par la lumière. Il allait pieds nus et tirait nerveusement sur la toile grossière qui lui servait de cape. Il tendit brusquement une main toute menue.

— Je vous remercie, Messire !

A sa voix aigrelette, Corbett reconnut le petit mendiant professionnel. Ses parents devaient envoyer le malheureux quémander dans le quartier. Le clerc s'accroupit sous le portail de l'échoppe en lui faisant signe d'approcher. Conscient des dangers de la rue, le gamin hésita, le regard rivé sur la pièce d'argent. Corbett, d'un geste vif, empoigna un bras chétif et ressentit une pointe de compassion. L'enfant n'avait que la peau sur les os. Survivrait-il aux rigueurs du prochain hiver ?

— Allons, viens ! Je ne te veux pas de mal ! s'empressa-t-il de le rassurer. Regarde ! Voici une pièce d'argent ! Je t'en donnerai une autre si tu me dis la vérité.

Le gamin mordilla un doigt de sa main libre.

— Tu connaissais Agnès, la fille qui est morte ?

Le petit mendiant fit signe que oui.

— De quoi avait-elle peur ?

— J' sais pas.
— Pourquoi ne sortait-elle pas de chez elle ?
— J' sais pas.
— Qu'est-ce que tu sais ?
— Un homme est venu.
— Quel genre ?
— Un prêtre ou un frère prêcheur en habit. Il était grand. Il est parti très rapidement.
— Quoi d'autre ?
— Agnès m'a donné un message.
— Lequel ?
— Juste un bout de parchemin, Messire ! Je devais le porter à Westminster.
— A qui ?
— J' sais pas.

Les grands yeux se remplirent de larmes.

— Je n'aurais pas dû faire ça ! J' voulais pas, mais j'avais trop faim. J'ai jeté le message dans le caniveau et j'ai acheté du pain avec l'argent qu'elle m'avait donné.

Corbett lui sourit :

— Tu sais lire ?
— Moi non, mais Agnès si ! Elle était intelligente. Elle savait lire et écrire un peu. Elle me disait qu'elle m'apprendrait, un jour, si je montais bien la garde devant sa porte.
— Mais tu ignores à qui ce message était destiné ?
— A une femme, je crois.
— Comment le sais-tu ?
— Agnès m'a dit de l'apporter au chapitre en fin d'après-midi.

Une grimace déforma les traits de l'enfant.

— Et elle a dit qu'*elle* comprendrait.
— C'est tout ?

— Oui, je vous jure ! Par pitié, Messire, gémit-il, lâchez-moi ! Vous m'avez promis une pièce d'argent.

Corbett la lui remit et le gamin s'éloigna en hâte.

— Si, un jour, tu as encore l'estomac vide, s'écria le clerc en regardant les jambes maigres à faire peur, rends-toi chez Messire Corbett dans Bread Street. Dis à mes serviteurs que c'est moi qui t'envoie !

Et le jeune garçon, vif comme l'éclair, disparut dans un passage obscur.

Corbett se releva et revint sur ses pas. Il s'arrêta à un petit estaminet près du pont de Holborn. Il s'attabla sous l'unique fenêtre et commanda un pichet de godale[1]. Au fond de la salle, des rétameurs taquinaient un énorme mastiff salivant de faim. Ils lui présentaient des bouts de viande et les retiraient au dernier moment : les crocs de la bête enragée claquaient dans le vide, effleurant les doigts prestes de ses tourmenteurs. Corbett observa ce jeu cruel en pensant à l'enfant, à la mort atroce d'Agnès et à la laideur repoussante des prostituées de Cock Lane. Le père Thomas avait-il raison ? La puanteur et la pourriture de la cité engendraient-elles le mal qui rôdait dans les rues ? Il sirota sa boisson, essayant de chasser de son esprit les grondements du chien et les moqueries des rétameurs. Donc, Agnès avait vu quelque chose ! Elle s'était claquemurée chez elle et avait reçu la visite d'un homme vêtu comme un moine ou un prêtre. Était-ce l'assassin ? Dans ce cas, pourquoi n'avait-il pas agi à ce moment-là ? Parce que la maison était surveillée ? Ou parce qu'Agnès avait refusé d'ouvrir sa porte ? Cette dernière hypothèse paraissait être la plus logique, conclut-il. Alors pourquoi cet homme s'était-il rendu à Cock Lane ? Mais cela sau-

---

1. Godale : bière anglaise. *(N.d.T.)*

tait aux yeux ! Corbett reposa son gobelet. Agnès avait été attirée dans un traquenard. Le tueur lui avait probablement glissé un message, peut-être au nom de quelqu'un d'autre, lui enjoignant de le rencontrer dans l'église près de Greyfriars. Lissant le pourtour de sa chope, Corbett tenta de récapituler les différentes phases de l'assassinat. Agnès savait quelque chose et s'était cachée. Elle avait envoyé un message à une personne susceptible de l'aider, l'une des Dames de sainte Marthe, Lady Fitzwarren ou Lady de Lacey, mais le garçon avait jeté cette missive. Corbett ferma les yeux. Quoi encore ? Le tueur avait appris qu'Agnès représentait un danger, aussi s'était-il rendu à sa chambre et lui avait-il laissé un message laconique. La pauvre fille, sachant à peine lire, devait être incapable de différencier les écritures. La suite n'avait pas dû poser problème. Agnès était allée en quête de salut dans cette église où l'attendait son meurtrier.

Corbett releva soudain la tête. Des cris et des hurlements s'élevaient dans le fond de la salle. Il sourit en son for intérieur. Il y avait quelquefois une justice en ce bas monde : le mastiff avait brisé sa chaîne et saisi le bras d'un de ses bourreaux. Du sang éclaboussait déjà une porte. Le clerc vida son pichet et s'éloigna du tohubohu. Il lui fallait rendre une dernière visite. Il remonta la rue, franchit les limites de la ville et gagna l'autre côté de Smithfield en contournant le prieuré de St Jean-de-Jérusalem. Il demanda la direction de la demeure des Somerville à un vendeur d'eau. Celui-ci l'ayant renseigné sans hésitation, il traversa Aldersgate pour arriver dans Barbican Street en restant loin des foules qui se pressaient vers Smithfield.

Somerville House était une splendide résidence, mais, pour l'heure, les volets étaient clos et de grandes draperies en linon noir pendaient des poutres en signe de deuil. Une servante en larmes lui ouvrit la porte et le conduisit au premier étage à la salle haute luxueusement meublée malgré son exiguïté. La pièce rappela à Corbett les embellissements qu'avait apportés Maeve à la demeure de Bread Street, sauf que le désordre y régnait comme si on ne l'avait pas lavée depuis des années. Des taches de vin souillaient la table et quelques-unes des chaises tapissées. Les tentures étaient poussiéreuses et effilochées. Le feu n'avait pas été allumé ni l'âtre nettoyé.

— Vous désiriez me voir ?

Corbett se retourna et dévisagea le jeune homme sur le seuil.

— Je suis Gilbert Somerville. Ma servante m'a dit que vous étiez Sir Hugh Corbett, l'émissaire du roi.

Il tendit une main molle au clerc qui nota les cheveux noirs embroussaillés, la pâleur des joues bouffies, les yeux rougis et le manque de fermeté de la bouche et de la mâchoire. « Un ivrogne », pensa Corbett. Un fils pleurant sa mère mais aimant plus que tout le clairet.

— Je suis désolé !

Gilbert Somerville tira sur son habit doublé de fourrure en désignant un siège à Corbett.

— Je me suis levé tard. Veuillez vous asseoir.

Il gratta sa joue mal rasée.

— L'enterrement de ma mère a eu lieu hier, murmura-t-il. La maison est encore sens dessus dessous, je...

Il n'acheva pas sa phrase.

— Mes condoléances, Messire Gilbert.

— *Sir* Gilbert, rectifia le jeune homme.

— Mes condoléances, Sir Gilbert. Je crois savoir que le mardi 12 mai vous êtes rentré chez vous au petit matin et, n'ayant pas trouvé votre mère dans sa chambre, vous avez ordonné des recherches.

— En effet. Mes serviteurs l'ont découverte près du gibet de Smithfield.

— Avant sa mort, votre mère a-t-elle agi ou parlé d'une façon inhabituelle ?

— Elle m'adressait à peine la parole, je faisais donc de même.

Corbett lut la colère et la souffrance dans le regard de son interlocuteur.

— Elle n'est plus parmi nous, reprit-il doucement. Pourquoi ces dissensions entre une mère et son fils unique ?

— Elle me reprochait de n'être pas mon père !

« Pour ça, non ! » pensa Corbett. Il se rappelait vaguement le vieux Somerville : un combattant énergique, un solide gaillard qui avait rendu de fiers services au royaume pendant les dernières années de guerre au pays de Galles. Corbett le revoyait traverser au pas de course les salles de la Chancellerie ou parcourir un camp militaire, bras dessus, bras dessous avec le souverain, ou encore arpenter les couloirs d'un château ou d'un palais.

— Le dicton « L'habit ne fait pas le moine » vous dit-il quelque chose ?

Somerville eut un sourire désabusé :

— Rien du tout.

— Votre mère avait-elle des confidentes dans sa maison ?

Le jeune homme lança un regard peu amène au clerc :

— Non, elle appartenait à la vieille école, Messire Corbett.

— *Sir* Hugh Corbett !

— *Touché*[1] ! Non, Sir Hugh, ma mère se confiait peu ; les seules avec lesquelles elle parlait étaient les Dames de sainte Marthe.

Corbett scruta le visage de Somerville.

— Vous n'avez donc aucune idée de la façon dont s'est déroulé le meurtre, ni de son auteur, ni de son mobile ?

— Non.

Le sang de Corbett se glaça dans ses veines devant sa sécheresse et son arrogance, qui disaient assez le peu de cas qu'il faisait de la mort violente survenue à sa mère. Le clerc parcourut la pièce du regard.

— Votre mère gardait-elle des papiers personnels ?

— Oui, mais je les ai examinés. Il n'y avait rien.

— Ne voulez-vous pas la venger ?

Le jeune homme haussa les épaules :

— Si, naturellement, mais vous êtes Sir Hugh Corbett, garde du Sceau privé. J'ai toute confiance en vous. Vous dénicherez l'assassin. Vous ressemblez à mon père. Vous vous démenez comme le lévrier du roi qui va chercher ceci ou rapporter cela. Le tueur sera démasqué et j'irai aux Elms avec un pichet de vin voir cette fripouille se balancer au bout d'une corde.

Corbett se leva brusquement en renversant son tabouret :

— Sir Gilbert, je vous dis adieu.

Il se dirigea vers le seuil.

— Corbett !

Le clerc ne s'arrêta pas. Il avait déjà atteint le bas de l'escalier lorsque Somerville le rattrapa.

— Sir Hugh, je vous en prie !

Corbett se retourna.

---

1. *Touché* : terme d'escrime ; en français dans le texte. *(N.d.T.)*

— Je suis navré que votre mère soit morte, dit-il posément, mais je trouve votre attitude affligeante.

Son interlocuteur détourna les yeux.

— Vous ne comprenez pas, chuchota-t-il. « Votre père a fait ceci ! Votre père a fait cela ! » Eh bien, oui ! ma mère est morte. Et alors ? Pour elle, j'ai toujours été mort !

Corbett le dévisagea et se demanda machinalement si sa haine aurait été assez virulente pour l'amener à commettre un meurtre. Le regard voilé du jeune homme croisa le sien.

— Oh non ! marmonna-t-il. Je devine ce que vous pensez. Pour moi, ma mère n'existait pas, alors pourquoi l'aurais-je tuée ? Mais attendez ! J'ai quelque chose qui va vous intéresser.

Il monta l'escalier quatre à quatre et réapparut quelques minutes après, un bout de parchemin à la main.

— Prenez ceci ! bredouilla-t-il. Examinez-le et faites-en ce que bon vous semble. Vous n'avez pas besoin de rester ici ni de revenir.

Corbett esquissa un salut et partit en refermant la porte. Il attendit d'être arrivé à St Martin's Lane pour déchiffrer le parchemin : une liste de vêtements, probablement rédigée par Lady Somerville pour son travail à l'abbaye, et des dessins rudimentaires représentant des moines, les mains jointes comme en prière. Le tracé en était malhabile et ils ressemblaient à des dessins d'enfant, sauf que parfois, au lieu de la tête tonsurée d'un moine, Lady Somerville avait représenté la tête d'une corneille, d'un renard, d'un porc ou d'un chien. Mais un détail, surtout, fascina Corbett : au centre du groupe, dominant les autres de sa haute taille, figurait un personnage revêtu de l'habit monacal. Le capuchon rabattu dévoilait la gueule dégoulinante de bave d'un loup féroce. Corbett se pencha longuement sur le parchemin en s'efforçant de retrouver la logique de la défunte. Dressait-elle une liste d'articles de buanderie quand un détail lui avait traversé l'esprit ? Corbett eut un geste d'impuissance.

— En tout cas, murmura-t-il, Lady Somerville n'avait pas haute opinion de nos frères de Westminster !

— Qu'est-ce que c'est ? Qu'est-ce que c'est ?

Une mendiante, haute comme trois pommes, sautillait devant lui en brandissant une poupée de bois abîmée.

— Qu'est-ce que c'est ? Qu'est-ce que c'est ? répéta-t-elle. Vous aimez mon bébé ?

Jetant un coup d'œil à la ronde, Corbett vit que la foule se pressait autour de lui. Il jeta un penny à la malheureuse et regagna prestement Bread Street.

Dès qu'il mit le pied dans sa demeure, il perçut la confusion qui y régnait. Des hurlements provenaient de la salle haute : il reconnut la voix claire et puissante du fils de Ranulf. Griffin, la mine longue d'une aune, confirma ses soupçons : Ranulf et Maltote jouaient avec le gamin et étaient censés s'occuper de la petite Aliénor pendant que Lady Maeve vaquait au jardin. Corbett suivit son serviteur : Maeve s'affairait parmi les lys et les soucis, les roses et les giroflées. Il s'arrêta sous le porche pour la contempler. Elle parlait à Anna, sa servante. Dans la lumière déclinante du jour, Corbett admira la façon dont son épouse avait transformé une lande envahie par les mauvaises herbes en un superbe jardin aux allées de gravier, aux pommiers vigoureux et aux treilles grimpant le long du mur bien exposé au soleil. Plus loin, derrière ce qui serait le verger, elle avait fait ériger une fuie[1] chaulée près d'une longue

---

1. Fuie : petit colombier. *(N.d.T.)*

rangée de ruches. Maeve se retourna comme si elle avait senti la présence de son époux.

— Hugh! Hugh! Venez! Regardez!

Elle désigna le sol :

— Les simples ont survécu!

Corbett contempla la moutarde, le persil, la sauge, l'ail, le fenouil, l'hysope et la bourrache qu'elle avait plantés l'année précédente.

— Vous voyez! s'exclama-t-elle d'un ton triomphal, elles ont bien poussé!

La chaleur et le travail avaient donné des couleurs à son beau visage.

— Si tout va bien, à la Saint-Michel, nous aurons autre chose que du sel pour assaisonner nos viandes.

Elle plissa les paupières :

— Vous avez l'air fatigué, Hugh!

Elle retira ses épais gants de laine et tendit une petite truelle à Anna, qui l'aidait à désherber les plates-bandes de jeunes simples.

— Venez!

Elle s'essuya le front d'un revers de main.

— J'ai envie de bonne bière fraîche. Anna et moi avons préparé le souper.

Après s'être désaltéré et avoir fait un brin de toilette, Corbett se sentit revigoré mais le repas fut assez tumultueux. Le jeune Ranulf ne cessa de vociférer et la petite Aliénor, censée dormir dans son berceau, s'étrangla de rire devant ses pitreries, avant de réclamer à cor et à cri sa nourriture, des morceaux de pain de sucre trempés dans du lait. Toute conversation était impossible car Ranulf avait repris du poil de la bête — un peu trop vite, songea Corbett, soupçonneux — et tint absolument à raconter les derniers avatars de Maltote avec son poignard. Le repas s'acheva enfin et Corbett enjoignit sèchement à Maeve et à Ranulf de le rejoindre dans la salle haute.

— Tu as passé une bonne journée, Ranulf? demanda-t-il avec l'air de ne pas y toucher en refermant la porte derrière lui.

— Oui, oui!

Le clerc embrassa la pièce du regard. Maeve le dévisagea, l'air intrigué, comme si elle ne parvenait pas à comprendre la raison de son irritation et de sa mauvaise humeur.

— Je suis désolé, marmonna-t-il. Mais cette affaire semble ne présenter guère de solutions. Le tueur pourrait être n'importe qui. Tout ce dont je suis sûr, c'est qu'il porte une coule et un capuchon.

— Cela pourrait être un moine, alors? intervint Ranulf.

— Pour l'amour de Dieu, Ranulf! rétorqua Corbett. Tous les hommes, dans cette ville, possèdent coule et capuchon!

Il s'installa sur un tabouret :

— Qu'as-tu fabriqué?

Ranulf eut un sourire radieux. Corbett gémit *in petto*.

— J'ai fait preuve d'initiative, Messire. Vous vous souvenez que Lady Fitzwarren nous a dit que nous serions les bienvenus si nous voulions voir leur travail. Eh bien, j'ai rendu une visite de courtoisie à Lady Mary Neville!

Maeve dissimula un sourire derrière sa main. Corbett fixa le plancher.

— La journée n'est pas finie, mon maître! Lady Fitzwarren vous invite à la rejoindre à l'hôpital Ste Catherine près de la Tour. Qui sait, poursuivit Ranulf aux anges, nous pourrions en découvrir plus.

Corbett se cacha le visage dans les mains.

CHAPITRE VIII

Mais Corbett releva la tête et jeta à Ranulf un coup d'œil courroucé.

— Je n'ai nulle envie de courir dans toute la ville au beau milieu de la nuit ! rugit-il.

Sa colère redoubla à la vue de Maeve qui tentait de réprimer ses éclats de rire en pouffant derrière sa manche.

— Mais, maître, j'ai cru bien faire ! Il faut que nous interrogions ces deux dames, notamment Lady Neville. Elle est la dernière à avoir vu Lady Somerville vivante, après tout.

Corbett érafla le tapis de la pointe de sa botte. D'en bas montaient les cris de joie du fils de Ranulf et les hurlements d'Aliénor. Son regard furieux s'attarda sur Ranulf, puis sur Maeve. Peut-être vaudrait-il mieux y aller, songea-t-il. La maison était sens dessus dessous. Maeve ne pensait qu'à l'arrivée imminente de son oncle et les deux enfants s'égosillaient à qui mieux mieux. Il n'aurait pas la paix chez lui et par ailleurs il lui fallait s'occuper d'affaires pressantes.

— C'est bon ! concéda-t-il. Mais envoie Maltote en éclaireur. Avant de rendre visite aux Dames de sainte Marthe, je veux voir William Senche, frère Adam of

Warfield et son corpulent ami, le frère Richard. Dis à ces augustes personnages de Westminster que je leur donne rendez-vous à la taverne des *Trois Grues*, dans le quartier de Vintry. Ils soulèveront des objections, ils trouveront des excuses, ils te débiteront la liste de toutes les tâches qui les attendent ; il se peut même qu'ils soient pris de boisson ! Dis-leur que peu m'en chaut ! Ils sont convoqués sur ordre du roi : soit ils obtempèrent, soit ils passent quinze jours à la prison de la Fleet, tout prêtre, moine ou bedeau qu'ils soient !

Un large sourire aux lèvres, Ranulf décampa dans sa chambre. Il fit une toilette minutieuse, se changea et se repeigna soigneusement devant son miroir en métal poli. « Jusqu'ici ça marche ! » murmura-t-il. Il ne pouvait oublier Lady Neville : elle s'était montrée si charmante lorsqu'un peu plus tôt il lui avait rendu une visite de courtoisie au nom de son maître ! Bien sûr, il lui avait assuré qu'il était envoyé par Corbett. Il espérait seulement que ce dernier n'allait pas pousser trop avant son interrogatoire. Même avec son habit sombre, Lady Neville lui était apparue comme l'incarnation de la beauté. Assise en face de lui dans une petite pièce, elle lui avait servi une coupe de vin frais d'Alsace et offert de la pâte d'amandes sur un plateau d'argent. Ranulf s'était fait passer pour le fils d'un chevalier qui avait eu des revers de fortune. Il lui avait confié que, bien placé à la Chancellerie à présent, il gagnait de bons émoluments et se mettait entièrement à son service. Lady Mary avait papillonné des cils et il était revenu à Bread Street, le pas léger, tel Galahad regagnant Camelot, le palais du roi Arthur.

A présent, Ranulf plaquait sur son crâne sa tignasse humide et aspergeait généreusement son pourpoint d'eau de rose. Cela fait, il descendit lourdement à l'étage inférieur pour aller embrasser son rejeton avant de pousser dans la rue un Maltote récalcitrant et de rejoindre la taverne où les attendaient leurs chevaux.

Corbett partit une heure plus tard, toujours de méchante humeur. Maeve ne se souciait que de la visite de son oncle et le clerc frottait encore son coude endolori par bébé Ranulf, qui, dans une brève bataille pour rire dans la cuisine, lui avait balancé son épée de bois sur le bras.

— Jour funeste que celui où un homme ne peut trouver la paix dans son propre foyer, grommela-t-il.

Toujours maugréant, il s'emmitoufla dans sa cape et traversa les rues plongées dans l'obscurité du quartier de Trinity pour enfin parvenir dans Old Fish Street et Vintry. Là, il s'engouffra dans la chaleur accueillante de la taverne des *Trois Grues*. Il s'installa dans un recoin sombre près de la grande cheminée. Moins d'une heure plus tard, il vit arriver Ranulf et Maltote, suivis de trois personnages fort mécontents : l'intendant William Senche était à moitié ivre tandis qu'Adam of Warfield et frère Richard, le visage écarlate, ne décoléraient pas d'avoir été arrachés, sans cérémonie, à leur repas. Corbett leur fit bon accueil et commanda des chopes de bière coupée d'eau : à en juger par son teint couperosé, ses yeux larmoyants et son nez enluminé, l'intendant serait retombé dans une profonde torpeur s'il avait dû ingurgiter encore du vin. Le sacristain semblait être le seul des trois à avoir l'esprit clair.

— On nous a convoqués, protesta-t-il en resserrant son habit noir, sans rime ni raison !

Corbett grimaça :

— C'est le roi qui vous a convoqués par ma voix. Adressez-lui donc vos objections, si vous en avez !

— Que voulez-vous ?

— Des réponses directes à des questions directes !
— J'ai déjà répondu à vos questions.
— Que se passe-t-il à l'abbaye et au palais de Westminster ?
— Que voulez-vous dire ?

Corbett sortit de son escarcelle le dessin de Lady Somerville et le jeta au sacristain tout en poussant vers lui la grosse chandelle de suif pour lui permettre de mieux voir.

— Qu'en dites-vous, Adam of Warfield ?

Le sacristain examina la caricature.

— Un bien mauvais croquis ! décréta-t-il sèchement.

Corbett s'aperçut qu'en fait il fanfaronnait pour masquer sa peur. Frère Richard se pencha et, les paupières rougies, étudia également le parchemin.

— Scandaleux ! marmonna-t-il. Celui qui a gribouillé ça offense l'Église !

— C'est Lady Somerville qui l'a dessiné, lâcha Corbett. Un des membres les plus éminents des Dames de sainte Marthe. Elle travaillait au vestiaire et à la buanderie de l'abbaye. Qu'a-t-elle donc découvert, cette veuve à la réputation irréprochable, cette grande dame notoirement pieuse ? Qu'a-t-elle vu pour avoir esquissé une caricature aussi cruelle de soi-disant hommes de Dieu ? Vous pouvez peut-être m'apporter quelques éclaircissements, Messire Senche.

L'intendant fit signe que non et Ranulf, assis derrière eux, eut un large sourire narquois. Il se délectait toujours à voir les puissants de ce monde, les égoïstes et ceux qui simulaient la piété obligés de justifier leurs actions. Corbett ne cessait de citer saint Augustin : « *Quis custodiet custodes ?* », « Qui gardera les gardiens ? » Ranulf répétait constamment cette citation et, cette fois encore, ne put résister à la tentation de la mur-

murer à l'oreille d'Adam of Warfield. Celui-ci se retourna, les lèvres retroussées comme un chien.

— Silence, coquin! grogna-t-il.

— Assez! s'écria Corbett. Frère Adam, frère Richard, Messire Senche, connaissiez-vous l'une des prostituées qui ont été récemment assassinées dans la capitale?

— Non, répondirent-ils en chœur.

— Les noms d'Agnès ou d'Isabeau vous disent-ils quelque chose?

Adam of Warfield bondit sur ses pieds.

— Nous sommes hommes de Dieu! lança-t-il. Des prêtres, des moines ayant fait vœu de chasteté. Pourquoi aurions-nous commerce avec des prostituées, des filles des rues, des courtisanes?

Il se pencha, le regard brillant de haine :

— D'autres questions, Messire?

Corbett eut une mimique de dépit, mais déclara posément :

— Non! Vous n'avez pas répondu aux précédentes.

— Nous ne connaissons aucune catin.

— Et vous ne savez rien de la mort de Lady Somerville?

— Non! s'écria le sacristain, si fort qu'il fit se retourner les autres occupants de la taverne.

— Ou ce qu'elle voulait dire par « L'habit ne fait pas le moine »?

— Je m'en vais, Messire Corbett! Messire Senche, frère Richard?

Il se dirigea dignement vers la porte, suivi par ses deux compagnons quelque peu éméchés et titubants. Mais son mouvement fit se relever le bas de son habit et Corbett aperçut des bottes de cavalier, à hauts talons, en précieux cuir de Cordoue, auxquelles étaient attachés de superbes éperons dorés.

— Mon frère! hurla Corbett en se levant.
— Messire?
— Vous avez fait bonne chère, avant de venir. Votre compagnon, frère Richard, est légèrement ivre. Quant à votre vœu de pauvreté, vous portez des bottes à faire pâlir de jalousie le roi lui-même.
— Cela ne regarde que moi!

Corbett attendit qu'il eût gagné le seuil pour l'interpeller derechef.

— Une dernière question, Adam of Warfield!

Le sacristain se retourna et s'appuya au chambranle, la mine suffisante. Après tout, il était venu au rendez-vous de ce clerc et avait répondu à son interrogatoire. L'incident était clos.

— Pour l'amour de Dieu, de quoi s'agit-il encore?

Corbett traversa la salle de la taverne, silencieuse à présent, et agrippa la porte entrebâillée. Il approcha son visage de celui du moine.

— Connaissez-vous, siffla-t-il, un nommé Richard Puddlicott?
— Non, absolument pas!

Et sur ce, Warfield sortit dans la cour de l'estaminet en claquant la porte.

Corbett rejoignit ses compagnons. Ranulf arborait toujours son air goguenard. Quant à Maltote, il en restait comme deux ronds de flan : il ne s'était pas encore habitué à voir son étrange maître traiter si cavalièrement les grands de ce monde. Corbett se rassit, en se renfonçant sur son banc.

— Vous n'avez rien appris, Messire? le railla insidieusement Ranulf.
— Si, trois choses. D'abord qu'Adam of Warfield et ses compagnons — ou du moins l'un d'entre eux — connaissaient les prostituées disparues. Tu vois, Ranulf,

malgré sa colère, frère Adam ne m'a jamais demandé pourquoi je lui posais ces questions. Je ne lui ai jamais précisé qu'Agnès et Isabeau étaient des ribaudes; comment a-t-il pu arriver à cette conclusion?

— C'est ma foi vrai!

Le sourire du jeune homme s'effaça.

— Quoi d'autre?

— Il se trame quelque chose à l'abbaye. J'ignore quoi exactement. Adam of Warfield, là non plus, ne s'est pas enquis du motif qui me poussait à l'interroger à ce sujet. Comme n'importe quel coupable, il s'est efforcé de donner des réponses aussi laconiques que possible.

— En d'autres termes, moins on en dit, mieux c'est! résuma Maltote tel un écolier résolvant un problème.

— Exactement!

— Et puis? interrompit impatiemment Ranulf en foudroyant le palefrenier du regard.

— Enfin, et c'est ce qui est le plus important...

Corbett avisa, dans un coin de la pièce, une souillon débarrassant une table :

— Petite, viens ici!

La servante accourut. Corbett glissa un penny dans la poche de son tablier taché.

— Dis-moi, connais-tu Richard Puddlicott?

— Non, Messire. Qui c'est?

— Ça ne fait rien, répliqua Corbett. Simple curiosité de ma part. Vous comprenez, murmura-t-il alors que la servante s'éloignait, lorsque je l'ai interrogée sur Puddlicott, elle a immédiatement voulu savoir qui c'était. Notre bon sacristain s'est bien gardé d'une telle curiosité, que ce soit à propos des prostituées, de leurs noms, des événements se déroulant dans l'abbaye et surtout de ce complet inconnu nommé Richard Puddlicott.

Corbett vida sa chope et se leva en prenant sa cape.

— Au moins, nous avons quelque peu avancé dans notre enquête, constata-t-il à voix basse. Mais Dieu sait où cela va nous mener !

Ils louèrent les services d'un passeur à Queenshithe et descendirent la Tamise, débarquant à Custom House près de Wool Quay. Ils longèrent le fleuve, passèrent devant la sombre masse de la Tour et continuèrent à travers champs en direction des lumières de l'hôpital Ste Catherine. Ranulf, qui aimait bien prendre son maître en défaut, boudait et ne pipait mot. Et ce n'était pas Maltote qui allait détendre l'atmosphère, occupé qu'il était à se faire beau. A Ste Catherine, le frère tourier les fit entrer et les conduisit à la petite église qui se dressait près du principal corps de bâtiment.

— C'est ici que les Dames se réunissent, leur déclara-t-il. Je crois qu'elles sont déjà là.

Corbett ouvrit la porte et s'avança. L'église était d'une grande sobriété : des piliers massifs bordaient la longue nef étroite et voûtée, surplombée par une belle charpente et fermée, au fond, par la clôture du chœur. La plupart des Dames de sainte Marthe étaient arrivées. Au début, elles ne prêtèrent guère attention à Corbett et à ses compagnons, tout affairées qu'elles étaient à allumer des braseros et à monter de grandes tables sur tréteaux ; elles les recouvraient ensuite de nappes immaculées sur lesquelles elles découpaient de grosses miches de pain et disposaient salières, plats de viande séchée et plateaux de tranches de pommes et poires saupoudrées de sucre. Lady Fitzwarren entra par le portail sud, et, souriante, leur adressa un petit salut. Lady Neville, qui la suivait, lança un regard faussement timide à Ranulf.

— Vous êtes venu assister à notre réunion, Sir Hugh ?

— En effet, Madame. Et vous poser quelques questions.

Le sourire de Lady Fitzwarren s'évanouit et elle récrimina :

— Pas avant que je ne sois prête ! Pas avant ! Nous n'avons pas encore sorti le pichet de vin ! Je pense que le temps va changer et que nous allons avoir du pain sur la planche !

Corbett et ses compagnons durent s'asseoir sur un banc et ronger leur frein jusqu'à ce que Lady Fitzwarren et Lady Neville les rejoignent.

— Eh bien, Sir Hugh, quelles questions avez-vous donc encore dans votre sac ?

Corbett perçut l'exaspération dans sa voix.

— D'abord, Lady Neville, vous accompagniez bien Lady Somerville le soir de sa mort, n'est-ce pas ?

La jeune femme opina.

— Et quand êtes-vous partie de St Barthélemy ?

— Un quart d'heure après Lady Somerville, à peu près.

— Avez-vous remarqué quelque chose d'anormal ?

— Absolument rien. Il faisait nuit noire. J'ai demandé à être escortée par un porteur de torche et suis rentrée à Farringdon.

— Lady Fitzwarren, connaissiez-vous certaines des filles qui sont mortes ?

— Quelques-unes, mais vous ne devez pas oublier que les victimes étaient des courtisanes. Nous nous occupons des prostituées les plus misérables.

— Connaissez-vous Agnès, celle qui fut tuée dans l'église près de Greyfriars ?

— Oui ! C'est étrange que vous mentionniez son nom ! Après sa mort, une de ses amies m'a confié un message confus, disant qu'elle voulait me parler.

— Qui vous a transmis ce message ?

Lady Fitzwarren fit un geste vague :

— J'ai affaire à tant de malheureuses, c'était l'une d'entre elles.

— Donc vous n'avez pas rencontré Agnès ?

— Non, bien sûr.

— Y a-t-il autre chose, Lady Fitzwarren ?

— Quoi, par exemple ?

— Eh bien, vous vous réunissez dans la salle capitulaire de Westminster. Avez-vous noté quelque chose de bizarre dans l'abbaye ou au palais ?

— Il n'y a plus grand monde, intervint Lady Neville. Le vieil abbé est souffrant et ils n'ont pas de prieur. Notre souverain devrait vraiment regagner Westminster !

Lady Fitzwarren lui lança un regard sévère avant de s'adresser à nouveau au clerc.

— Sir Hugh, il faut que vous sachiez ceci !

Elle baissa la voix car Lady de Lacey s'engouffrait dans l'église à cet instant avec l'énergie d'une bourrasque hivernale.

— Il y a plus d'un an, juste après le début de ces horribles meurtres, une rumeur est parvenue aux oreilles de Lady Mary, ici présente, un bruit qui courait parmi les filles des rues et les courtisanes : certaines d'entre elles auraient été amenées à l'abbaye, ou plutôt au palais, pour des agapes qui auraient duré toute la nuit.

Elle haussa les épaules.

— Vous savez ce que c'est, Sir Hugh. Cela n'arrive que trop souvent. Les palais royaux se vident régulièrement de leurs occupants, surtout en temps de guerre. Intendants et officiers sombrent dans l'oisiveté et décident de faire bombance aux frais de leur maître.

Elle eut un sourire crispé.

— Même le Christ en a parlé dans ses paraboles, je crois.

Elle regarda par-dessus son épaule et fit un petit signe de la main à Lady de Lacey qui l'appelait d'une voix de stentor.

— C'est tout ce que je sais, Sir Hugh. Mais dites-moi, avez-vous une idée de l'auteur de ces crimes abominables ?

— Non, Madame, mais j'espère en empêcher d'autres.

— En ce cas, je vous souhaite de réussir.

— Oh, Lady Fitzwarren !

— Oui ?

— Lady Neville ou vous-même sauriez-vous quelque chose sur l'envoyé français, Amaury de Craon ? Ou sur un nommé Richard Puddlicott ?

Les deux femmes hochèrent négativement la tête.

— Le nom de De Craon ne me dit rien, répondit immédiatement Lady Fitzwarren. Par contre, je connais celui de Puddlicott. C'est un scélérat, un escroc. Certaines des filles en parlent avec autant de crainte et de respect que du roi.

Corbett opina et regarda s'éloigner les deux femmes. Il s'assit sur un banc et observa son serviteur, qui semblait être aveugle et sourd à tout ce qui n'était pas Lady Mary Neville. Il cligna des yeux et détourna le regard. Il avait connu Ranulf ivre, en colère, triste, lubrique, larmoyant, mais jamais amoureux et il avait du mal à croire qu'il pût être aussi épris. Il se concentra, en soupirant, sur ce qu'il venait d'apprendre. Tout tendait à montrer qu'il y avait anguille sous roche à Westminster. Lady Fitzwarren avait raison : il n'était pas rare que des officiers, responsables de palais royaux vides, passent leur temps à mener joyeuse vie — un jour, en tant que sénéchal de la maison royale, Corbett en avait traîné certains en justice —, mais ces bacchanales étaient-elles la clé de ces atroces assassinats ? Les moines de Westminster se seraient-ils laissé entraîner dans des festivités nocturnes ? S'était-il produit une anicroche et les crimes avaient-ils pour but de réduire au silence des langues trop bien pendues et de couper court à toute rumeur de scandale ?

La porte de l'église s'ouvrit lentement. Corbett, stupéfait, vit deux vieilles femmes entrer d'un pas hésitant. Leurs corps décharnés étaient couverts de guenilles et elles avaient le cheveu rare et ébouriffé. On aurait dit des sorcières jumelles avec leur nez crochu, leurs yeux chassieux et leur bouche entrouverte d'où coulait un filet de salive. Caquetant et gloussant comme des demeurées, elles se traînèrent vers les tables. Là, elles s'emparèrent de bouchées de pain et lampèrent bruyamment le vin qui restait dans les gobelets d'étain. Elles dégageaient une telle puanteur que Ranulf fut tiré de sa rêverie.

— Seigneur Dieu ! maugréa-t-il. Point n'est besoin d'être mort, mon maître, pour avoir une vision de l'enfer !

Lady de Lacey remarqua leur dégoût et les rejoignit à grands pas.

— Messire Corbett, quel âge leur donnez-vous ?
— Ce sont de vieilles femmes !
— Détrompez-vous ! Elles n'ont pas encore atteint leur trente-cinquième année. Vous voyez là des prostituées vieillies avant l'âge, les victimes méprisées de la luxure des hommes. Leur corps est pourri jusqu'à la moelle.

Corbett eut une mimique désapprobatrice.

— Permettez-moi de ne pas être de votre avis !

— Comment cela ? Les hommes en ont bien obtenu avantage !

— Et elles ont bien obtenu avantage des hommes ! Même si, quand les hommes avaient le choix, elles, elles ne l'avaient pas, je suppose !

Lady de Lacey lui lança un coup d'œil acéré.

— Ce sont ces soi-disant « braves gens » qui ont profité de ces femmes, poursuivit Corbett. D'honnêtes sujets, des bourgeois qui siègent à des conseils, participent aux processions de leur guilde, vont à la messe le dimanche, bras dessus, bras dessous avec leur épouse, précédés par leurs enfants qui gambadent joyeusement.

Il haussa les épaules.

— Ces hommes-là sont des dissimulateurs et leur mariage est une farce.

— Comme la plupart des mariages, rétorqua Lady de Lacey. Une femme ne vaut guère plus qu'un meuble, une terre, un bien, un cheval, une vache, un bout de rivière.

Corbett, dubitatif, pensa à Maeve.

— Pas toutes !

— C'est ce que dit l'Église. Gratien écrit que les femmes sont les sujettes de leurs maris. Leur propriété !

— La loi anglaise, contesta Corbett, stipule également qu'un homme convaincu de trahison doit être pendu et écartelé, mais cela ne signifie pas qu'elle a raison.

Il poursuivit avec tact :

— Vous devriez lire saint Bonaventure[1], Madame. Lui dit qu'entre mari et femme devrait exister la plus belle amitié du monde.

---

1. Saint Bonaventure : théologien franciscain italien (1221-1274). *(N.d.T.)*

— Certes, quand les poules auront des dents ! lui décocha-t-elle en s'éloignant, un grand sourire éclairant ses traits austères.

Corbett la regarda bavarder gentiment avec l'une des vieilles sorcières.

— Elle est impressionnante ! murmura Ranulf.

— Comme la plupart des saints ! Allons-nous-en !

Cette nuit-là, étendu auprès de Maeve endormie dans leur grand lit à baldaquin, Corbett fixait le tissu sombre du ciel de lit. Malgré sa fatigue, il n'avait cessé d'examiner les problèmes sous tous les angles, mais bien qu'il eût des soupçons, il n'avait pu tirer aucune conclusion définitive, ni cerner une preuve un tant soit peu solide. Il se rappela Ste Catherine et les deux vieilles putains, la sollicitude et la gentillesse de Lady de Lacey envers elles et sa propre allusion à l'amitié profonde qui se devait d'exister entre époux. Il jeta un coup d'œil à Maeve qui dormait du sommeil du juste. « Est-ce vrai ? » se demanda-t-il. Étrange. Il ne cessait de se rappeler sa première femme, Mary. Ses souvenirs s'étaient faits plus précis depuis sa rencontre avec Lady Neville. Il ferma les yeux ; il ne pouvait se permettre de s'engager dans cette voie ; il fallait oublier le passé. Il se mordilla les lèvres et se demanda ce qu'il ferait lorsque cette enquête serait finie. Il avait vu, au premier chef, la saleté et l'abjection des prostituées. Peut-être devrait-il agir au lieu de traverser la rue, le nez pincé ? En France, songea-t-il, on essayait au moins de contrôler la situation : un officier, le consul des Ribaudes, imposait un semblant d'ordre et assurait une protection — limitée, certes ! — aux filles des rues. A Florence, le système était plus radical : les lupanars relevaient de la municipalité qui nommait des clercs travaillant à « l'office de la nuit ». Mais l'Église ne pouvait-elle pas faire autre chose que condamner? Construire des hôpitaux, des refuges, par exemple? Il devrait suggérer au roi de prendre certaines mesures, mais lesquelles? L'esprit ensommeillé, il passa en revue diverses possibilités.

Au moment où il cédait au sommeil, Ranulf et Maltote descendaient l'escalier à pas de loup, les bottes entourées de chiffons. Les deux serviteurs déverrouillèrent une porte et sortirent furtivement dans la rue plongée dans les ténèbres. Tout en s'avançant en catimini dans Bread Street, Ranulf ordonnait au palefrenier de s'abstenir de jurer et de bougonner. Il avait caché une brassée de roses dans la fissure d'un mur, roses qu'il avait dérobées dans le jardin d'un marchand de West Cheap, et il poussa un soupir de soulagement en constatant qu'elles étaient toujours là. Ils s'enfoncèrent dans des ruelles, passages et autres venelles pour arriver aux anciennes fortifications, avant de longer la prison de la Fleet et de déboucher dans Shoe Lane où habitait Lady Mary Neville. Ranulf interdit à Maltote d'émettre le moindre murmure. Il appréhendait l'arrivée du guet et sa main ne quittait pas son poignard, protection utile contre les tire-laine, coupe-bourses et mendiants de tout acabit qui rôdaient en quête de victimes.

Il s'arrêta devant une maison où ne brillait aucune lumière. Renouant avec son passé de cambrioleur, il se hissa précautionneusement le long du mur, en trouvant des prises dans le plâtre blanc, maintenu par des lattes, et en prenant appui sur les poutres noires. D'une voix étouffée et sifflante, il enjoignit à Maltote de grimper sur le rebord d'une fenêtre basse et de lui faire passer les roses qu'il tenait d'un air de chien battu. Ce fut de la belle ouvrage : mettant à profit la moindre irrégularité et fente du mur, Ranulf entoura d'une guirlande de roses la fenêtre de ce qu'il jugeait être la chambre de Lady

Neville. Quelques fleurs allaient se détacher, mais Ranulf en avait pris assez pour éblouir et piquer la curiosité du seul amour de sa vie. Il se laissa retomber dans la rue en riant silencieusement et se hâta de regagner Bread Street, Maltote sur ses talons.

Dans un autre quartier de la capitale, Hawisa, jeune courtisane fraîchement débarquée de Worcester, remontait Monkwell Street, près de Cripplegate, d'un pas mal assuré. Elle avait passé la soirée, dans une arrière-boutique, à distraire un marchand entre deux âges, dont l'épouse et la famille se trouvaient en pèlerinage à St Thomas de Cantorbéry. Soulevant le bas de son surcot lie-de-vin, elle s'appliquait à éviter les tas d'immondices, sursautant et gloussant de peur chaque fois que des rats détalaient dans leurs trous. Elle finit par arriver à la dernière maison, accotée à l'ancienne muraille qui s'écroulait. Elle descendit au sous-sol où le marchand de laine lui avait loué une chambre. Elle était épuisée et heureuse d'être chez elle, dans cette pièce qu'elle avait décorée et meublée à sa guise. Elle mit la clé dans la serrure, la tourna, puis se figea en entendant du bruit derrière elle. Un rat? Ou bien quelqu'un? Elle s'immobilisa, convaincue que c'était ce même pas qui avait résonné dans la rue un peu plus tôt. Elle recula et scruta l'escalier sombre. Rien. Elle revint et s'efforça de manœuvrer la clé, mais sursauta en sentant qu'on lui effleurait l'épaule.

— Hawisa, chuchota-t-on. Je t'attendais!

Hawisa leva la tête, un sourire aux lèvres, au moment où le couteau du tueur lui tranchait la gorge en un long élan de mort.

CHAPITRE IX

Corbett prenait son petit déjeuner dans la cuisine, dès potron-minet, lorsque la maison entière fut réveillée par des coups violents à la porte. Il alla ouvrir précipitamment, se doutant déjà de ce qu'il allait entendre. Cade se tenait sur le seuil, mal rasé et cheveux en bataille.

— On a commis un autre crime, n'est-ce pas? avança Corbett à mi-voix.

— Oui, il y a quatre heures environ. Une prostituée du nom de Hawisa a été assassinée à la porte de son logement.

Corbett le fit entrer.

— Les morts attendront, murmura-t-il. Avez-vous déjeuné?

Cade répondit que non. Corbett le précéda dans la cuisine et l'installa à une table. Il poussa vers lui une coupe de vin, de la viande salée sur un tranchoir[1] et des boules de pain noir, juste sorties du four. Cade engloutit sa nourriture et dévora comme quatre, sous les yeux de Corbett qui l'observait avec curiosité. Malgré sa faim, l'officier paraissait bouleversé.

---

1. Tranchoir : épaisse tranche de pain qui servait d'assiette. *(N.d.T.)*

— Connaissiez-vous Hawisa? demanda Corbett tandis que Ranulf et Maltote, les yeux bouffis de sommeil, se glissaient discrètement dans la pièce.

Le shérif adjoint leva la tête, sa bouche entrouverte pleine de pain et de viande. Corbett l'avait pris par surprise.

— Vous la connaissiez, n'est-ce pas?

Cade opina.

— Oui, marmonna-t-il. Mais ça, ce sont mes affaires!

Ranulf et Maltote s'assirent sur le banc, près de lui.

— Un moment, Messire Cade. Ranulf, suis-moi! J'ai deux mots à te dire.

Dans le couloir, Corbett empoigna son serviteur par son surcot.

— Tu es sorti hier soir, hein?

— En effet, mon maître, mais, pour reprendre les paroles de Messire Cade, ce sont mes affaires.

— Ce sont les miennes, aussi, quand tu laisses la porte déverrouillée! rugit Corbett. J'ai assez d'ennemis ici sans attirer tout ce que cette ville compte de vauriens et de malandrins, et je ne parle même pas de ce tueur sanguinaire qui rôde la nuit!

Il repoussa Ranulf contre le mur.

— Où es-tu allé? Voir Lady Mary Neville?

— Oui! lança Ranulf, fou de rage.

— Mais c'est une dame, une veuve de surcroît!

— Et moi? Qui suis-je? rétorqua Ranulf. Un simple rustre, hein! Il faut que je reste à ma place, hein?

Ranulf s'approcha de Corbett.

— Ou bien désirez-vous l'avoir pour vous seul? Est-ce là ce que vous voulez? J'ai bien vu la façon dont vous la lorgniez!

Corbett porta la main à son poignard et Ranulf agrippa le sien.

— Cela fait longtemps que je suis à votre service, mon maître, poursuivit plus calmement Ranulf, et je vous ai bien servi. Dieu seul sait qui était mon père. Ma mère, elle, était la fille d'un vilain. Elle aspirait à une autre vie, mais n'a pas eu les moyens d'y parvenir. Moi, ce n'est pas mon cas, croyez-moi ! Un jour, dit-il en redressant le menton, je m'agenouillerai aux pieds du roi et il me fera chevalier !

Corbett se détendit et s'appuya à la cloison.

— Seigneur Dieu, Ranulf ! murmura-t-il. Nous étions prêts à nous étriper. Fais ce que bon te semble. Nous avons une autre affaire sur les bras.

Ils allèrent chercher Cade et Maltote, encore hébété de sommeil, et descendirent Bread Street, déserte à cette heure indue, pour finalement arriver à Cheapside. La grande artère était vide ou presque : seul un prêtre, revêtu de sa chasuble, se dépêchait de porter le viatique à un malade, précédé d'un enfant de chœur ensommeillé qui portait un cierge allumé. Des chiens et des chats se battaient sur des tas d'immondices. Les quatre compagnons croisèrent deux membres du guet aussi éméchés que les joyeux lurons qu'ils pourchassaient. Corbett regarda le ciel couvert.

— Où est le corps de cette fille, Messire Cade ?
— On l'a déjà transporté à St Laurent-de-la-Juiverie. Dans une charrette à ordures.
— Qui l'a trouvée ?
— Un soldat du guet.

Cade cracha en détournant le regard.

— Il a entendu les grognements des chiens qui se disputaient le cadavre.

Il serra les lèvres pour réprimer ses haut-le-cœur.

— Que Dieu nous donne miséricorde ! Ces sales bêtes léchaient et buvaient son sang.

Corbett fit une prière silencieuse.

— Inutile de se rendre sur les lieux. Elle a été tuée dans sa chambre ?

— Oh non ! juste à l'entrée. Elle avait introduit la clé dans la serrure quand l'assassin l'a frappée.

— Si nous allions à St Laurent ?

— Messire Corbett, je dois vaquer à d'autres tâches. Cela vous dérangerait-il d'attendre ?

Cade tapota son escarcelle, l'air plus optimiste.

— J'ai ordonné à mon secrétaire de fouiller les archives. Il a rédigé un récapitulatif de ce que nous savons sur Puddlicott.

Corbett lui sourit :

— D'abord occupons-nous de vos tâches !

Le shérif adjoint le conduisit au pilori près de la Grande Citerne : des soldats, vêtus de l'uniforme bleu et jaune moutarde de la cité, y avaient regroupé des malfaiteurs et des prostituées en vue de l'application des peines. A l'arrivée de Corbett, on emmenait un ecclésiastique qui avait été surpris dans les bras d'une bourgeoise. Le malheureux était précédé d'un cornemuseur.

— Il va devoir faire l'aller-retour jusqu'à Newgate six fois, le cul nu, ses chausses autour des chevilles, expliqua Cade.

Les soldats se tordaient de rire en voyant s'éloigner le pauvre homme. Cade dut superviser d'autres châtiments. Un faussaire avait fait l'acquisition de deux capes de satin pour cinq livres. Prétextant qu'il désirait en montrer une à un ami, il avait payé le quart d'une pièce d'or et offert en garantie une bourse contenant quinze autres pièces. Le marchand avait accepté. Ce n'est qu'après le départ du bonhomme qu'il s'était aperçu que les pièces étaient en réalité de simples contremarques. Un autre malfaiteur, cordonnier de son état, s'était vanté de pouvoir retrouver les objets d'un larcin en utilisant une miche de pain lardée de couteaux. A présent, tandis qu'il restait ligoté au pilori, lesdits couteaux se balançaient à son cou et le bourreau lui frottait le visage d'un morceau de pain trempé dans du pissat de cheval. Les châtiments se succédaient. Un blasphémateur fut condamné à apporter trois livres de cire à une église de Southwark. On brûla au fer rouge le bout de la langue d'un homme qui avait feint d'être muet pour pouvoir mieux mendier.

Lassé de ces punitions sommaires, Corbett s'éloigna et attendit près d'une heure dans une taverne voisine que Cade en eût fini. Ils se dirigèrent alors vers St Laurent-de-la-Juiverie. Ranulf et Maltote — ce dernier bien éveillé à présent — imaginaient l'émerveillement que ne manquerait pas d'éprouver Lady Mary en découvrant les roses à son réveil, et s'en entretenaient à voix basse, l'air tout excité. Corbett surprit leurs propos et espéra qu'il en serait ainsi. Ranulf, sinon, risquerait de se retrouver en compagnie des malheureux qu'ils venaient de voir au pilori. Le clerc coula un regard vers Cade qui paraissait assez nerveux et ne se départait pas de son mutisme.

— Je dois vous poser quelques questions, Alexander, chuchota Corbett de façon à ne pas être entendu par Ranulf et Maltote.

— Lesquelles ?

— Connaissiez-vous d'autres filles, parmi celles qui ont été assassinées ?

Cade fit signe que non en détournant le regard.

Lorsqu'ils arrivèrent à St Laurent, Cade convoqua le petit prêtre corpulent. Tout en protestant contre l'heure matinale, celui-ci leur ouvrit le dépositoire en grommelant qu'il en avait plus qu'assez de passer son temps à enterrer des putains. Il ne se tut que lorsque Cade lui rappela sans ménagements qu'il était payé en espèces sonnantes et trébuchantes pour ce travail. Corbett se contenta d'un rapide coup d'œil à la dépouille, à la plaie béante et pourpre de la gorge et aux horribles mutilations du bas-ventre avant de ressortir à l'air pur.

— Je suis d'accord avec vous, mon père! lança-t-il au curé. Contempler dix-sept cadavres dans cet état mettrait à mal la patience d'un saint!

Le prêtre, se méfiant de Corbett depuis leur dernière rencontre, hocha la tête et rectifia d'une voix aiguë :

— Seize! C'est le seizième!

Corbett remarqua la pâleur soudaine du shérif adjoint.

— Non, non! contesta-t-il. C'est la dix-septième victime ou la dix-huitième, si vous comptez Lady Somerville.

Le curé haussa les épaules et rentra d'un pas lourd à son presbytère. Il réapparut peu après, portant un énorme recueil à la reliure pourpre.

— Voici le registre des enterrements, expliqua-t-il en montrant les pages jaunies.

Il l'ouvrit à la fin.

— Je vais vous montrer la rubrique de ceux enterrés dans la fosse commune. J'ai mis une étoile en regard des noms des victimes, je veux dire des prostituées assassinées ces derniers mois.

Corbett prit le recueil et parcourut la liste tragique : un vieil homme mort sur le gibet, un jeune garçon tombé d'un beffroi, un rétameur tué à Floodgate Lane. Les noms des prostituées apparaissaient à intervalles réguliers, chacun avec une étoile en regard. Corbett fit quelques pas sans écouter les protestations de l'ecclésiastique. Il plaça le registre sur une tombe délabrée et sortit de son aumônière la liste que lui avait fournie Cade. Il compara les deux. Le shérif adjoint s'était éloigné et lui tournait le dos. Quant à Maltote et Ranulf, ils se prélassaient près du mur en regardant l'aube se lever. Corbett dépouilla très soigneusement les deux listes, puis il referma le registre et le rendit au curé.

— Je vous remercie, mon père. Vous ne saurez jamais à quel point ce recueil m'a été précieux. Ranulf, Maltote, restez où vous êtes ! Cade, suivez-moi !

Tandis que le prêtre se hâtait de partir, Corbett fit le tour de l'église et arriva au chevet. Là, plaquant l'officier contre le mur, il lui serra la gorge tout en lui appuyant sa dague sur la partie charnue du cou, juste sous l'oreille gauche.

— A nous deux, Messire Cade ! murmura-t-il. Assez de mensonges ! Assez de fables ! Que s'est-il passé, hein ? D'après votre liste, une prostituée du nom de Judith, habitant Floodgate Lane, a été assassinée, il y a six semaines !

L'officier ouvrit et referma la bouche, sans pouvoir articuler un seul mot. Corbett lui cogna légèrement le crâne contre le mur.

— Ne mentez pas, Cade ! C'est vous qui êtes chargé des enterrements. Qu'est-il arrivé au corps de cette malheureuse ?

Corbett esquissa un sourire crispé.

— A propos, vous êtes bien connu chez les prostituées.

Cade s'efforçait de reprendre souffle.

— Je vais tout vous dire ! déclara-t-il d'une voix rauque. Lâchez-moi et rangez votre poignard, Sir Hugh ! La vérité devait finir par éclater tôt ou tard, de toute façon.

Corbett rengainait son arme lorsque Maltote et Ranulf apparurent.

— Je vous avais dit d'attendre ! rugit le clerc. Allez-vous-en !

Le shérif adjoint s'assit sur une pierre dépassant du chevet et se massa le cou.

— En effet. Je connaissais certaines de ces catins. Je ne suis pas marié, Sir Hugh. Tout ce que je possède, ce sont les vêtements que j'ai sur le dos et mon salaire. Je n'accepte pas de pots-de-vin, je ne ferme pas les yeux sur les activités illégales, mais comme tout un chacun, il m'arrive de me sentir seul. J'ai du tempérament et me contente d'un joli minois et d'un corps tendre ; n'importe quel minois, n'importe quel corps m'est alors réconfort. Je connaissais Hawisa, celle qui vient d'être assassinée, ainsi que Mabel, Rosamund, Gennora, mais Judith était ma préférée. Vous comprenez, Messire, elle a été attaquée, mais pas tuée. J'ai pris soin d'elle, et l'ai inscrite sur cette liste pour la protéger.

— Vous avez fait quoi ?

Corbett tombait des nues.

— Vous voulez dire qu'une fille a survécu à l'attaque de ce dément et qu'elle vit encore ?

— Elle n'a pas vu grand-chose, marmonna l'officier. Elle était terrorisée. Elle m'a menacé de révéler tout ce qu'elle savait sur moi et sur d'autres officiers municipaux, si je n'assurais pas sa protection.

— Alors, où est-elle à présent ?

— Je l'ai installée chez les clarisses près de la Tour. Elles ont bien voulu s'occuper d'elle.

Cade s'essuya la bouche d'un revers de main.

— Du moins jusqu'à ce que j'amasse assez d'argent pour l'expédier à l'un de nos cinq ports du Sud[1].

---

1. Cinq ports : les cinq ports de Hastings, Sandwich, Douvres, Romney et Hythe qui devaient assurer la défense des côtes de la Manche. *(N.d.T.)*

— Eh bien, Messire Cade, allons-y immédiatement.

Ils rejoignirent Ranulf et Maltote, rongés par la perplexité, et se rendirent au Guildhall pour y emprunter des chevaux. La capitale s'éveillait. Ils franchirent la porte d'Aldersgate et se retrouvèrent hors les murs. Poursuivant vers le sud, ils longèrent des champs fertiles et des fermes pour finalement arriver devant le couvent des clarisses, un bâtiment gris en belle pierre qui s'élevait au milieu des bois et des prés.

Les sœurs, qui suivaient la règle de sainte Claire, leur firent bon accueil, ayant toujours plaisir à recevoir des visiteurs, surtout ceux du sexe fort. Elles s'affairèrent autour de la petite troupe comme des mères poules. La politesse exigeait que le clerc se joignît à elles, au réfectoire, pour partager pain et bière. Ce qu'il fit avant que Cade ne demande à voir « sa chère sœur Judith » dans l'une des chambres de l'hôtellerie.

Les sœurs acceptèrent de bon gré, mais leurs sourires entendus et leurs coups d'œil malicieux n'échappèrent pas à Corbett. Quoi qu'en dît le shérif adjoint, les clarisses n'étaient pas aussi naïves que cela et se doutaient fort bien du vrai métier de Judith. On envoya immédiatement une novice aider la jeune femme à se préparer. Ranulf et Maltote furent confinés dans le cloître, avec interdiction formelle de faire les Jacques, tandis que Cade et Corbett se rendaient à la cellule aux murs chaulés, où les attendait Judith. C'était une rousse avenante aux formes rebondies, vêtue d'une robe brun foncé, fermée au col. Certes, elle accueillit chaleureusement Cade en l'embrassant sur les joues et en lui prenant la main, mais les cernes sous ses yeux trahissaient son anxiété.

— Les clarisses croient toujours que je suis votre sœur, pouffa-t-elle.

— Et d'après elles, quelle est la raison de ta présence ? demanda Corbett.

— Vous savez qui je suis, Messire, mais vous-même, qui êtes-vous ? rétorqua-t-elle sèchement.

Corbett s'excusa en souriant et se présenta.

— Et maintenant, réponds à ma question !

— Pour les clarisses, intervint Cade, Judith est ma sœur qu'un maraudeur a attaquée après s'être introduit chez elle.

— Et la vérité ?

La fille détourna les yeux en minaudant :

— Je suis la maîtresse de Messire Cade. Je loge au-dessus d'une échoppe de Floodgate Lane. Messire Cade venait m'y rendre souvent visite. Et j'avais d'autres amis, poursuivit-elle d'une voix plus forte où Corbett décela les traces d'un léger accent chantant. Je vivais bien. J'avais entendu parler des assassinats, mais je croyais que c'était une vengeance.

Elle s'assit sur l'unique tabouret de la pièce.

— Une nuit, cependant, je suis rentrée tard. Je laissais souvent ma porte ouverte pour mon chat ; je suis montée à ma chambre et j'ai allumé la chandelle. J'avais une grande armoire — le cadeau d'un charpentier — où je suspendais mes robes. J'ai entendu du bruit. Comme je ne voyais pas le chat, j'ai cru qu'il y était enfermé.

Elle s'arrêta un moment et se tordit les doigts.

— Je ne l'oublierai jamais, continua-t-elle à mi-voix. J'ai pris la chandelle et j'ai ouvert l'armoire. Je pense que c'est la chandelle qui m'a sauvée. J'ai distingué une silhouette sombre, l'éclair de l'acier et, quand j'ai reculé, j'ai reçu une estafilade.

Elle délaça le col de sa robe et montra le bas de son décolleté : une longue cicatrice horrible lui barrait la gorge d'une épaule à l'autre.

— Mon sang a jailli. J'ai hurlé, puis je me suis évanouie. Quelqu'un a dû m'entendre et on a envoyé chercher Messire Cade.

Elle regarda Corbett.

— Je pense que vous connaissez la suite ?

— J'ai estimé qu'il valait mieux la faire passer pour morte, ajouta Cade.

— Donc tu as aperçu quelque chose ? insista Corbett.

La fille grimaça :

— Qui me croirait ?

— Qu'as-tu vu exactement ?

— Ce fut très rapide, mais j'ai eu l'impression que c'était un moine.

— Pourquoi ?

— Il portait cape, coule et capuchon, bien sûr, mais vous savez, Sir Hugh, ajouta-t-elle avec affectation, lorsque j'ai levé la chandelle, j'ai aperçu sa manche. Elle était de couleur noire. J'ai vu autre chose également.

— Dis vite !

— En me reculant, j'ai lâché la chandelle et je suis sûre d'avoir vu une cordelette blanche à glands.

Elle leva les yeux.

— Seul un moine porte cela !

Corbett lança un regard accusateur à Cade.

— Voici donc qui explique votre mutisme dans l'abbaye de Westminster lors de notre rencontre avec le sacristain et son compagnon ! Seuls les bénédictins ont des frocs noirs. Ne comprenez-vous pas, Cade, que ce tueur ne peut être qu'un moine !

Cade frappa le mur du poing.

— Bien sûr que je m'en rends compte ! Mais qui va croire une putain ?

Il vit l'éclair de tristesse dans les yeux de Judith.

— Je suis désolé, marmonna-t-il, mais c'est ce qui se

dira : c'est la parole d'une prostituée contre celle d'un moine, et quelles preuves apporterait-elle, Sir Hugh, à part son propre témoignage ? Tout moine accusé de meurtre verra ses compagnons jurer que le frère ou le père Untel se trouvait ailleurs à l'heure du crime.

— Vous ne m'avez jamais parlé de cela, intervint Judith. Vous m'avez dit que vous me cachiez ici pour mieux me protéger. En fait, c'est vous que vous protégiez !

Elle s'adressa à Corbett :

— Avant que le shérif adjoint me demande pourquoi un moine s'attaquerait à une prostituée, je vais vous le dire, Sir Hugh. Vous êtes le seul à qui je l'aurai révélé.

Corbett s'accroupit et prit délicatement les doigts de la jeune femme.

— Dis-moi la vérité ! la pressa-t-il. Raconte-moi tout ce que tu sais et j'arrêterai l'homme qui a voulu te tuer. J'assurerai ta protection, te donnerai un mandat royal et te remettrai une bonne récompense. Oui ! renchérit-il en voyant l'espoir renaître chez la catin. Du bon argent pour aller refaire ta vie ailleurs. Une petite dot, en somme, pour que tu puisses retourner dans ton village, te marier et fonder une famille.

La fille serra fortement les doigts de Corbett.

— Vous me donnez votre parole ?

Corbett leva l'autre main.

— Je le jure par le saint sacrement et le roi. Je fais le serment solennel que tu seras protégée et récompensée.

— Il y a environ un an, à la fin de l'été, début de l'automne, raconta Judith, moi et d'autres filles, on nous a payées rubis sur l'ongle pour aller dans le palais vide de Westminster. Nous avons remonté la Tamise et débarqué aux King's Stairs. Puis on nous a conduites dans l'un des appartements du palais. Nous nous y sommes rendues au moins une douzaine de fois pour participer à des nuits de débauche. Je n'ai jamais rien vu de pareil. Le vin coulait à flots et les plats regorgeaient de nourriture. Les pièces étaient faiblement éclairées, pourtant. Des hommes nous rejoignaient. J'en ai reconnu un, je crois, l'intendant du palais. Il était toujours saoul.

— Quoi d'autre ?

— Eh bien, comme je l'ai dit, on ne lésinait pas sur le vin. Nous nous déshabillions et dansions sur de la musique. Nos compagnons portaient des masques, mais je suis sûre, affirma-t-elle avant de marquer une pause, je suis sûre que certains étaient des moines de l'abbaye d'à côté.

Corbett siffla entre ses dents et échangea un coup d'œil avec le shérif adjoint.

— Par l'enfer, Cade, j'ai déjà entendu ce genre de rumeurs. D'autres personnes, dans cette ville, sont-elles au courant ?

Cade avait pâli.

— Des bruits courent, marmonna-t-il.

— Quand le roi l'apprendra, poursuivit Corbett, il entrera dans une colère inimaginable.

Il sourit à la fille et resserra l'étreinte de ses doigts :

— Oh, pas contre toi, Judith ! Tu n'es que du petit gibier. Tu n'as rien à craindre.

Il fixa les yeux terrifiés de la catin.

— Qui était le chef, l'organisateur de ces orgies ?

— Je ne sais pas. J'ai d'abord cru que c'était l'intendant, mais celui-là, c'est un poivrot. Il était tellement ivre qu'il ne parvenait pas à ses fins avec les filles. Non, il y avait un autre homme. Grand, bien découplé, musclé, portant toujours un masque de satyre. C'était lui qui s'assurait que les pièces étaient plongées dans la pénombre, que la nourriture était correctement servie, que le vin ne manquait pas et surtout que nous étions parties à l'aube et réexpédiées en bateau.

— Qui était-ce ?

— Je l'ignore. Il se faisait appeler *le Seigneur*[1].

— Comment peux-tu affirmer qu'il y avait des moines ?

La fille éclata de rire.

— Je ne sais pas grand-chose, Sir Hugh, mais quand on est fille des rues, on pourrait remplir des douzaines de parchemins avec ce que l'on apprend sur les hommes.

Elle haussa les épaules.

— Il faisait sombre, certes, mais ils étaient bien nourris et soignés. De toute façon, gloussa-t-elle, seuls des moines portent tonsure !

Corbett grimaça :

— Donc c'étaient des beuveries, des ripailles, des danses et...

— Oui, l'interrompit-elle en ricanant... et le reste. Nous nous mettions par couples, puis une sonnerie de trompe retentissait, on resservait des plats et du vin et cela se poursuivait jusqu'au petit matin.

— Il y a un an, as-tu précisé ? Pourquoi ces orgies ont-elles soudain cessé ?

— Je n'ai pas dit cela ! Ce que je crois, c'est que *le Seigneur* a choisi un autre groupe de filles.

— Ah !

Corbett se releva.

— Bien sûr, au cas où tes compagnes et toi en auriez appris un peu trop.

— Mais pourquoi, intervint Cade, personne n'a-t-il prévenu les autorités ?

---

1. En français dans le texte. *(N.d.T.)*

La catin lui lança un regard apitoyé :

— Alexander, vous êtes un homme honnête, mais guère futé ! Qui allait parler ? *Le Seigneur* et ses complices ? Les filles qui auraient perdu une belle occasion de s'empiffrer et de gagner une coquette somme d'argent ? Qui aurait osé ?

Elle releva brusquement la tête.

— Et comme vous l'avez dit, Alexander, qui nous croirait, nous, de pauvres prostituées ?

Corbett alla à la croisée. Dehors, dans le cloître, Ranulf et Maltote se chauffaient au soleil matinal, en pouffant de rire et en se félicitant de leur exploit de la veille.

— Ce que tu viens de nous raconter est cohérent, Judith. A ton avis, donc, certains moines de l'abbaye se seraient laissé entraîner à ces festivités nocturnes. Peut-être l'un d'eux, pris de panique, se sera-t-il senti menacé et aura-t-il décidé de faire disparaître les preuves.

La fille opina :

— C'est ce que je pense. Mais il peut y avoir plusieurs tueurs, Sir Hugh. Les crimes ont eu lieu aux quatre coins de la ville.

— C'est possible. Mais ton témoignage s'accorde avec les différents morceaux du puzzle. D'abord Lady Somerville.

Il jeta un coup d'œil à la catin.

— Une des Dames de sainte Marthe qui fut brutalement assassinée à Smithfield. As-tu entendu parler de ces saintes femmes ?

Judith fit signe que oui.

— Apparemment, enchaîna Corbett, elle n'avait pas haute opinion des moines de Westminster. Elle citait toujours le dicton « L'habit ne fait pas le moine » et a dessiné d'impitoyables caricatures. Peut-être était-elle au courant de cette débauche et l'a-t-on réduite au silence ? Ensuite, ce qui m'a toujours intrigué, c'est que le tueur pouvait parcourir toute la ville en passant inaperçu. Et de fait, qui arrêterait et questionnerait un moine ? Et c'est encore un moine qu'on a vu entrer dans la maison d'une des victimes. Enfin, personne ne se méfie d'un moine, ce qui expliquerait que les victimes aient laissé approcher leur assassin.

Il contempla le cloître baigné de soleil. « Et cela concorde, aussi, pensa-t-il, avec ce que m'a dit le père Thomas. Un moine a, peut-être, tué ces filles non seulement pour les empêcher de parler, mais aussi pour expier un péché en répandant leur sang. Ce que m'a raconté le vieux cul-de-jatte prend tout son sens, à présent : les orteils tordus du diable étaient en fait des pieds nus dans des sandales de moine. Et, bien sûr, Lady Somerville a dû s'arrêter pour saluer le moine qui accourait vers elle. »

— La mort du père Benedict ? fit Cade avec fougue, interrompant la méditation de Corbett. Le vieux prêtre est mort parce qu'il avait vu ou entendu parler de ces activités nocturnes. C'est pour cela qu'il voulait me rencontrer... et qu'il a été assassiné.

Corbett, adossé au mur, approuva. Mais pourquoi organiser ces orgies ? Qui était ce *Seigneur* ? La fille pensait que ce n'était pas William Senche. Le sacristain Adam of Warfield, alors ? Mais pourquoi, pourquoi ? Le regard rivé sur l'herbe où les gouttes de rosée étincelaient comme des diamants, Corbett sentit le sang se glacer dans ses veines.

— Mais bien sûr ! s'écria-t-il. Cela coule de source !

Il revint en hâte vers la prostituée et lui agrippa le poignet.

— Tu ne peux rien m'apprendre d'autre ?
— Non, Messire. Je vous ai dit tout ce que je savais.
— Reste là, alors ! Cade, suivez-moi !

Et il sortit à grandes enjambées pour gagner le cloître où l'attendaient ses serviteurs.

— Ranulf ! Maltote ! Allons ! Ne restez pas plantés comme deux amoureux transis alors que la trahison et le crime règnent en maîtres !

Les deux hommes trottinèrent sur ses talons. Corbett prit rapidement congé de la mère supérieure, toute surprise, avant de remonter à cheval et de franchir les portes du couvent, comme s'il avait le diable aux trousses.

Ils galopèrent dans des sentiers tortueux, sans s'arrêter, puis pénétrèrent dans le dédale de Petty Wales, près de la Tour, où ils mirent pied à terre à la taverne du *Turc Doré*.

— Vous, Messire Cade, n'avez certes pas le temps de boire ! Vous allez avoir du pain sur la planche !

Corbett sortit un mandat de son aumônière.

— Donnez cela au connétable de la Tour. Dites-lui, avec les compliments de Hugh Corbett, garde du Sceau privé, que dans une heure je veux trois barges amarrées à Wool Quay. L'une pour nous, les deux autres chargées d'archers royaux. Je veux des hommes expérimentés et aguerris qui obéiront à mes ordres sans discuter. Non !

Il eut un geste de refus en voyant la mimique du shérif adjoint.

— Pas d'explications ! Faites ce que je vous dis et revenez ici quand tout sera prêt !

Il regarda Cade qui s'éloignait à vive allure.

— Que se passe-t-il, Messire ?
— Rien pour le moment, Ranulf. J'ai faim et me

mettrai volontiers quelque chose sous la dent. Venez avec moi, si le cœur vous en dit.

A l'intérieur de l'estaminet, Corbett ordonna à ses serviteurs de se débrouiller seuls et demanda une chambre particulière.

— Je défends que l'on me dérange! déclara-t-il au tavernier chauve, dont le tablier luisait de graisse. Apportez-moi du vin!

Il huma les alléchantes odeurs qui s'échappaient de la cuisine.

— Qu'est-ce qui est en train de cuire?
— Des tourtes à la viande.
— Vous m'en ferez monter deux.

Corbett adressa un petit geste à un Ranulf éberlué et suivit l'aubergiste à l'étage.

La chambre était exiguë, mais propre, nette et bien rangée. Il resta quelque temps, allongé sur le lit de sangles, à regarder le plafond. Le tavernier lui apporta du vin et des tourtes sur un plateau. Corbett dévora son repas en essayant de réprimer son excitation : il entrevoyait, enfin, la marche à suivre. Il déroula le parchemin fourni par Cade et étudia les renseignements que les clercs avaient pu réunir sur Richard Puddlicott : celui-ci avait une carrière criminelle aussi longue que diverse. Né à Norwich, il s'était avéré si brillant écolier qu'il avait poursuivi ses études dans l'un des collèges de Cambridge. Reçu à ses examens, il était entré dans les ordres mineurs. Mais il avait vite abandonné sa vie de clerc pour suivre une autre voie : celle, plus lucrative, de marchand de laine, fromage et beurre. Il avait voyagé quelque temps à l'étranger et séjourné à Gand et à Bruges où la roue de la fortune avait brusquement tourné. L'Angleterre se trouvant incapable de rembourser des prêts consentis par des marchands de Bruges,

Puddlicott avait été l'un des Anglais arrêtés en représailles et jetés dans un cachot flamand. Il avait réussi à s'échapper en tuant deux gardes, mais nourrissait depuis une rancune féroce envers Édouard d'Angleterre.

De retour à Londres, il y avait entamé sa carrière criminelle, escroquant des orfèvres de Cheapside, volant un banquier lombard et dérobant des objets précieux dans les églises. Il était particulièrement doué pour abuser de la confiance des autres, car il pouvait endosser les identités les plus diverses pour se faire remettre de l'argent sous des prétextes hautement fallacieux. Des officiers l'avaient, plus d'une fois, surpris, mais Puddlicott, maître dans l'art de se déguiser, avait toujours pu prendre la poudre d'escampette. Tout en sirotant son vin, Corbett s'émerveillait de ses exploits. Personne n'était à l'abri de ses tours pendables. Marchands avisés, officiers pleins de suspicion, veuves faussement naïves, soldats matois, paysans durs au gain, tous avaient été victimes des manigances de Puddlicott.

Corbett se figea en lisant les dates. Un agent du gouvernement avait entendu dire que Puddlicott était en Angleterre à l'automne précédent. Puis il avait été vu au printemps et enfin observé à Paris par un agent anglais. Corbett reposa le parchemin et s'étendit sur le lit. Était-ce possible ? se demanda-t-il. Le *Seigneur* qu'avait décrit Judith, le grand maître des orgies du palais de Westminster, pourrait-il être Richard Puddlicott en personne ? Mais pourquoi ? Le scélérat ne ferait-il qu'exprimer son mépris de l'autorité en débauchant des moines et en ayant commerce avec des prostituées ? Corbett commençait à entrevoir la vérité et il n'y avait qu'un moyen de la prouver. Il entendit du bruit dans l'escalier. Ranulf frappait à la porte à coups redoublés.

— Messire ! Messire ! Cade est revenu ! Les barges sont prêtes.

Il se leva, vida son gobelet et descendit. Il régla son écot et sortit dans la cour où Cade, l'air encore penaud, serrait et desserrait nerveusement ses grandes mains.

— Tout est prêt, Cade ?

— Oui, Sir Hugh. Ils vous attendent à Wool Quay.

— C'est à Westminster, n'est-ce pas ? beugla Ranulf.

Il applaudit.

— Ce sont ces coquins de moines !

Il donna un coup de coude malicieux à Maltote.

— Maintenant nous allons nous amuser ! murmura-t-il. Tu vas voir comment notre maître à la longue figure exerce son pouvoir.

Le maître à la longue figure, comme le surnommait secrètement Ranulf, se hâtait dans le passage qui aboutissait au quai. Trois grands navires étaient amarrés à Wool Quay. Un officier de la Tour vint à leur rencontre.

— Sir Hugh, je suis Peter Limmer, sergent d'armes.

Il désigna les bateaux remplis d'archers portant broignes de cuir et coiffés de casques d'acier coniques. Chacun était armé d'une épée, d'une dague et d'une lourde arbalète.

— Parfait ! approuva Corbett à voix basse. En route pour Westminster ! Vous exécuterez mes ordres à la lettre !

L'officier dégingandé, aux cheveux coupés ras, opina. Ils montèrent à bord. On lança des ordres et les barges se laissèrent dériver dans le mitan du fleuve.

CHAPITRE X

Le trajet fut sans histoires. Seul le bruit cadencé des rames, le craquement du cuir et le cliquètement des armures brisaient le silence ouaté de l'épais brouillard qui montait encore de la Tamise. Corbett se sentait coupé de l'animation de la ville. De temps en temps, ils croisaient une autre embarcation. Soudain, Limmer lança des ordres pour passer sous les arches du pont de Londres, là où l'on pouvait le plus aisément manœuvrer. Les eaux bouillonnaient autour des larges radiers qui protégeaient les bateaux des piles massives du pont. Les marins forcèrent sur les rames et les barges, passant sous le pont, gagnèrent des eaux plus calmes. Le brouillard était encore dense lorsqu'ils abordèrent la courbe du fleuve en direction de Westminster. A un moment, les rameurs accélérèrent le rythme frénétiquement pour éviter la haute proue dorée d'une galère vénitienne qui avait soudain surgi de la brume et fonçait droit sur eux. A part cela, le trajet se passa sans incidents. Lorsqu'ils s'approchèrent de la rive nord, ils distinguèrent la tour et les clochers de Westminster dans le brouillard qui s'effilochait.

Ils débarquèrent aux King's Stairs. Les ordres claquèrent et les archers se mirent sur deux files pour emboîter le pas à Corbett et à ses compagnons. A la grande surprise des rares serviteurs de l'abbaye, encore ensommeillés, la petite troupe traversa les jardins au pas de charge, puis la cour du palais avant de faire irruption sur le domaine abbatial. Une porte latérale de l'église était ouverte. Corbett ordonna à l'escorte militaire de rester à l'extérieur, puis ils pénétrèrent dans la nef plongée dans le froid et les ténèbres.

— Apportez des bancs ! cria-t-il à Limmer en désignant d'un geste le transept sud. Que l'on en place un contre le mur, et que l'on dispose une chaise en face. Que l'on amène céans Messire William Senche qui sera probablement en train de cuver son vin.

Le clerc huma l'encens qui embaumait encore.

— Puis allez au réfectoire et mettez Adam of Warfield et frère Richard en état d'arrestation, même s'ils protestent. Conduisez-les ici ! Que l'on poste des sentinelles ! Bloquez toutes les issues de l'abbaye et du palais ! Que personne n'entre ou ne sorte sans ma permission !

— Pour William Senche, ce sera facile, rétorqua l'officier. Mais les moines peuvent nous accuser de sacrilège si nous ne respectons pas leur habit ! Sans compter que nous avons pénétré sans autorisation sur un domaine ecclésiastique.

Il ajouta, un rictus amer aux lèvres :

— Je ne veux pas que l'on crie à un nouveau martyre de Thomas-a-Becket[1] et je me refuse à ce que mes hommes soient maudits et solennellement excommuniés !

---

1. Thomas-a-Becket : archevêque de Cantorbéry, défenseur des droits de l'Église, assassiné dans sa cathédrale en 1170, sous le règne de Henri II Plantagenêt. *(N.d.T.)*

— Rien de tout cela n'arrivera! le rassura Corbett. Ce n'est pas une querelle entre le pouvoir royal et l'Église, mais un affrontement entre des officiers et des malfaiteurs avérés.

— Ce sont des moines!

— Oui, et des malfaiteurs pourtant! Je le prouverai, Messire Limmer. Je puis vous certifier que lorsque cette affaire aura pris fin et que le roi saura quelle part vous y aurez prise, vous recevrez louanges et récompenses. Quant à notre sainte mère l'Église, fort occupée à régler bien d'autres problèmes, elle ne sera que trop heureuse de voir justice faite!

L'officier opina en souriant. Puis il sortit hâtivement en lançant des ordres.

— Et nous, mon maître?

— Vous, Ranulf et Maltote, restez près de la porte latérale. Ne me rejoignez que si ceux que j'interroge usent de violence ou menacent de le faire, bien que je doute qu'ils en arrivent à cette extrémité.

Corbett remonta la nef pour gagner le transept sud où des archers avaient déjà disposé un banc et une chaise provenant de la chapelle Notre-Dame. Il s'assit et fit une prière silencieuse, demandant au ciel que les événements lui donnent raison. Il avait eu beau s'adresser avec assurance à Limmer, il se sentait nerveux et mal à l'aise. Si ses accusations se révélaient fausses et que ses hypothèses s'écroulaient, il aurait à s'expliquer devant les évêques aussi bien que devant le roi.

Il entendit soudain des éclats de voix et des jurons étouffés à l'entrée de l'église. La porte s'ouvrit violemment et Limmer s'avança, suivi d'un groupe d'archers tenant solidement par les bras trois silhouettes qui se débattaient. Corbett se leva. Adam of Warfield semblait au bord de l'apoplexie. Sous le feu de la colère, son visage habituellement cireux s'était empourpré aux pommettes, ses yeux flamboyaient et Corbett aperçut de la salive aux commissures de ses lèvres.

— Vous le regretterez ! rugit le sacristain. Je veillerai à ce que vous soyez excommunié par mon ordre, par la hiérarchie ecclésiastique de l'Angleterre, par le pape lui-même !

Il se débattit tellement qu'il fit lâcher prise aux archers narquois qui l'entouraient et il se retourna vers ses tourmenteurs :

— Tous, tant que vous êtes ! hurla-t-il. Tous, vous serez damnés ! C'est une enceinte sacrée, ici, l'abbaye du roi en personne ! Et cet homme, poursuivit-il en pointant un doigt accusateur vers Corbett, cet homme est un suppôt de Satan !

Le clerc jeta un coup d'œil à la silhouette trapue et corpulente de frère Richard, et ce qu'il vit le rassura. Ce dernier n'en menait pas large. Son regard était fuyant et il humectait constamment ses lèvres du bout de sa petite langue rose. Quant à William Senche, près de lui, la peur l'avait dégrisé. A la fin, le sacristain cessa de vitupérer et se tint immobile, pantelant et bras ballants. Corbett observa sa coule et son capuchon noirs ainsi que sa cordelette effrangée blanche. Il avait été témoin de son accès de fureur et avait vu sa bouche écumante de rage et sa colère démoniaque. Avait-il devant lui le tueur qui traquait de pauvres filles dans les ruelles de Londres ? Le sacristain reprit son souffle pour se lancer dans une autre diatribe. S'il le laissait continuer ainsi, Corbett savait qu'il pouvait perdre le soutien de son escorte militaire. Quelques soldats, déjà, se montraient inquiets devant les imprécations terribles proférées par Adam of Warfield. Aussi Corbett s'approcha-t-il de lui et le gifla-t-il durement. Le sacristain recula en poussant les hauts cris et en se tenant la joue.

— Sacrilège ! dit-il d'une voix sifflante.

— Il existe des tribunaux, déclara doucement Corbett, devant lesquels je répondrai de mon geste, comme il y a des tribunaux, Adam of Warfield, où vous répondrez des actes abominables qui se sont commis ici. Moi, Sir Hugh Corbett, garde du Sceau privé, je vous arrête, Adam of Warfield, frère Richard et William Senche, intendant du palais, pour les horribles forfaits de sacrilège, trahison et collaboration avec les ennemis du roi !

Adam of Warfield perdit un peu de sa superbe. Le menton affaissé, il se tint sur la défensive.

— Qu'est-ce que cela signifie ? marmonna-t-il en lançant un regard noir à frère Richard qui gémissait faiblement, tandis que Corbett remarquait avec dégoût une petite flaque aux pieds de William Senche.

— Oui, reprit le clerc. Les chefs d'accusation que j'ai cités ne sont qu'un début. Veuillez vous asseoir sur ce banc, tous les trois, et tous les trois, répondez à mes questions, comme vous êtes tenus de le faire de par votre allégeance à notre souverain. Et à la fin, je fournirai la preuve de ce que j'avance !

— Je ne dirai rien ! hurla Warfield.

Corbett le frappa derechef.

— Vous répondrez à mes questions, tous les trois, ou vous serez emmenés à la Tour ! Si vous faites encore preuve de violence, en paroles ou en actions, ou si vous essayez de vous échapper, Messire Limmer a ordre de vous abattre. A présent, asseyez-vous !

Les trois hommes furent traînés sur le banc.

— Sir Hugh, vous ne risquez rien ?

— Non !

Corbett s'installa en face des accusés.

— J'en suis sûr, Messire Limmer. Éloignez-vous maintenant. Je vous appellerai quand j'aurai besoin de vous. Les arbalètes de vos hommes sont bien chargées ?

Limmer acquiesça.

— Bien !

Corbett se tourna vers les trois prisonners :

— Alors, allons-y !

Il attendit que les archers ne puissent plus l'entendre pour se pencher et lever légèrement la main droite :

— Je jure par ce que j'ai de plus sacré que je sais ce qui s'est passé ici : les orgies, les beuveries, les ripailles, les nuits de débauche, le commerce avec les prostituées de la ville.

Il vit William Senche trembler d'effroi.

— Vous, Messire, vous en répondrez devant le roi et votre seul espoir est de vous jeter à ses pieds et d'implorer sa miséricorde.

Adam of Warfield parut sur le point de nier en dépit de tout, mais frère Richard se leva soudain d'un bond.

— C'est vrai ! avoua-t-il en lançant un regard furieux au sacristain. Pour l'amour de Dieu, Adam, ne comprenez-vous pas qu'il est au courant de tout ? Messire Senche, ce clerc dit la vérité ! Je me refuse à mentir plus longtemps. Je confesse n'avoir pas respecté mes vœux. Je reconnais avoir fait mauvais usage des biens royaux.

Il adressa un pauvre sourire à Corbett :

— Et maintenant ? J'accepte mon châtiment : être mis au pain et à l'eau pendant trois ans, accomplir les tâches les plus ingrates de l'abbaye. Peut-être subirai-je un séjour au pilori ? Cela n'est pas bien terrible !

Corbett le dévisagea longuement avant d'observer Adam of Warfield qui gardait la tête baissée.

— Oh, vous êtes malin, frère Richard ! souligna-t-il. Vous pensez que ce n'est qu'une question de vœux foulés aux pieds. J'accepte votre confession, mais je crois que vos compagnons savent que c'est plus qu'une simple histoire de fornication, d'ivrognerie et d'orgies nocturnes !

Frère Richard lorgna les deux autres accusés.
— Qu'est-ce qu'il raconte ? bégaya-t-il.
Il agrippa le sacristain et lui secoua l'épaule.
— Au nom du ciel, Adam, qu'y a-t-il là-dessous ?
Mais le sacristain refusa de lever les yeux.
— Asseyez-vous, frère Richard ! ordonna Corbett. Maintenant, Warfield, le nom du maître des cérémonies, de ce *Seigneur* qui organisait toutes ces festivités ? Comment se faisait-il appeler ?
— Je l'ignore, chuchota le sacristain, la tête toujours baissée.
— Il s'appelait Richard, geignit William Senche, les yeux exorbités de peur. C'est le seul nom qu'il nous ait donné.
— Taisez-vous ! rugit Adam of Warfield, son visage pâle déformé par la terreur et la colère.
— Non, je ne me tairai pas ! hurla l'intendant.
— Décrivez-le !
— J'en suis incapable.
L'intendant pleurnicha en se frottant les joues.
— Je ne le peux vraiment pas ; il arrivait toujours le soir et se tenait dans l'ombre. Il préférait cela. Il se déguisait toujours en moine avec un habit et un capuchon bien rabattu. Et il portait un masque de satyre lors des... fêtes.
— Il avait une barbe ?
— Oui, et des cheveux noirs, je pense.
Corbett se leva, dominant les trois hommes de sa haute taille.
— Je suis convaincu qu'Adam of Warfield connaît sa véritable identité. Oui, Messire Senche, votre maître des cérémonies s'appelait bien Richard. Son nom est Richard Puddlicott et c'est un criminel notoire. Ne vous êtes-vous jamais demandé pourquoi un inconnu tenait tant à organiser des orgies et des beuveries ?

— Je l'ai vu arriver un soir au palais, bredouilla l'intendant. Je lui ai confié que je m'ennuyais. Il m'a proposé certains divertissements.

Il coula un regard vers le sacristain.

— Puis, un beau jour, Adam of Warfield découvrit le pot aux roses.

Il haussa les épaules.

— Vous connaissez la suite. Quelques moines se joignirent à nous.

Il gémit en mendiant du regard l'indulgence de Corbett :

— Nous n'avons causé de tort à personne. Nous ne voulions faire aucun mal.

— ... jusqu'au moment où quelqu'un a décidé de mettre fin à ces nuits de débauche et de réduire au silence les prostituées que vous y aviez invitées.

L'intendant et frère Richard geignirent de terreur.

— Vous ne prétendez pas, s'écria le moine, d'une voix presque suraiguë, que nous sommes responsables des morts atroces de ces filles ?

— Si ! Sans compter l'assassinat du père Benedict qui fut mis au courant de vos activités, et celui de Lady Somerville qui nourrissait certains soupçons.

Adam of Warfield bondit et Corbett recula. De fines gouttelettes de sueur perlaient sur le visage livide et tendu du sacristain qui bouillonnait de rage.

— Jamais ! s'écria-t-il d'une voix rauque. Je n'ai... nous n'avons pas participé à cela !

Corbett se rassit en hochant la tête.

— J'ai des témoins. Des gens qui ont vu un tueur. Tous leurs témoignages désignent un homme vêtu de l'habit bénédictin, semblable à celui que vous portez.

Corbett dégaina lentement son poignard.

— Je vous suggère de vous rasseoir, Adam of Warfield !

Son interlocuteur se tassa sur son siège entre ses deux compagnons sans quitter le clerc des yeux.

— Vous ne pourrez pas le prouver ! marmonna-t-il.

— Pas maintenant, mais bientôt, peut-être !

Le sacristain le dévisagea, puis ses traits se tordirent en un rictus sardonique.

— C'est impossible ! répéta-t-il. Tout ce que vous trouverez à démontrer, c'est que nous n'avons pas respecté nos vœux. Tort ? Oui ! J'avoue que nous avons eu tort ! Mais vous nous avez accusés de trahison, et ce en présence de témoins. Je ne suis pas juriste, Messire Corbett, mais si la fornication est un acte de trahison à présent, tous les habitants de cette sacrée ville sont passibles d'arrestation !

Corbett se releva.

— Je vous jure que je prouverai ce que j'avance. Messire Limmer ! Ranulf ! Maltote ! Accompagnez-nous à la porte du Trésor !

Adressant un sourire glacial à Warfield, il eut la satisfaction de voir ce dernier abandonner toute forfanterie et suffisance. On aurait dit un vieillard brisé, à présent.

— Qu'avez-vous l'intention de faire ? murmura-t-il.

Pour toute réponse, Corbett claqua des doigts et partit à grandes enjambées. Les trois prisonniers et leur escorte le suivant avec difficulté, ils pénétrèrent dans le transept sud et s'arrêtèrent devant l'impressionnante porte renforcée. Corbett saisit son poignard et, malgré les protestations et les exclamations angoissées de ses compagnons, brisa chacun des sceaux.

— A quoi bon ? marmonna Ranulf. Nous n'avons pas la clé !

— C'est vrai !

Corbett jura à mi-voix : il l'avait oubliée, dans son excitation.

— Messire Limmer, que quatre de vos hommes apportent l'un des bancs les plus lourds. Et qu'ils enfoncent cette porte !

L'officier allait protester mais Corbett frappa dans ses mains.

— Au nom du roi ! cria-t-il. Je veux que l'on fasse sauter cette porte de ses gonds !

Limmer s'éloigna en hâte.

— Et que d'autres prennent une échelle, aussi ! ajouta le clerc. La plus longue qu'ils puissent trouver !

Il attendit le retour des soldats, le regard rivé sur l'entrée de la crypte. Derrière lui, Ranulf et Maltote échangeaient des commentaires pessimistes. William Senche, mort de peur, tenait des propos sans queue ni tête. Frère Richard s'était adossé au mur, les bras croisés, tandis que le sacristain, vidé de toute émotion, évoquait un somnambule.

Les gardes revinrent. Quatre portaient un banc massif et deux autres une longue échelle légère. Corbett s'écarta. Limmer repoussa les prisonniers. Les archers, se prenant au jeu, attaquèrent la grande porte avec leur bélier de fortune. Leurs coups de boutoir répétés se répercutèrent, comme un glas, sous les voûtes de l'église déserte. Au début, la porte résista, mais Limmer leur ordonna de concentrer leurs efforts sur l'endroit où les gonds étaient fixés au mur. Les soldats se remirent à la tâche, et Corbett entendit enfin le bois craquer et gémir. L'un des gonds sauta et les archers firent une pause, haletant et couverts de sueur. Puis ils recommencèrent et la porte fut près de céder. Un dernier coup de bélier, suivi de grincements et d'un craquement assourdissant, vint à bout de la porte qui fut arrachée du chambranle. Les soldats la mirent de côté après avoir démoli la serrure et les lourds verrous. Corbett s'avança sous la voûte basse et sombre du couloir d'accès. On lui tendit une chandelle. Il ordonna d'allumer les torchères du mur et lui-même en prit une.

— Limmer, que deux, non, trois archers gardent les prisonniers ! Que le reste me suive, mais en faisant attention ! Le couloir d'accès est abrupt et les marches en bas ont été défoncées. Prudence, donc !

Il se retourna :

— A propos, où est Cade ?

Il se rendit compte soudain que celui-ci s'était tenu à l'écart.

— Il est resté à l'extérieur, répondit Ranulf.

— Qu'il vienne !

Ils attendirent. Lorsque Cade revint avec Ranulf, il fut éberlué à la vue de la porte brisée.

— Seigneur Dieu, Messire Corbett ! souffla-t-il. J'espère que vous savez ce que vous faites !

— Seigneur Dieu ! le parodia Corbett. Oui ! Je pense même que je suis le seul, ici, à savoir ce que je fais !

Ils s'engagèrent dans le couloir, leurs ombres dansant sur le mur à la lueur des torches ; leurs pas résonnaient et se répercutaient comme les battements d'un tambour fantôme. Corbett s'arrêta brusquement et brandit sa torche. Le couloir se terminait là. Le clerc s'avança avec prudence en se baissant et en éclairant la crypte plongée dans l'ombre. L'escalier se trouvait devant lui — tout au moins les quatre premières marches. Puis c'était la chute brutale dans l'obscurité. Ils firent passer l'échelle qu'ils glissèrent jusqu'en bas et assurèrent solidement. Corbett descendit avec précaution, une main sur un montant, l'autre tenant la torche éloignée de son visage et de ses cheveux. Il leva les yeux : ses compagnons se détachaient dans un cercle de lumière.

— Laissez deux hommes en haut, ordonna-t-il, et descendez ! Apportez le plus de torches possible.

Il atteignit le sol et attendit que les archers, la bouche pleine de protestations étouffées et de jurons, le rejoignent. Ils allumèrent d'autres torches et, une fois accoutumés à la pénombre, parcoururent la crypte du regard. C'était une pièce immense, rappelant une caverne. En son centre s'élevait un pilier massif que Corbett comprit être le bas de la colonne qui soutenait les hautes voûtes de la salle capitulaire, au-dessus. Le clerc retint son souffle. Ne se trompait-il pas ? Mais il l'aperçut soudain : l'éclair précieux des pièces d'orfèvrerie et d'argenterie s'échappant des cassettes, coffres et coffrets entrebâillés.

— Mais tout cela devrait être sous clé ! s'exclama Cade en les apercevant lui aussi.

Il se rua vers un coffre, au comble de l'émotion.

— Oui, c'est cela ! Les serrures ont été fracturées.

Il abaissa sa torche.

— Regardez, Sir Hugh ! Des chandelles ont coulé ici, sur le sol.

Il se pencha sur une goutte de cire blanche.

— C'est même assez récent !

La petite troupe s'éparpilla et examina les différents coffres et cassettes. Certaines serrures en avaient été brisées, d'autres défoncées à coups de levier ou de hache et le contenu fouillé. Mais aucun coffre n'était vide.

— La crypte a été pillée ! constata Corbett. La plupart des pièces d'orfèvrerie ont été emportées. Mais celles-ci sont trop volumineuses, encombrantes et lourdes ! Ou alors très difficiles à vendre !

Il sortit d'un coffre un petit plat d'argent au bord incrusté de rubis et l'approcha de sa torche :

— Regardez ! On y voit le poinçon de l'orfèvre et les armes de la Maison du roi ! Seul un imbécile essaierait de le vendre ! Et notre voleur n'est pas un imbécile !

Il revint sur ses pas pour examiner le gros pilier : des cavités y avaient été creusées très soigneusement par un tailleur de pierres. Corbett enfonça la main dans l'une d'entre elles et en retira un sac déchiré et vide.

— Par tous les saints du paradis ! marmonna-t-il. Par ici, tout le monde !

Il brandit la guenille.

— Notre voleur n'est pas venu chercher l'argenterie, mais des pièces d'or et d'argent récemment frappées. Je suppose que ces cavités étaient remplies de sacs de pièces... qui ont disparu, à présent. Voilà ce que convoitait le voleur !

— Mais comment est-il entré ? s'étonna Cade.

Corbett s'approcha du mur de la crypte, bâti en beau granit gris, souillé à présent de taches d'humidité.

— Eh bien, murmura le clerc dont les paroles résonnèrent dans la crypte sombre, nous savons qu'il ne pouvait pas venir d'en haut. Il n'a pas pu passer par la porte.

Corbett sonda le sol de sa botte.

— C'est également impossible par en bas. Par conséquent, il a dû s'attaquer au mur.

— Il faudrait des mois ! protesta Limmer.

— Vous avez déjà pris part à un siège ? demanda Corbett.

Son interlocuteur fit signe que oui.

— Ces murs ont une épaisseur de treize pieds, ce qui est à peu près le cas de la plupart des châteaux. Comment un capitaine s'y prendrait-il pour y faire une brèche ?

— Un bélier ne serait guère efficace. Il s'efforcerait probablement de creuser un tunnel qui commencerait de l'autre côté du mur, passerait sous les fondations et remonterait ensuite.

— Et si cela ne marchait pas ?

— Alors il s'attaquerait au mur lui-même. Mais cela nécessiterait beaucoup de temps.

— Je crois que notre voleur a tout son temps, marmonna Corbett. Examinez le mur avec vos torches. Si un courant d'air fait vaciller la flamme, cela signifie que vous aurez trouvé !

Il ne leur fallut que quelques minutes : un cri de triomphe poussé par Ranulf les fit accourir vers un endroit, derrière des coffres renversés, qu'ils étudièrent minutieusement pendant que le jeune homme s'escrimait contre la pierre.

— Elle bouge ! Regardez !

Il montra les tas de plâtre poussiéreux au pied du mur.

— Oh, Seigneur ! chuchota Corbett. Je comprends comment il s'y est pris.

Il sonda le mur.

— Qu'y a-t-il de l'autre côté ?

— Le vieux cimetière.

— Allons-y !

Ils revinrent dans le transept. Corbett donna l'ordre de monter la garde près de l'échelle. Les trois prisonniers attendaient près de la porte, dans un silence abattu, pieds et poings étroitement liés. Corbett et sa troupe sortirent de l'église au pas de course et s'engouffrèrent dans le cimetière. Pour atteindre le mur de la crypte, ils durent se frayer un passage dans les herbes folles, le chanvre et les arbustes qui leur arrivaient à la taille. Les signes d'intrusion n'étaient que trop évidents : une pelle brisée, une pioche rouillée, des lambeaux de sac et même une pièce d'argent rutilante que Ranulf dénicha dans les mauvaises herbes. Corbett tenta de se représenter l'intérieur de la crypte et désigna, sur le sol, une pierre tombale endommagée.

— Enlevez-la!

Ils la déplacèrent facilement, révélant un trou assez large pour laisser passer un homme. Corbett jeta un coup d'œil à la ronde et sourit pour dissimuler son angoisse. Il ne supportait pas les espaces clos et savait à quel point la terreur l'assaillirait s'il se retrouvait coincé ou incapable de faire demi-tour. Mal à l'aise, il haussa les épaules.

— Cela me fait peur, murmura-t-il.

Il n'eut pas à le répéter. Ranulf se mit immédiatement à quatre pattes et s'enfonça dans le trou en se tortillant. Corbett l'entendit ramper dans le tunnel comme un renard dans son terrier. Après quelques minutes d'anxiété, Ranulf réapparut, couvert de boue mais rayonnant.

— Ça s'élargit à mesure que l'on s'approche de la base du mur.

— Et le mur lui-même?

— Ce n'est plus qu'un trou! Apparemment, le voleur a tout simplement fait une brèche, après avoir effrité la pierre en allumant un petit feu. Puis il a sorti les gravats dans des sacs et les a éparpillés parmi les tombes.

— Mais il faudrait des mois! répéta Limmer, incrédule.

— Certes, mais c'est possible! réfléchit Corbett. J'ai vu des mineurs de l'armée du roi accomplir ce genre d'exploits contre des forteresses. Rappelez-vous que ce n'est pas du rocher, mais des dalles de pierre assemblées par la main de l'homme! Une fois que l'une cède, il ne reste plus qu'à déblayer les morceaux.

— Et la dernière? demanda Cade. Celle que Ranulf a fait bouger dans la crypte?

— C'est le bout du tunnel, répondit le jeune homme. Si vous l'ébranlez du pied en y mettant toutes vos forces, elle glisse, tout simplement. Le voleur a même fabriqué un grand crochet pour la remettre en place Une fois repoussée, c'est une porte d'accès toute trouvée à la crypte et au Trésor.

Corbett parcourut du regard le cimetière abandonné.

— Donc, nous avons un félon qui travaille sans doute la nuit. Il commence ici, creuse l'argile meuble jusqu'à ce qu'il atteigne la base du mur. Puis il démolit les briques, rendues fragiles par le feu, et ensuite il transporte les gravats dans des sacs. Il s'attaque à la pierre finale, endommagée par le feu au préalable, et y place un crochet et un anneau pour pouvoir la déplacer à volonté. Il met la main sur quelques pièces d'orfèvrerie, bien que ce qui l'intéresse vraiment, ce soit ces sacs de monnaie sonnante et trébuchante... qui ont disparu! ajouta-t-il après un coup d'œil à la ronde.

Il se frotta la joue. Certes, il se félicitait d'avoir vu juste, mais deux questions subsistaient. D'abord, le voleur? Aucun doute : c'était Puddlicott, mais où, par tous les saints, se trouvait-il? Et surtout, où cachait-il son butin si mal acquis? Corbett se pinça les lèvres. Ensuite, s'il avait bien révélé au grand jour les turpitudes des moines de Westminster, il n'avait pas encore démontré qu'elles étaient liées aux crimes. Il n'avait aucune preuve, à part les gribouillis d'une vieille dame et les témoignages d'un petit mendiant et d'une prostituée. Le clerc regarda le ciel limpide.

— Et bien sûr, soupira-t-il, il y a le dernier point : qui va informer le roi de tout cela? Nous avons fait le nécessaire ici, déclara-t-il en élevant la voix. Messire Cade, veuillez poster les archers devant la salle du Trésor et replacer la pierre. Ensuite vous ferez venir maçons et charpentiers de la ville pour remettre tout en état du mieux possible. Messire Limmer, je veux que vous oubliiez la loi! Que nos prisonniers soient conduits à la Tour et y subissent la question jusqu'à ce qu'ils révèlent le fin mot de l'histoire. Qu'ils n'en meurent pas, cependant!

L'officier, renâclant devant la tâche imposée, hocha la tête et cracha.

— Sir Hugh, deux d'entre eux sont des moines!

— Peu me chaut qu'ils soient moines ou évêques! gronda Corbett. Emmenez-les et faites ce que vous avez à faire! C'est un cas de haute trahison! Ils ont dévalisé le Trésor royal. Vous n'aimeriez pas que le roi ne puisse vous payer votre salaire, hein?

— Êtes-vous sûr qu'ils ont trempé dans cette affaire? s'insurgea Cade.

— Nous le saurons vite! Messire Senche et frère Richard, peut-être, Adam of Warfield, sûrement! Je vous suggère de fouiller sa chambre, je suis certain que vous y trouverez autre chose qu'une belle paire de bottes.

Corbett frappa dans ses mains.

— Bon, allez-y! Nous avons encore du pain sur la planche!

Limmer et Cade s'éloignèrent en hâte. Corbett donna une bourrade à Maltote, et le jeune courrier qui béait devant l'entrée du tunnel sursauta en clignant des yeux.

— Oui, Messire?

— Prends deux chevaux, Maltote. Les plus rapides que nous ayons. Galope à bride abattue jusqu'à Winchester et raconte exactement au roi ce que tu as vu. Prie-le de revenir à Londres aussi vite qu'il le peut. Tu as compris? Tu as assez d'argent?

Le jeune homme opina.

— Alors va-t'en maintenant!

Maltote partit à toutes jambes et Corbett agrippa Ranulf par le bras.

— Profite du temps qui passe, Ranulf, murmura-t-il, car lorsque le roi reviendra, la ville va être mise sens dessus dessous !

Ils attendirent que Limmer envoie des archers garder le tunnel secret avant de retraverser le domaine de l'abbaye.

— Qu'allons-nous faire, Messire ?

Corbett observa les soldats qui couraient ici et là et remarqua, avec soulagement, que des renforts étaient également arrivés de la Tour. Des frères lais, des clercs, des cuisiniers et des gâte-sauces de l'abbaye allaient aux nouvelles, tandis qu'aux portes les sentinelles, épée au clair, repoussaient une petite foule de curieux.

— Je vous ai demandé ce que nous allions faire, mon maître ?

Corbett regarda son serviteur tout décoiffé.

— Toi, tu vas faire un brin de toilette. Quant à moi, je vais manger un morceau. Retournons donc au *Turc Doré* pour nous reposer et réfléchir !

Il serra le bras de son serviteur.

— Oh, à propos ! Je te sais gré d'être entré dans ce tunnel ! J'y serais peut-être allé, mais je ne crois pas que j'en serais ressorti.

Ranulf allait répondre par un quolibet lorsque apparut soudain Lady Neville. Elle accourait vers eux, hors d'haleine, sa chevelure noire s'échappant de sous son voile bleu.

— Sir Hugh, Messire Ranulf, que se passe-t-il ?

Elle s'arrêta devant eux, le rouge aux joues, les yeux luisant d'émotion.

— Que se passe-t-il ? répéta-t-elle. Il y a des soldats partout dans l'abbaye. Ils disent que certains moines ont été arrêtés. Avez-vous trouvé le tueur, Sir Hugh ?

Corbett prit la main blanche et fine de la jeune veuve et y apposa légèrement ses lèvres.

— J'ai fait mieux, Lady Mary, mais, pour le moment, laissons place à la rumeur.

Il salua et s'éloigna, Ranulf trottant derrière lui, dévoré de jalousie.

— Oh, Messire Ranulf!

Corbett poursuivit délibérément son chemin tandis que son serviteur revenait vers Lady Neville.

— Oui, Lady Mary?

La jeune femme lui jeta un regard qui se voulait timide. Elle lui tendit la main et Ranulf, en un geste gracieux que lui aurait envié un courtisan, la prit et la porta à ses lèvres. Lady Neville retira sa main en riant et fit vivement volte-face. Ranulf s'aperçut alors qu'elle lui avait fourré dans la main une petite médaille en or où était gravée l'inscription « *Amor vincit omnia* », « L'amour vient à bout de tout ». Il la suivit du regard, muet de stupéfaction, jusqu'à ce que les ordres hurlés par son « maître à la longue figure » le tirent de sa rêverie dorée.

CHAPITRE XI

Ils redescendirent la Tamise. Corbett entra dans la taverne pendant que Ranulf se débarbouillait au tonneau d'eau de pluie, près de l'abreuvoir aux chevaux. Au moment où le jeune homme rejoignit son maître, l'aubergiste leur servit du rôti d'agneau fortement épicé, accompagné d'oignons, de poireaux et autres légumes, le tout flottant dans une sauce bien épaisse. Corbett avait commandé un pichet de vin — le meilleur que pouvait offrir l'établissement. Il remplit leurs gobelets en ne tarissant pas d'éloges sur le courage de Ranulf. Celui-ci finit par être rouge comme un coq.

— Pensez-vous que nous ayons tiré toute cette affaire au clair, Messire? dit-il pour détourner la conversation de ce panégyrique.

— Je ne sais pas trop. Qu'avons-nous comme éléments, Ranulf? Des moines qui se dévergondent et un habile malandrin qui pille le Trésor royal. Cela, ce sont des faits avérés, mais ce qui est plus difficile, c'est de franchir l'étape suivante, à savoir trouver le lien logique entre les actes de débauche, le vol, les meurtres de ces pauvres filles des rues et les assassinats de cette malheureuse Lady Somerville et du père Benedict.

Corbett racla son écuelle de sa cuillère en corne qu'il

entoura ensuite d'un linge et rangea dans son aumônière.

— Les résultats de notre enquête tendraient à prouver l'existence d'un tel lien, mais un bon avocat n'aurait aucun mal à en démontrer les lacunes. En outre, nous ignorons l'identité du voleur.

— Mais c'est Puddlicott, bien sûr!

— Oui, c'est ce que nous pensons! C'est notre intime conviction à tous, mais voilà : nous n'avons pas de preuves! Qui est Puddlicott? Où est-il? Nous ne pouvons même pas répondre à ces questions.

Il prit son gobelet et le fit délicatement tourner dans sa main.

— Mais c'est surtout l'assassin dont nous ignorons le visage et le nom.

Il but une généreuse rasade de vin, ce qui lui valut un coup d'œil perplexe de son serviteur habitué à sa sobriété.

— Vous vous faites du mauvais sang, Messire?

— En effet. Je suis inquiet car, lorsque je rendrai compte au roi, je ne pourrai que lui exposer les problèmes sans lui offrir beaucoup de solutions.

— Vous avez quand même découvert qu'on a dévalisé le Trésor!

— Le roi s'en souciera comme d'une guigne. Ce qu'il aura à cœur, c'est de retrouver son argent et d'envoyer au gibet ce scélérat de voleur. Non, non — Corbett desserra le col de son surcot —, ce sont les crimes qui me fascinent. Je suis confronté à deux hypothèses cauchemardesques, Ranulf. D'abord, ces meurtres ont-ils un rapport quelconque avec l'abbaye, et ensuite, avons-nous affaire à deux ou même trois assassins? Celui des prostituées, celui de Lady Somerville et le meurtrier silencieux du père Benedict?

— Vous avez oublié un détail, Messire! Amaury de

Craon, ce vieux renard sans scrupules, ne doit pas être étranger à tout ce bourbier !

Corbett jeta un regard perçant à son compagnon. Ses paroles lui rappelèrent quelque chose. Il se rendit compte qu'il avait complètement négligé son adversaire.

— C'est vrai ! reconnut-il d'une voix presque inaudible. Amaury de Craon ! Dis-moi, Ranulf, as-tu fini ? Bien ! Alors, va à Cock Lane.

Il hocha la tête en voyant le sourire du jeune homme.

— Non, garde pour toi tes rêves de luxure ! Rends-toi près de la boutique de l'apothicaire et cherche un petit mendiant vêtu de toile de sac. Emmène-le à Gracechurch Street et enjoins-lui de surveiller attentivement la demeure du Français. S'il voit quoi que ce soit d'anormal, tel qu'un visiteur inattendu ou des préparatifs de départ précipité, qu'il coure me laisser un message à Bread Street.

Ranulf acquiesça et partit à toutes jambes. Corbett avala les restes du vin et quitta la taverne. Les joues en feu et la tête lourde, il se dirigea vers l'entrée principale de la Tour. Il montra son mandat aux sentinelles, franchit les douves, passa sous des arches successives et pénétra dans l'enfilade des cours qui entouraient le donjon carré, la tour Blanche[1]. Il dut montrer patte blanche à chaque porte, mais put poursuivre son chemin grâce au document royal. Il atteignit enfin la cour centrale. Le calme y régnait dans la chaleur de ce début d'été, bien qu'il pût constater que les travaux avaient repris sur la Tour : le roi redoutait un débarquement français en Essex ou même dans l'estuaire de la Tamise. Des briques s'empilaient autour d'énormes fours tandis que

---

1. La tour Blanche : *cf.* note p. 71. *(N.d.T.)*

d'immenses tas de sable et de gravier s'amoncelaient près d'épaisses poutres de chêne enchevêtrées.

La Tour était un village à elle seule. Écuries, pigeonniers, cuisines à ciel ouvert, granges et poulaillers se blottissaient contre les murs. Un petit verger, dans un coin, avoisinait les maisons en torchis des officiers. Corbett longea d'impressionnants mangonneaux[1] et béliers en cours de fabrication et commença à traverser la pelouse près de la tour Blanche. Il en était au milieu lorsqu'il fut hélé par un officier aux traits taillés à la serpe qui entreprit de déchiffrer son mandat. Il n'avait pas fini que Limmer apparut et s'empressa d'intervenir.

— Sir Hugh ! Nous les avons soumis à la question. Mais sans grand succès, jusqu'à présent ! annonça-t-il avec un geste d'excuse.

Faisant signe à Corbett d'avancer, Limmer le précéda dans un escalier abrupt, au flanc de la tour Blanche, menant à une salle de torture située à la base d'une des tourelles. Corbett frissonna : l'endroit, bas de plafond, était glacial et humide. La lumière du jour avait peine à filtrer et on avait allumé des torches qui crachotaient dans la pénombre. Une odeur de terre humide se mêlait à la puanteur de la fumée, du charbon de bois, de la sueur et de la peur. Aucun meuble dans la pièce, à part de grands braseros en fer rassemblés au fond. Des chaînes et des anneaux pendaient aux murs. L'attention du clerc fut immédiatement attirée vers un coin où se tenait un groupe sinistre. Il s'approcha et distingua mieux les bourreaux : torse nu, le front ceint de bandeaux pour empêcher la sueur de leur couler dans les yeux, le corps luisant comme s'il était couvert de graisse, ils prenaient amoureusement soin des braisiers,

---

1. Mangonneau : genre de catapulte. *(N.d.T.)*

y introduisant de longues barres de fer qu'ils retiraient ensuite de leurs mains protégées de chiffons. L'un d'eux prit une barre, souffla sur le bout rougi et s'éloigna vers le coin plongé dans l'ombre. Il marmonna quelque chose, puis Corbett entendit un hurlement. Il s'approcha et vit Adam of Warfield, frère Richard et William Senche : dépouillés de leurs vêtements, à l'exception de leurs chausses, ils étaient enchaînés au mur, bras tendus. Le bourreau chuchota, puis grogna avant de placer la barre sur un corps qui tressaillit de douleur. Les chaînes claquèrent contre la paroi. Il appliqua une autre barre ; le scribe qui, assis sur un petit tabouret, transcrivait fidèlement l'interrogatoire, murmura d'autres questions. Un juron, un hurlement, un sanglot... la séance se poursuivit. Corbett fit volte-face.

— Arrêtez ça, Limmer ! jeta-t-il d'une voix sifflante. Faites cesser cela immédiatement ! Et dites au scribe de nous rejoindre dehors !

Il retourna à l'air libre.

— Oh, Seigneur Jésus ! s'écria-t-il. Protégez-moi de ces horreurs !

Il s'assit sur l'une des poutres et regretta d'avoir bu du vin, car il avait la gorge sèche et n'arrivait pas à concilier sa posture indolente dans l'herbe verte sous le ciel limpide avec les atrocités qu'il venait de voir. Limmer sortit, accompagné du scribe, un chauve joufflu et rougeaud qui semblait aimer son travail et considérait les scènes abominables auxquelles il assistait comme une des facettes sinistres, mais nécessaires, du monde d'ici-bas.

— Les prisonniers ont-ils avoué ?

Limmer se rembrunit.

— Oui et non ! répondit le scribe sèchement.

— C'est-à-dire ?

— Eh bien, Sir Hugh, nous devons fixer certaines limites. Frère Richard n'est coupable que d'avoir bu trop de vin et enfreint la règle monastique. On lui a fait peur, mais on ne l'a pas torturé. Je recommande fortement qu'il soit relâché.

Corbett croisa le regard dur de ses yeux bleus et approuva d'un signe de tête.

— D'accord. Mais qu'on le garde jusqu'à ce soir! Ensuite, qu'il soit remis à l'évêque de Londres. Quoi d'autre?

— L'intendant, William Senche, est coupable de forfaiture envers le roi.

— Rien d'autre?

— Patience, Sir Hugh. Il a avoué connaître un criminel notoire, Richard Puddlicott. De plus, la grande truanderie ne lui est pas étrangère, car son frère est chef geôlier à la prison de Newgate. William Senche fut contacté par Puddlicott et ils conspirèrent ensemble pour s'enrichir aux dépens d'autrui.

Le scribe s'humecta les lèvres.

— D'après la confession de Senche, Richard Puddlicott... Ah! avant que vous me posiez la question, Sir Hugh, nous ne savons pas à quoi ressemble précisément ce maraud, sinon qu'il a une barbe et des cheveux noirs et qu'il est toujours vêtu d'une coule et d'un capuchon.

Il haussa les épaules.

— Croyez-le si vous le voulez! Enfin, revenons à la confession de l'intendant. Un jour, le truand et lui rôdaient dans le cloître de l'abbaye. Leur cupidité les amena à remarquer la belle argenterie que les serviteurs apportaient au réfectoire et remportaient aux cuisines.

Le scribe rit doucement.

— Il leur vint à l'idée de s'approprier ces plats. Une nuit, ils posèrent une échelle contre le mur du réfectoire et s'emparèrent d'un riche butin qu'ils vendirent.

— Et personne ne s'aperçut de sa disparition ?

— Oh, répondit le scribe avec un sourire crispé, c'est l'histoire habituelle : un vieil abbé malade et pas de prieur...

Il croisa le regard de Corbett.

— Oui, Sir Hugh, j'y ai pensé également. Je me demande dans quelle mesure on n'a pas aidé le prieur à quitter cette vallée de larmes. Bon, venons-en à présent à Adam of Warfield. Lui nota la disparition de cette argenterie. Il eut vent, aussi, des orgies que Senche organisait au palais et exigea d'y participer sous peine d'aller immédiatement en souffler mot au roi. Messire Senche et Puddlicott tombèrent d'accord. Ils cédèrent à Warfield un tiers des gains. Puis ils mirent sur pied un plan d'une rare ingéniosité pour dérober le Trésor royal.

Le scribe feuilleta ses liasses de parchemin.

— Un stratagème fort bien agencé. Il y a seize mois, Adam of Warfield déclara que le cimetière ne faisait plus partie de l'enceinte sacrée. Ils semèrent à profusion du chanvre qui pousse rapidement et Puddlicott commença à creuser le tunnel. Il y a dix jours environ, il perça le mur de la crypte. L'argenterie ne l'intéressait pas, ce fut notre bon sacristain qui la vendit.

Le scribe prit un air entendu.

— A mon avis, Sir Hugh, certains orfèvres londoniens savent fort bien qu'ils ont acquis les produits d'un vol.

Il s'arrêta et Corbett, n'en revenant pas, siffla entre ses dents.

— Et quand Puddlicott creusait-il son tunnel ?

— La nuit, d'après Warfield, et même pendant le jour, vu que le cimetière était désert.

Corbett porta la main à sa bouche.

— Seigneur Dieu ! murmura-t-il.

— Qu'y a-t-il, Sir Hugh ? s'inquiéta Limmer.

Corbett ne répondit pas. Comment avouer qu'il avait probablement rencontré Puddlicott lors de sa première visite à l'abbaye ? Il se rappelait le vieux jardinier qui, vêtu d'un capuchon, lui tournait le dos. Un jardinier ? Certes non, se dit-il amèrement, mais plutôt Messire Puddlicott habilement déguisé.

— Et ensuite ? s'enquit-il d'une voix dure. Ont-ils donné plus de précisions ?

— Non, ce larron était expert dans l'art de tirer les ficelles. C'était toujours lui qui prenait contact avec eux et il ne leur confiait jamais où il logeait. Il arrivait tard ou bien très tôt et disparaissait sans un traître mot à qui que ce fût. Parfois, il leur rendait régulièrement visite, d'autres fois il était absent pendant des semaines.

— Qu'en est-il de l'or et de l'argent volés ?

— Ils recevaient leur dû, mais il va de soi que Puddlicott s'attribuait la part du lion.

— Et les crimes ?

— Ah !

Le scribe se gratta la tête.

— Ils nient toute responsabilité dans la mort de quiconque, que ce soit celle de Lady Somerville, du père Benedict ou des prostituées.

Il prit une plume posée derrière son oreille et tapota le parchemin.

— Cela dit, ajouta-t-il avec espoir, Warfield est un criminel. Il n'est pas plus homme de Dieu que ne le sont les animaux de la ménagerie royale. J'ai assisté à maints interrogatoires dans ma vie...

Corbett croisa son regard, dur comme la pierre, et n'eut aucune peine à le croire.

— ... j'ai assisté à maints interrogatoires identiques, répéta le scribe fermement, et puis vous affirmer que Warfield est un assassin, ayant déjà commis un meurtre.

Je suis convaincu qu'il a la mort du prieur sur la conscience. Vous n'êtes pas né de la dernière pluie, Sir Hugh : « Qui a tué, tuera à nouveau. »

Le scribe enroula son parchemin et conclut d'une voix égale :

— Je ne peux rien vous dire de plus.

Il eut un sourire contraint.

— Bien sûr, nous n'en avons pas fini avec frère Adam.

Corbett le remercia et la silhouette courtaude s'en retourna à sa tâche en se dandinant.

— Quels sont vos ordres, Messire ? s'enquit Limmer.

— Je le répète : remettez frère Richard aux tribunaux ecclésiastiques et soumettez Warfield à la question. Que l'on porte des messages aux shérifs et aux maîtres de corporation. Ils devront procéder, au nom du roi, à une fouille en règle de la ville, rechercher l'argenterie marquée aux armes royales et signaler tout afflux soudain de pièces récemment frappées. Que les shérifs me rendent compte de leurs résultats à ma résidence de Bread Street. Est-ce bien clair ?

Corbett écouta l'officier répéter fidèlement ses instructions avant de prendre congé de lui et de quitter la Tour.

Lorsqu'il regagna ses pénates, Ranulf était déjà revenu de mission. Maeve était absente : elle avait emmené sa fille et sa servante Anna au marché de Cornhill. Aussi Corbett, fatigué et abattu, monta-t-il à sa chambre. Il ôta ses bottes et s'étendit sur la courtepointe en soie rouge et blanche. Il somnola par à-coups, l'esprit torturé par d'horribles cauchemars peuplés de bourreaux, de cadavres ambulants de jeunes filles aux gorges tranchées d'une oreille à l'autre, songes noirs qu'habitaient les yeux haineux d'Adam of Warfield et que ponctuaient les rugissements de colère de son souverain. Il se réveilla et regarda fixement la tapisserie sur le mur, représentant la danse de Salomé devant Hérode. Pourquoi diantre Maeve l'avait-elle accrochée là ? se demanda-t-il. Il s'agita dans le lit et repensa à la mort de Hawisa, la dernière prostituée. Pourquoi avait-elle été assassinée à cette date-là ? Ce meurtre aurait dû avoir lieu à la mi-juin ! Il repensa aussi à Lady Mary Neville et à son doux sourire, évoquant celui de sa première épouse. Il sombra dans un sommeil plus calme et fut réveillé par Maeve qui, penchée sur lui, le secouait par l'épaule :

— Hugh ! Hugh ! Le souper est prêt !

Il bâilla et se leva d'un mouvement souple.

— Allez, Messire ! le houspilla-t-elle, l'air faussement sévère. Vous traînassez au lit alors que vous devriez battre le fer tant qu'il est chaud ! Qui plus est, la table est mise et le repas vous attend.

Son humeur taquine finit par chasser les idées noires de Corbett. En outre, elle exigea qu'il s'occupe de certaines tâches concernant sa maisonnée : ils avaient reçu des lettres du sénéchal de leur manoir de Leighton, en Essex, ils devraient discuter des dispositions à prendre pour le séjour de Lord Morgan, etc. L'enquête de Hugh serait-elle finie à ce moment-là ? Donc, sur l'insistance de son épouse, Corbett resta chez lui les jours suivants. Il joua avec la petite Aliénor. Installé au jardin, il vérifia les comptes de la maison avec son intendant Griffin. Il s'efforça de détourner l'impétueux Ranulf de son roman d'amour avec Lady Mary Neville. Mais le jeune homme était tombé éperdument amoureux et Corbett observa sa transformation : sa tignasse rousse était à présent soigneusement coiffée et imprégnée d'huile parfumée, son pourpoint, ses chausses et ses bottes étaient ce qui se faisait de mieux dans Cheapside et toute sa personne exhalait une odeur entêtante de parfum — ce qui faisait discrètement sourire Corbett. Maeve, quant à elle, s'en amusait comme une folle, et lorsque, un jour, Ranulf loua une troupe de musiciens pour donner la sérénade à Lady Neville, elle fut prise d'un fou rire inextinguible.

Mais cette paix domestique fut brutalement interrompue quand Maltote revint de Winchester. Le visage couleur de cendre, il semblait à bout de nerfs lorsque Corbett et Ranulf le retrouvèrent dans le cabinet de travail du clerc.

— Tu as tout raconté au roi ?
— Oui, Messire.
— Et alors, quelle a été sa réaction ?
— Il a dégainé son poignard et, si Lord de Warrenne n'avait pas été là, il m'aurait transpercé.
— Et ensuite ?
— Le mobilier a grandement souffert. Le roi a décroché du mur une grande masse d'armes et a brisé tout ce qui lui tombait sous la main. J'ai cru qu'il avait un accès de folie furieuse ! Il enrageait et déversait des chapelets de jurons. Il disait qu'il ferait pendre tous les moines de l'abbaye.
— Et moi ?
— Quant à vous, vous serez banni à l'île de Lundy [1], dépouillé de tous vos titres et fonctions et condamné à l'eau et au pain sec.

Corbett s'assit en poussant un grognement. Les crises de colère d'Édouard étaient effroyables : il pensait réellement ce qu'il disait, du moins jusqu'au moment où il se calmait.

— Et après ?

---

1. Ile de Lundy : minuscule îlot à vingt kilomètres des côtes du Devon. *(N.d.T.)*

— Je suis parti de Winchester le soir même. Le roi se trouvait dans la cour du palais et hurlait des ordres aux gardes, palefreniers, hommes d'armes et officiers. Il leur fallait tout ranger dans les coffres, charger les bêtes de bât et dépêcher des messagers. Il sera à Sheen demain matin et il y requiert votre présence.

Corbett surprit le rictus narquois de Ranulf.

— Tu m'accompagneras! lui lança-t-il sèchement. Seigneur Dieu! murmura-t-il. Demain le roi, après-demain Lord Morgan! Crois-moi, Ranulf, notre sainte mère l'Église a parfaitement raison d'affirmer que le mariage est une aventure où seuls les insensés ont hâte de se lancer.

— Qu'allons-nous faire, mon maître?

La joie mauvaise qu'avait ressentie Ranulf en voyant le désarroi des puissants s'était évaporée. En outre, il se défiait toujours du roi et se montrait d'une rare sollicitude envers Corbett lorsqu'il croyait la carrière de son « maître à la longue figure » en péril. Corbett jeta un coup d'œil par la fenêtre; le soleil se couchait et le son des cloches appelant à vêpres leur parvenait faiblement.

— Nous allons sortir! déclara-t-il. Nous en donner à cœur joie, boire bière et vin à tire-larigot et chanter à tue-tête. Car, comme on disait à Rome, celui qui va mourir doit faire la fête.

Ranulf regarda Maltote et grimaça. Ils avaient projeté de rendre visite à Lady Neville à Farringdon, mais Corbett insista. Ils prirent donc leurs capes et leurs baudriers et quittèrent la maison. Cheapside était déserte à cette heure. Corbett pressait le pas comme si la marche pouvait chasser l'anxiété qui le taraudait quand il songeait à sa rencontre imminente avec son souverain. Ils entrèrent à la taverne des *Trois Roses*, à Cornhill, et, tandis que ses deux serviteurs conversaient à bâtons rompus, il réfléchissait, devant son verre, aux problèmes auxquels il se heurtait. Plus il buvait, plus il se sentait désespéré à la pensée qu'il n'avait prouvé que deux faits : d'une part, que les moines de Westminster avaient enfreint la règle, et, d'autre part, que le Trésor royal avait été pillé par le plus grand larron du royaume.

Trois heures après, c'est un Corbett complètement abattu qui sortait en titubant de l'estaminet, soutenu et encadré par Ranulf et Maltote. Ils se mirent en route dans les rues vides, plongées dans l'obscurité. Ranulf se doutait que son maître n'était pas vraiment saoul, mais seulement éméché, car il avait passé une heure à le sermonner : le mariage entre personnes d'un rang inégal était voué à l'échec, Lady Mary Neville se moquait certainement de lui et se jouait de ses sentiments. A présent, Corbett était retombé dans son mutisme, car il s'était soudain souvenu de De Craon et s'efforçait de se rappeler ce qui l'avait intrigué lors de sa rencontre avec le Français. Ils atteignirent l'extrémité de Walbrook et tournèrent dans Budge Row. Ils franchirent le ruisseau protégé par une grille branlante et commencèrent à descendre une ruelle étroite qui longeait l'église St Étienne. Maltote braillait une chanson sans queue ni tête. Soudain, des hommes encapuchonnés les attaquèrent, s'attendant manifestement à ce que les trois compagnons marchent de front. Mais ce n'était pas le cas, aussi Maltote subit-il le plus gros de l'assaut : il reçut de la chaux vive en plein visage et s'écroula dans la boue, hurlant de douleur, ses yeux n'étant plus que brûlure atroce. Le reste de la chaux parsema les cheveux et les joues de Corbett et de Ranulf, sans toutefois toucher leurs yeux. Les assaillants, au nombre de quatre, chacun armé d'une épée et d'un bouclier, se glissèrent hors de l'ombre et s'avancèrent vers le clerc et son compagnon, frappés de stupeur. Ils ne s'occupèrent pas de Maltote, hurlant à genoux qu'il ne voyait plus rien. Surpris et médusés, Corbett et Ranulf reculèrent. Puis, comprenant la gravité du guet-apens, Ranulf dégaina épée et poignard et fondit sur ses agresseurs comme un fou furieux. C'étaient des tueurs à gages, des sicaires habitués à l'étrange danse des combats de rue et non au courage aveugle d'un Ranulf. Celui-ci fonça sur leur chef, l'envoya rouler sur le sol, le souffle coupé. Un autre reçut un coup de poignard dans l'épaule et, le poing crispé sur sa blessure, d'où jaillissait le sang, remonta la ruelle en chancelant tandis que Ranulf se jetait sur le troisième larron. Le quatrième truand avait à peine repris ses esprits que Corbett, complètement dégrisé, se lançait dans la bataille. La mêlée allait de-ci, de-là. Corbett et Ranulf se rapprochèrent pour se placer dos à dos et jouèrent de l'épée et du poignard, et la ruelle sombre retentit du cliquètement des armes, du raclement des bottes et du halètement acharné des combattants. Une fois de plus, Ranulf se rua fougueusement à l'attaque, conscient que Maltote, les poings sur les yeux, avait désespérément besoin d'aide. Les assaillants finirent par se décourager et disparurent comme des ombres. Ranulf rengaina son épée tandis que Corbett faisait mine de poursuivre leurs adversaires blessés mais encore dangereux. La démarche hésitante, il leur lança des bordées d'injures, mais comprit soudain l'inutilité de sa colère et revint vers ses compagnons. Ranulf, accroupi dans la boue, enlaçait Maltote et s'efforçait de l'empêcher de se frotter les yeux.

— Le pauvre bougre est aveugle ! s'écria-t-il. C'est votre faute, maudit clerc ! Vous et vos pleurnicheries ! Nous aurions dû aller à Farringdon !

— Silence ! lui intima son maître d'une voix rauque.

Corbett s'agenouilla près de son messager qui pleurait à seaux et le força à découvrir son visage. Malgré le peu de lumière, il vit que la peau autour des orbites semblait avoir été brûlée par une pluie de cendres et que ses yeux étaient enflammés. Il revint en courant dans Walbrook, tambourinant aux portes jusqu'à ce qu'un habitant, plus brave que les autres, lui ouvrît. Ils traînèrent Maltote dans l'entrée éclairée : là le dommage apparut dans toute son ampleur. Corbett déversa frénétiquement pichet après pichet d'eau froide pour enlever la chaux. Quatre soldats du guet et un dizainier accoururent dans la rue, alertés par le bruit de l'altercation. Corbett les invectiva, leur demandant de les aider sans se préoccuper outre mesure du règlement. Le dizainier parvint à se procurer deux chevaux. Ils hissèrent Maltote sur l'un d'eux et Ranulf trottina à ses côtés. Quant à Corbett, il régla son allure sur celle de son serviteur blessé. Ils revinrent dans Budge Row pour s'engouffrer dans West Cheap et les Shambles et gagner la porte de Newgate. Les gardes les laissèrent franchir la poterne. Maltote ne pouvait retenir ses gémissements et ses plaintes tandis que Ranulf, courant près de lui, lui rappelait constamment de ne pas se frotter les yeux.

Ils couvrirent d'une seule traite la distance jusqu'à l'hôpital St Barthélemy. Couverts de sueur et de boue, ils frappèrent à la porte à coups redoublés et réclamèrent le père Thomas à cor et à cri. On les admit rapidement et des frères lais aidèrent Maltote à mettre pied à terre. Le père Thomas, qui se trouvait dans l'église, se précipita à leur rencontre et emmena le jeune courrier. Quant à Corbett et Ranulf, on les laissa dans un long couloir vide où ils durent ronger leur frein. De derrière la porte massive leur parvenaient, pêle-mêle, les hurlements de Maltote, la voix apaisante du père Thomas et les paroles de réconfort des frères lais qui ne cessaient d'apporter des bols d'eau et des fioles d'onguent et d'herbes médicinales. Lassé des remontrances de Ranulf, Corbett s'étendit sur un banc pour essayer de dormir, tandis que le jeune homme faisait les cent pas. Une heure plus tard, il se réveilla, frais et dispos, et envoya un frère convers porter un message chez lui, à Bread Street. Puis il attendit que le père Thomas eût fini de soigner Maltote. L'aube pointait lorsque le moine apparut.

— Non, vous ne pouvez pas le voir! leur déclara-t-il d'une voix lasse. Je lui ai donné du vin mélangé à une potion qui le fera dormir jusqu'à la mi-journée.

— Et ses yeux? s'inquiéta Ranulf en agrippant l'ecclésiastique par la manche. A-t-il perdu la vue?

Le père Thomas se dégagea doucement.

— Je ne puis le dire, murmura-t-il. L'eau que vous lui avez jetée au visage lui a épargné de grands dommages. J'ai débarrassé ses yeux de la chaux et ai nettoyé sa peau. C'est tout ce que je peux faire pour le moment.

— Mais ses yeux? s'insurgea Ranulf. Sera-t-il aveugle?

— Je l'ignore. Seul le temps le dira. Il est possible qu'il perde la vue d'un œil et même — oui, Ranulf — des deux.

Ranulf se retourna et cogna de toutes ses forces sur le mur du couloir.

— Corbett, poursuivit le médecin, je dois vous laisser. Je vous ferai donner constamment de ses nouvelles.

Corbett emprisonna chaleureusement ses mains dans les siennes avant d'agripper Ranulf et de le pousser sans ménagement hors de l'hôpital, malgré ses vives protestations et ses jurons. A la porte, ils croisèrent le frère lai qui revenait de Bread Street.

— J'ai tout raconté à Lady Maeve, leur déclara-t-il. Elle est très inquiète. Elle voudrait que vous rentriez immédiatement.

Corbett le remercia et ils se remirent en marche vers Newgate. Ils avaient à peine parcouru la moitié de la rue lorsque le clerc entendit le frère convers le héler :

— Sir Hugh ! Sir Hugh !

— Oui, mon frère ?

— Quand j'ai quitté votre demeure, un petit mendiant m'a arrêté. Il faisait des bonds comme un vrai diablotin. Il m'a dit qu'il avait un message pour vous.

— Lequel ?

— « Le Français s'apprête à partir avec armes et bagages. »

— C'est tout ?

— Oui, Sir Hugh.

Le frère convers repartit à toutes jambes. Ranulf faisait grise mine à présent et semblait penser à tout autre chose, bien que la violence du combat se lût encore sur son visage et dans son regard. Il ramassa une pierre et la lança dans la rue aussi loin qu'il le put.

— Qu'est-ce que cela signifie, Messire ?

Corbett s'immobilisa et regarda le moine qui s'éloignait.

— Je vous ai posé une question, mon maître !

— Je sais, Ranulf, mais ne va pas monter sur tes grands chevaux ! Nos assaillants nous ont probablement suivis toute la journée. Si vous étiez allés à Farringdon, ils vous y auraient tendu une embuscade. Et même si nous étions restés chez nous, ils auraient peut-être attaqué la maison.

— Qui a payé ces fripouilles ?

Corbett eut un sourire crispé.

— Maltote est en bonnes mains. Lady Maeve sait où nous sommes. Allons nous restaurer.

Il désigna une modeste taverne, *A la Table de l'Archer*, qui ouvrait tôt pour servir sa clientèle de bouchers et d'équarrisseurs des abattoirs des Shambles :

— Que dirais-tu de manger un morceau et de boire une chope de petite bière ?

— Alors que Maltote souffre mille morts ! s'indigna perfidement Ranulf.

— Je sais, répliqua Corbett d'une voix égale. Mais il nous faut réfléchir au message que nous a transmis le frère lai : de Craon s'apprête à lever le camp. Je le soupçonne fortement d'avoir commandité ces tueurs.

Avec un haussement d'épaules, Ranulf suivit le clerc dans l'estaminet, de l'autre côté de la rue. Ils étaient les premiers clients dans la salle silencieuse. Une souillon ensommeillée et un gâte-sauce au visage noirci leur apportèrent de la bière et des petits pâtés juste sortis du four. Corbett ordonna à Ranulf de cesser ses jérémiades, puis entreprit de faire honneur au repas en essayant de se remémorer en détail sa rencontre avec de Craon. Ranulf finit par se radoucir :

— Messire, qu'est-ce qui vous fait croire que de Craon est derrière ce guet-apens ?

— Ranulf, tu es entré dans la maison du Français à Gracechurch Street, ou, du moins, tu l'as vue, n'est-ce pas ? As-tu remarqué quelque chose de bizarre ?

— Elle était toute délabrée et sale. J'ai pensé que c'était là une étrange résidence pour l'envoyé du roi de France. Ce que je veux dire, Messire, c'est que la rue était encombrée d'immondices bien que les charrettes à détritus fussent vides.

Corbett s'étrangla à moitié sur son pâté.

— Mais c'est vrai ! chuchota-t-il.

Les images se succédèrent dans son esprit : la rencontre avec de Craon et de Nevers, le vieux jardinier dans le cimetière de l'abbaye de Westminster, la rue silencieuse, la charrette à ordures vide, apparemment abandonnée, Puddlicott à Paris, puis à Londres.

— Écoute, Ranulf, le temps presse ! Voici ce que tu vas faire : loue un cheval et galope ventre à terre jusqu'au Guildhall, comme si Maltote t'accompagnait. Cade y sera. Qu'il ordonne au capitaine du port d'arrêter tout chargement sur la Tamise. Ensuite, que les gardes de la ville se rassemblent au coin de Thames Street. Et cela en moins d'une heure !

Il s'empara de la chope de son serviteur.

— Pars immédiatement ! Nous ne pouvons peut-être pas faire grand-chose pour les yeux de Maltote, mais nous allons, je l'espère, capturer les pendards qui ont loué les services de nos assaillants !

Après le départ de Ranulf, Corbett resta à table, maudissant sa propre stupidité. Il avait démontré que le Trésor avait été dérobé, le mur percé durant les tout derniers jours. Puddlicott devait avoir creusé ce tunnel pendant des mois avec autant d'application et de régularité qu'un paysan désherbant son champ. Or il n'avait pas touché à l'essentiel de l'argenterie, trop encombrante, trop voyante pour être emportée et vendue immédiatement. Les voleurs avaient peut-être décidé de se partager le butin, Warfield prenant l'argenterie et Puddlicott les pièces d'or. Corbett se mordilla les lèvres et se leva lentement. Mais, se demanda-t-il, le même raisonnement ne s'appliquait-il pas aux sacs d'or ? Puddlicott pouvait les emporter, certes, mais s'il commençait à les écouler, il se ferait rapidement repérer ! Où un tel afflux soudain de pièces passerait-il inaperçu ? Mais c'était évident ! Corbett s'empara vivement de sa cape en grommelant et sortit de la taverne comme s'il avait le diable aux trousses.

CHAPITRE XII

Ses pas le menèrent dans Thames Street et il se réfugia dans l'une des nombreuses auberges de la rue pour y attendre le retour de Ranulf et de Cade. Il en profita pour recruter cinq marins qui fêtaient une pêche fructueuse. Il leur demanda de repérer, dans le dédale des quais et des docks, un bateau français sur le point d'appareiller avec la marée du matin. Une heure passa. Ils revinrent et lui apprirent qu'un cogghe français, le *Grâce à Dieu*, amarré au quai de Queenshithe, était en plein branle-bas. L'un des pêcheurs décrivit de Craon avec force détails et un autre affirma — au grand dam de Corbett — que le navire, étroitement gardé, était bien armé et pourvu d'un nombreux équipage.

— C'est un prétendu transport de vin, conclut le marinier, caustique. Mais vous connaissez les Français, Messire! C'est en fait un navire de charge transformé en navire de guerre.

Corbett laissa échapper un juron et paya ses informateurs. Si le cogghe larguait les amarres, il n'était pas question de l'affronter en combat naval sur la Tamise, ou, pire, dans la Manche où il pourrait semer ses poursuivants et se réfugier promptement à Dieppe ou Boulogne. Corbett sortit de l'auberge et arpenta nerveusement la rue. Il aurait dû normalement être en route pour Sheen, mais le roi attendrait ! Pourvu que ses hypothèses se confirment !

Ranulf revint enfin, accompagné de Cade, d'un shérif et d'une troupe d'archers et d'hommes d'armes qui envahirent la moindre venelle, plongeant dans la consternation les chalands matinaux, marins, négociants, colporteurs et marchands ambulants. Le shérif adjoint, conscient que son mensonge à propos de Judith n'avait pas encore été tout à fait pardonné, arborait une mine soucieuse et fatiguée.

— Des nouvelles de la Tour, Messire Cade ?

Celui-ci hocha la tête :

— Frère Richard a été relâché et Adam of Warfield ressasse son histoire. Mais à quoi rime ce charivari, Sir Hugh ?

— Ce charivari, rétorqua impatiemment Corbett, est notre réponse au crime de haute trahison !

Il se tourna vers Ranulf :

— Le capitaine du port a-t-il été averti ?

Ranulf acquiesça.

— Deux bâtiments de guerre ont été alertés, ajouta Cade. La Tamise a été bloquée en aval mais, avec la marée, un navire pourrait forcer le passage et foncer vers la haute mer. Je suppose que notre gibier est un bateau ?

— Oui ! Un cogghe français transformé en navire de guerre, le *Grâce à Dieu*. Il est amarré à Queenshithe. Je ne tolérerai aucune hésitation. N'ayez cure des protestations, du protocole et de la diplomatie. Je veux qu'on l'arraisonne, qu'on le fouille de la proue à la poupe et que l'on désarme l'équipage.

Cade blêmit :

— Sir Hugh, j'espère que vous savez ce que vous

faites ! Je présume que nous sommes à la recherche du Trésor volé, mais si vous vous trompez, la colère du roi va rejaillir sur nous tous !

— Et si j'ai raison, insista Corbett d'une voix rassurante, à nous le pays de cocagne !

Il précéda la petite troupe dans le passage étroit qui conduisait aux quais et jetées, donnant ses instructions à voix basse. Ils arrivèrent sur la rive. Corbett aperçut le *Grâce à Dieu*. Sa passerelle n'était pas encore levée, mais les marins grimpaient déjà dans le gréement pour larguer la voile.

— Allons-y ! cria Corbett.

Cade, Ranulf et lui menèrent la charge sur les pavés du quai. La passerelle fut prise d'assaut. Deux soldats, portant les armoiries du roi de France, essayèrent bien de leur barrer la route, mais ils furent vite bousculés par le flot des archers et des hommes d'armes anglais qui s'abattit sur le navire. Les marins, surpris dans les haubans, furent forcés de descendre et on désarma ceux capturés dans l'entrepont.

Quelques minutes suffirent pour que le cogghe fût aux mains des Anglais et que les Français fussent réduits au rôle de spectateurs. La petite cabine de la poupe s'ouvrit sur de Craon qui, suivi de De Nevers, traversa le pont en trombe pour rejoindre Corbett et Cade au pied du grand mât.

— C'est un scandale ! hurla-t-il. Nous sommes les envoyés accrédités du roi Philippe de France et ceci est un bâtiment français !

Il désigna la large bannière flottant à la poupe.

— Nous voguons sous la protection de la Maison du roi !

— Peu me chaut que vous voguiez sous la protection du roi de France ou celle du Saint-Père ! lui lança Corbett. Vous avez encore manigancé un de vos sales tours, de Craon! J'exige que vous restituiez l'or de notre souverain! Et sur l'heure!

Il vit une lueur d'amusement dans le regard du Français.

— Vous nous accusez de vol?
— Oui!
— Vous en répondrez!
— J'en répondrai, et de plus d'une façon, *monsieur*[1]!

Corbett se tourna vers Cade :
— Fouillez le navire!

Le shérif adjoint lança des ordres et, malgré les protestations de De Craon, les soldats anglais s'acquittèrent de leur tâche avec détermination ; certains mirent la cabine sens dessus dessous, mais en remontèrent bredouilles, la mine sombre. D'autres furent envoyés dans la soute. Corbett ne quittait pas de Craon des yeux : le Français, bras croisés, tapait impatiemment du pied sur le pont. Le clerc évitait délibérément de regarder de Nevers, mais indiquait discrètement à Ranulf où se poster. Les hommes d'armes remontèrent de la soute.

— Il n'y a rien en bas! déclarèrent-ils. Seulement des pièces de drap et des tonneaux de vivres.

Corbett maîtrisa sa panique : il sentait le désarroi gagner Cade et les autres officiers. Il était convaincu que l'or et l'argent se trouvaient à bord. Mais où?

— Messire!
— Silence, Ranulf!

Son serviteur lui agrippa le bras.

— Messire! Je connais bien ces quais : j'y venais souvent, autrefois. Ce bâtiment est prêt à appareiller,

---

1. En français dans le texte. *(N.d.T.)*

n'est-ce pas? Les gabiers larguaient la voile, et ils m'ont tout l'air de vouloir s'en aller rapidement.

— Et alors?

— L'ancre devrait être levée. Or elle ne l'est pas!

Corbett tourna le dos à de Craon.

— Qu'est-ce que tu racontes, Ranulf?

— Ils n'ont pas hissé l'ancre, mon maître!

Corbett s'adressa à Cade, un sourire aux lèvres :

— Que trois hommes s'assurent que l'ancre de ce bateau est en bon état! Qu'ils en vérifient la chaîne!

De Craon pâlit et sa mâchoire s'affaissa. De Nevers se dirigea vers le bastingage mais Corbett le saisit par le bras.

— Messire Puddlicott, ordonna-t-il d'une voix sifflante, veuillez rester où vous êtes!

— Puddlicott? s'étonna de Craon.

— Oui, *monsieur*! Un criminel anglais recherché par les shérifs de Londres et de divers comtés pour une liste de méfaits aussi longue que le bras!

De Nevers essaya de se dégager mais Corbett, d'un claquement de doigts, signifia à deux soldats de le tenir solidement. Pendant ce temps, Cade avait choisi ses plongeurs. Trois archers ôtèrent salades[1] et baudriers, se débarrassèrent de leurs bottes et se coulèrent comme des rats dans l'écume sale du fleuve. Ils disparurent sous l'eau, mais firent rapidement surface en criant victoire.

— Des sacs! beugla l'un d'eux en crachant et en s'ébrouant. De gros sacs de pièces sont attachés à la chaîne!

— Que l'on fasse venir une embarcation! ordonna Corbett. Que l'on récupère les sacs et qu'on les trans-

---

1. Salade : casque des gens de guerre au XIVe siècle. *(N.d.T.)*

porte dans des chariots, sous bonne garde, jusqu'au palais de Sheen!

Cade s'éloigna rapidement, criant ses instructions. Corbett regarda ses adversaires :

— *Monsieur* de Craon, je vais vous laisser pour l'heure et emmener Messire Puddlicott, car cet homme est bien Richard Puddlicott, et non Raoul de Nevers, n'est-ce pas? C'est un sujet de la Couronne anglaise qui doit loyauté à notre souverain et qui va, sans nul doute, payer ses horribles forfaits.

De Nevers vociféra à l'adresse de De Craon, mais le Français se contenta de hocher la tête et le prisonnier, blême, fut emmené sans ménagement.

— Nous ignorions tout de cela! se récria de Craon. Nous n'avons pas douté un seul instant de l'identité de De Nevers!

Corbett eut un sourire narquois devant l'énormité du mensonge et montra la chaîne d'ancrage :

— Et je suppose que vous auriez été tout surpris en trouvant des sacs solidement accrochés à votre chaîne, au moment de lever l'ancre et de mettre à la voile. Bien sûr, vous auriez considéré cela comme un trésor providentiel et l'auriez rapporté à votre maître, le roi de France : un beau pactole pour payer son armée de Flandre! Et puis, après un laps de temps convenable, vous auriez, à mots couverts, révélé votre stratagème et fait de notre roi Édouard la risée de toute l'Europe : un prince qui perd son or au profit de son ennemi qui s'en sert pour attaquer ses alliés! Allons, allons, *monsieur*, notre Chancellerie se chargera de porter plainte auprès de la vôtre. Vous protesterez de votre innocence, certes, mais cela n'empêche : vous êtes un benêt et un fieffé menteur!

Corbett, suivi de Ranulf, s'avança vers le bastingage

— Est-ce vous qui les avez commandités ? cria-t-il par-dessus son épaule.

Il fit volte-face et croisa le regard haineux du Français.

— Commandité qui ? demanda âprement de Craon.

— Les tueurs qui nous ont attaqués.

De Craon sourit et fit signe que non.

— Mais c'est ce que je finirai bien par faire !

Corbett et Ranulf dévalèrent la passerelle, au pied de laquelle les attendait le prisonnier, encadré par deux gardes et solidement enchaîné. Le clerc entendit les officiers anglais hurler à leurs hommes d'évacuer le navire tandis que le capitaine français, désireux de gagner le large au plus vite, lançait ses ordres sifflés.

— Où devons-nous emmener le prisonnier, Sir Hugh ? demanda un garde.

Corbett lui jeta un coup d'œil avant de dévisager Puddlicott.

— Newgate fera l'affaire, mais que deux hommes l'escortent et qu'il reste enchaîné !

Il s'approcha du larron et scruta son visage impénétrable.

— Puddlicott l'acteur ! murmura-t-il en touchant les cheveux blonds du maître escroc. Combien de fois les as-tu teints, hein ? En noir, en roux, en châtain ? Et ta barbe ? Tu l'as laissée pousser, avant de la raser et de la laisser pousser à nouveau pour arriver à tes fins, n'est-ce pas ?

Puddlicott lui opposa un regard imperturbable :

— Quelles preuves avez-vous, Messire Corbett ?

— Toutes celles qu'il me faut. Tu sais qu'Adam of Warfield a été arrêté ? Il te met toute l'affaire sur le dos. Oh ! je suis au courant de tes déguisements : la barbe, les différentes couleurs de cheveux, la coule et le capuchon, mais tout cela ne te sauvera pas de la corde de chanvre. Cela ne me procurera aucun plaisir, Puddlicott, mais le fait est là : tu vas être pendu.

Le calme et l'arrogance du voleur disparurent.

— Si tu passes aux aveux, reprit Corbett, et réponds à certaines questions, alors je pourrai peut-être faire quelque chose pour toi.

— Quoi, par exemple?

— Tu as commis un crime de haute trahison. Tu connais les nouvelles lois. Tu seras condamné à être pendu, puis dépendu encore vivant, éventré et écartelé.

Corbett broncha en lisant la peur dans les yeux de son interlocuteur.

— Eh bien, Messire, bredouilla ce dernier, nous pouvons peut-être bavarder.

Corbett parcourut le quai du regard. Il ne pouvait rien pour cet homme, si ce n'est adoucir sa captivité.

— Amenez le prisonnier! ordonna-t-il.

Il entra dans une modeste taverne, accompagné de Ranulf et suivi des deux soldats escortant Puddlicott. Il fit évacuer la salle.

— Lâchez-le, mais qu'il garde ses chaînes! Postez-vous en sentinelles à l'extérieur!

Les gardes, déçus — leur espoir d'un repas gratuit s'envolait! —, s'exécutèrent, en arrangeant les anneaux pour que le voleur pût bouger les pieds et se servir de ses mains. Corbett le poussa vers une table, dans un recoin.

— Installe-toi sur ce tabouret! Aubergiste, qu'as-tu de bon aujourd'hui?

— De la tourte au poisson.

— Le poisson est frais?

— Il nageait hier encore!

Corbett apprécia la repartie :

— Une large portion pour mon ami, ici, et du vin blanc !

Puddlicott esquissa un sourire et regarda l'aubergiste s'éloigner en hâte comme s'il allait servir, non pas un larron condamné à mort, mais un hôte d'importance. Ils attendirent son retour en silence. Puis Puddlicott dévora sa nourriture à belles dents et Corbett ne put s'empêcher d'admirer son sang-froid. A la fin, le prisonnier vida son gobelet et demanda une nouvelle rasade.

— Profitons-en ! dit-il avec un rictus avant de recouvrer son sérieux. Oui ! J'ai une faveur à vous demander, Messire !

— Je ne suis pas obligé de te l'accorder !

— J'ai un frère, enchaîna l'escroc. Il est simple d'esprit de naissance. Les frères de St Antoine s'occupent de lui. Donnez-moi votre parole qu'il sera toujours bien soigné. Une rente royale, et je vous raconte tout ce que je sais.

Il souleva son gobelet :

— Puisqu'il me faut mourir, j'aimerais que ce soit rapidement. Richard Puddlicott n'est pas venu dans ce bas monde pour être la risée de la populace londonienne.

— Je t'accorde ces deux faveurs. Bon, est-ce toi qui as dérobé l'or et l'argent ?

— Bien sûr ! Adam of Warfield et l'intendant Senche sont mes complices. William n'est qu'un ivrogne, mais Adam est une vipère sans scrupules ! J'espère qu'il se balancera au bout d'une corde à côté de moi !

— Certes !

— Bien ! Plus on est de fous, plus on rit !

Il sirota sa boisson.

— Il y a dix-huit mois, je me trouvai en France après un court séjour à Westminster où j'avais aidé William

Senche à... débarrasser le réfectoire d'une partie de l'argenterie de l'abbaye. Oh non, je ne suis pas un voleur, poursuivit-il avec une grimace, j'ai simplement du mal à discerner le tien du mien. J'essayai le même tour à Paris chez les frères minimes. Je fus arrêté et condamné à la pendaison. Je confiai à mon geôlier que je connaissais un moyen d'enrichir le roi de France aux dépens d'Édouard d'Angleterre.

Puddlicott fit la moue :

— Vous n'êtes pas né de la dernière pluie, Messire ! Vous savez qu'un homme acculé fait feu de tout bois pour s'en sortir. Je croyais que cela n'aurait pas de suite, mais la veille du jour prévu pour mon exécution, de Craon et le garde du Sceau privé, Guillaume de Nogaret, vinrent me voir dans mon cachot. Je leur révélai mon plan, et hop ! on me libéra.

— Tu aurais pu te rétracter, l'interrompit Ranulf. Et filer en douce.

— Pour aller où ? rétorqua Puddlicott. En Angleterre ? Comme un miséreux, un va-nu-pieds ? Non ! dit-il avec une mimique de dédain. De Craon menaça de me pourchasser si je ne tenais pas parole. De plus, j'avais des griefs personnels envers le roi Édouard. Oh, à propos, Sir Hugh ! De Craon vous déteste et a la ferme intention de régler ses comptes avec vous, tôt ou tard !

— Jusqu'ici, tu ne m'as rien appris que je ne sache déjà, lança sèchement Corbett.

— Bon, je suis revenu en Angleterre. Je me suis teint en brun et ai laissé pousser ma barbe. Puis j'ai organisé les festivités à l'abbaye.

— Pourquoi ?

— Adam of Warfield est plus lascif qu'un bouc. Il a un faible pour les prostituées et la bonne chère bien arrosée. L'intendant Senche peut être dévoyé pour un pichet de vin. Donc, je les ai soudoyés, tous les deux. Je leur ai dévoilé mon plan. Le cimetière fut déclaré, si l'on peut dire, inutilisable. J'y ai semé du chanvre pour ajouter aux mauvaises herbes : ça pousse vite et ça dissimulait mes activités.

— Tu creusais le tunnel la nuit ?

— Généralement, mais aussi pendant la journée. C'était un plan remarquable, Messire. Personne n'aime fréquenter les cimetières la nuit, ni même le jour d'ailleurs. J'ai pu ainsi progresser aussi vite que je l'ai voulu grâce à la protection de Warfield et de Senche.

Il haussa les épaules.

— Vous connaissez la suite. Ce qui m'intéressait, c'étaient les pièces d'or. Warfield prit l'argenterie, l'imbécile ! Moi, j'ai chargé et caché les sacs dans une vieille charrette à ordures. Vous l'aviez deviné, n'est-ce pas ?

— Oui. Ranulf et moi avions remarqué que la rue ne semblait pas avoir été balayée, malgré sa présence.

Puddlicott sourit :

— Quelle autre erreur ai-je commise ?

Corbett lui saisit les poignets et regarda ses paumes.

— Lorsque je t'ai serré la main chez de Craon, j'ai senti qu'il y avait anguille sous roche, mais ce n'est que plus tard que j'ai compris. Tu étais un jeune seigneur, ou plutôt c'était là le rôle que tu jouais. Or tes paumes étaient rugueuses et couvertes de cals, héritage d'une jeunesse dissipée autant que des heures passées à creuser dans le cimetière.

Corbett remplit le gobelet de son prisonnier.

— Et maintenant, les meurtres !

Puddlicott se rencogna sur son siège.

— Quels meurtres ?

— Ceux des prostituées, du père Benedict et de Lady

Somerville ! A notre avis, les filles ont été tuées à cause des orgies ; quant à Lady Somerville et au père Benedict, on a voulu les empêcher de parler.

Puddlicott rit à gorge déployée.

— Sir Hugh, je suis un voleur et une fripouille, certes. Si je pensais pouvoir vous tuer et m'en tirer, je le ferais. Mais des pauvres filles de joie, un prêtre âgé et une vieille dame aux cheveux gris ! Allons, allons !

Il but une gorgée et son regard se durcit.

— Un cachot confortable à Newgate, et je révèle un autre secret.

Ranulf ricana :

— Encore un peu, Messire, et il va marchander sa libération !

— J'accepte, trancha Corbett. Mais c'est tout. Alors ?

— J'ai vu quelque chose, la nuit de la mort du père Benedict. Je me reposais dans l'enceinte de l'abbaye après avoir creusé pendant des heures, lorsque soudain j'ai aperçu une haute silhouette qui s'avançait furtivement. Je l'ai suivie, intrigué. Elle s'est arrêtée près de la maison du chapelain et s'est penchée sur la serrure. Puis, discrète comme une ombre, elle s'est faufilée jusqu'à la fenêtre ouverte et a jeté quelque chose à l'intérieur. J'ai vu une flamme et j'ai deviné ce qui se passait. J'ai alors pris la fuite.

— Et tu ne sais rien de plus ?

— Non, sinon je vous en informerais.

— Alors je te dis adieu.

Corbett se leva et appela les gardes tandis que Puddlicott, la main crispée sur son gobelet, le vidait jusqu'à la dernière goutte.

Le clerc observa les soldats qui attachaient méticuleusement les chaînes du prisonnier à leurs propres poignets.

— Emmenez-le à Newgate ! leur ordonna-t-il. Il est l'hôte de la Couronne : qu'on lui donne le cachot le plus confortable et tout ce qu'il désire ! L'Échiquier réglera la dépense.

Sur ce, il tourna les talons et quitta la taverne, emportant avec lui l'adieu chaleureux de Puddlicott.

Édouard d'Angleterre, agenouillé sur le banc, près de la fenêtre, contemplait l'horizon au-delà des jardins de son palais de Sheen. Corbett et John de Warrenne, comte de Surrey, l'observaient avec défiance. Bien sûr, le roi avait été ravi. Les barons de l'Échiquier s'activaient déjà à décompter les pièces d'or et des clercs de haut rang avaient été dépêchés dans la salle du Trésor pour dresser un inventaire minutieux. L'argenterie royale avait fait l'objet de recherches sur les marchés londoniens et des troupes avaient été postées sur le domaine abbatial. Le monarque avait envoyé une lettre de vigoureuses protestations à son « cher frère », le roi de France, dans laquelle il déclarait *Monsieur* Amaury de Craon *persona non grata* et ajoutait que ce dernier s'exposerait aux rigueurs de la loi s'il remettait jamais les pieds en Angleterre. Corbett avait été récompensé : une croix celtique en or avec une chaînette d'argent pour Maeve, un gobelet d'argent rempli de pièces d'or pour la petite Aliénor. Le roi lui avait tapé sur l'épaule en l'appelant son clerc le plus loyal et fidèle. Mais Corbett se tenait sur ses gardes. Son souverain, en acteur consommé, passait aisément de la rage aux larmes, feignait la bonhomie, endossait le rôle de chef de guerre courageux ou de législateur implacable, ôtant ou mettant tous ces masques à sa guise. A présent, il arborait un calme olympien, mais Corbett percevait sa fureur devant ce qu'il considérait comme des actes de trahison, de sacrilège et de parjure.

— Je pourrais envoyer Cade au gibet! murmura-t-il par-dessus son épaule.

— Sire, c'est un homme jeune et de peu d'expérience! protesta Corbett. Il s'est, en fait, révélé d'un grand secours. C'est le seul officier municipal qui soit venu à mon aide. Une récompense renforcerait sa loyauté plus qu'un blâme.

Édouard sourit, en lui-même.

— D'accord! Je connaissais son père, un homme de petite noblesse, qui a commencé comme archer dans ma Maison. Cade était son treizième fils. Savez-vous que, même enfant, ce dernier ne cessait de soulever les robes des filles? Il lui faudra apprendre à la dure qu'un officier royal doit veiller à ses fréquentations et à ses amours.

— Et Judith, la prostituée?

— Elle aura sa récompense.

Corbett se balança d'un pied sur l'autre et lorgna Warrenne.

— Et Puddlicott et les autres?

— Ah!

Édouard se retourna et son air effraya Corbett.

— Ils seront pendus.

— Mais Warfield est un prêtre, un moine!

— Il a un cou, comme tout un chacun!

— L'Église soulèvera des objections!

— Non, je ne crois pas. Je soulignerai le fait que ces moines de Westminster sont coupables non seulement envers la règle monastique, mais encore envers moi, leur souverain! Seigneur, comme il est plaisant d'être roi, parfois! Il me tarde de reprocher à notre vénérable évêque de Cantorbéry et aux autres évêques le laxisme dont ils ont fait preuve dans l'exercice de leur devoir pastoral. Ils devraient veiller plus soigneusement sur leurs vignes et sur ceux qu'ils appellent benoîtement leurs ouailles.

— J'ai juré à Puddlicott, intervint Corbett, qu'il mourrait, certes, mais rapidement. Sans mutilation. Et puis, il y a son frère...

Le roi s'affala sur le banc.

— Je n'ai aucun grief contre les simples d'esprit. On prendra soin du garçon. Mais Puddlicott...

— J'ai donné ma parole, Sire !

Le roi grimaça.

— J'ai donné ma parole, répéta Corbett. Sachant que vous la respecteriez, Sire !

Le monarque eut un ample geste des mains.

— Accordé ! Accordé ! Puddlicott passera devant les juges de Westminster. Il aura un procès équitable, puis il ira au gibet.

Le roi se frotta les mains puis adressa un sourire mauvais à Warrenne :

— Sacré désordre, hein, Surrey ?

— Comme vous le dites, Sire !

Le comte regarda Corbett droit dans les yeux.

— Mais il reste cet assassin qui rôde dans les rues et qu'on n'a pas encore capturé. Vous en étiez chargé, Corbett !

— J'ai eu d'autres chats à fouetter ! rétorqua le clerc.

— Vous n'avez aucune idée de son identité ?

— Aucune. De vagues soupçons, c'est tout.

— Les Dames de sainte Marthe vous aident-elles ?

— Bien sûr !

Le roi eut un air entendu :

— Surtout Lady Neville ?

— Surtout Lady Neville !

— Et la vieille Lady de Lacey, mène-t-elle toujours son monde à la baguette ?

— J'ai plus souvent affaire à Lady Fitzwarren.

— Ah oui !

Le roi plissa les paupières.

— Je me souviens du jour où son mari est mort. Nous étions au pays de Galles, près de Conway, le jour de la fête de saint Martin, pape et martyr[1]. Un homme courageux, ce Fitzwarren.

Le roi se leva en tapant dans ses mains.

— De toute façon, Corbett, vous retournez à Londres.

Il tendit la main et le clerc l'effleura de ses lèvres.

— Je n'oublierai pas votre loyauté et votre dévouement, Hugh, promit-il à mi-voix.

Puis il referma la porte derrière Corbett et s'y appuya, écoutant décroître les pas de son clerc.

Warrenne esquissa un sourire moqueur.

— Tiendrez-vous parole, Sire ?

— A propos de quoi ?

— De Cade et de cette fille, Judith.

Le monarque haussa les épaules.

— Naturellement. Vous connaissez la devise d'Édouard d'Angleterre : « Foi jurée, foi tenue. »

— Et Puddlicott ?

— Je tiendrai parole également, répondit le souverain, sardonique. J'ai une tâche pour vous, Surrey. Vous allez rejoindre Corbett à Londres, saluer de ma part le shérif, faire publiquement l'éloge de Cade et régler les détails de l'exécution de Puddlicott. Veillez à ce que sa mort soit rapide !

— Et puis, Sire ?

---

1. Saint Martin : ce saint Martin, pape et martyr, né en Ombrie, mourut en 655. Il ne faut pas le confondre avec saint Martin, évêque de Tours (316-397), un des saints les plus vénérés d'Europe. *(N.d.T.)*

— Que ce scélérat soit écorché! jeta le roi d'une voix sifflante. Vous m'entendez bien, Warrenne? Je veux qu'il soit écorché comme un porc et que sa peau soit clouée à la porte de l'abbaye pour que tous sachent ce qu'il en coûte de voler Édouard d'Angleterre!

CHAPITRE XIII

Le clerc fut soulagé de voir que Lord Morgan n'était pas encore arrivé à Bread Street.

— Il a été retardé ! gémit Maeve. La situation au pays de Galles est telle qu'à son grand regret il n'a pas pu partir aussi tôt qu'il l'escomptait.

« Il est fin saoul, oui ! songea Corbett, et incapable de trouver le chemin du pont-levis ! »

Mais il ravala ses remarques peu charitables, car Maeve se faisait toujours du souci pour la santé et le bien-être du vieux scélérat.

Ranulf revint peu après de St Barthélemy et déclara que Maltote était hors de danger, bien que le père Thomas ne pût dire s'il allait recouvrer la vue ou non.

Corbett se retira dans son petit cabinet de travail et tria machinalement lettres, rapports, décrets et pétitions que la Chancellerie lui avait transmis. Son esprit vagabondait : il s'imaginait sur le domaine de l'abbaye, observant cette sombre silhouette qu'avait décrite Puddlicott de façon si vivante. Il la voyait se glisser furtivement jusqu'à la maison du père Benedict et, là, allumer cet incendie abominable.

Maeve entra, la petite Aliénor dans les bras. Taquin, Corbett leur prodigua mille câlineries jusqu'à ce qu'Anna vînt s'emparer du bébé en baragouinant gallois et en lui jetant des regards torves. L'enfant était tout énervée à présent, marmonna-t-elle. Maeve resta un peu avec son époux. Corbett lui révéla sa récente entrevue avec le roi et lui dit son amertume de ne pouvoir tendre un piège à l'assassin pour le capturer.

— Cela pourrait être n'importe qui ! Warfield ou l'un de ses compagnons !

Maeve lui saisit la main.

— Vous vous mettez martel en tête, Hugh ! Accompagnez-moi à la cuisine, je vais préparer le souper.

Il la suivit et l'aida tandis qu'elle bavardait de choses et d'autres pour le distraire. Il prenait toujours plaisir à la voir ainsi vaquer. Cuisinière hors pair, ordonnée et méticuleuse, elle servait des mets d'une fraîcheur et d'une saveur incomparables. Ce que Corbett appréciait d'autant plus qu'il devait souvent se contenter du pain rassis et de la viande peu fraîche des tavernes londoniennes et des cuisines royales.

Maeve détacha habilement le blanc d'un poulet rôti et, à l'aide d'un fin couteau, le coupa en dés qu'elle mit dans un bol en y mélangeant huile et herbes aromatiques. Tout à coup, elle sursauta : son mari venait de pousser une exclamation et, bouche bée, la regardait fixement.

— Hugh, s'écria-t-elle, que se passe-t-il ?

— Mais comment ne l'ai-je pas compris plus tôt ? murmura Corbett, comme en transe. Cela est évident, pourtant ! Par l'enfer !

Il reposa son couteau et s'avança vers le seuil comme un somnambule.

— Hugh ! l'appela-t-elle derechef.

Mais il hocha simplement la tête, la laissant décontenancée et exaspérée. Le souffle coupé par ses propres pensées, il resta un moment dans le couloir à contempler le plâtre blanc avant d'appuyer son front brûlant contre le mur à la fraîcheur si agréable.

— Non, chuchota-t-il, cela n'est pas possible !

Ranulf accourut.

— Vous sentez-vous bien, mon maître ?

— Oui, lui répondit distraitement Corbett. Je suis heureux que Maltote aille mieux.

Il tapota l'épaule de Ranulf au grand étonnement de ce dernier.

— Lady Maeve va peut-être avoir besoin d'aide.

Corbett se ressaisit et plissa les yeux.

— Qu'est-ce que je disais, Ranulf ?

Son serviteur ne répondit pas directement.

— Avez-vous bu, Messire ?

— Non, souffla Corbett avant de regagner son cabinet de travail à grands pas. Non, répéta-t-il, et je le regrette vivement !

Il prit son livre d'heures et consulta le calendrier des saints, puis il se mit à écrire fiévreusement et développa l'idée qui lui avait si opportunément traversé l'esprit dans la cuisine. Il s'efforça de réfuter sa propre théorie, mais quel que fût l'argument employé, la conclusion qu'il tirait était inéluctable. Il maudit son manque de logique.

— Si simple ! murmura-t-il en regardant par la fenêtre. Je sais qui a tué. Je peux prouver qu'il y a eu meurtre, mais le reste ?

Il alla précipitamment sur le seuil appeler Ranulf.

— Viens vite ! le pressa-t-il. Nous avons du pain sur la planche. Tu vas porter ce message à Lady Mary Neville.

Il revint à son écritoire et gribouilla quelques mots sur du parchemin qu'il roula habilement et scella.

— Donne-lui cela et observe sa réaction ! Puis va au Guildhall et...

Il entendit les pas de Maeve dans le couloir, aussi s'empressa-t-il de glisser ses instructions à l'oreille de son serviteur abasourdi.

— C'est de la folie, Messire !
— Fais ce que je te dis ! File, maintenant !
— De quoi s'agit-il, Hugh ?

Corbett enlaça son épouse et déposa un baiser sur son front.

— Je me suis conduit comme un benêt, Maeve, mais soyez patiente !

Il rentra dans la pièce, prit son baudrier, ses bottes et sa cape, puis, criant adieu à sa femme et à sa fille, il s'élança dans la rue noyée d'ombres. Il monta à bord d'une barque à Fish Quay et durant tout le trajet, emmitouflé dans sa cape, il resta sourd au bavardage du passeur pendant que l'esquif, poussé par la marée, l'emportait rapidement jusqu'aux King's Stairs de Westminster. Le domaine de l'abbaye et du palais grouillait de soldats, d'hommes d'armes et d'archers qui s'étaient construit des abris de fortune avec des branches coupées aux arbres voisins, tandis que les officiers avaient monté leurs tentes de toile grossière.

Corbett dut décliner son identité à plusieurs reprises, mais son mandat lui permit de passer les nombreux cordons de gardes entourant la place. Il arriva à la salle capitulaire. Un officier, responsable des clés à présent, lui ouvrit la porte.

— Prenez trois hommes et postez-vous en sentinelles ! lui ordonna Corbett. Mais laissez entrer tous les visiteurs !

L'officier obtempéra et Corbett s'avança dans la longue salle voûtée et vide. Le bruit de ses pas se répercutait étrangement dans le silence tendu. Malgré la chaleur de cette soirée d'été, il faisait froid dans la pièce plongée dans la pénombre. Corbett prit de l'amadou et alluma des torches aux murs et des bougies de cire vierge sur la table. Puis il s'installa sur la chaise de Lady de Lacey et attendit que le drame se noue.

Ce furent Ranulf et Cade qui entrèrent les premiers ; le shérif adjoint avait l'air épuisé et hagard.

— Sir Hugh ! De quoi s'agit-il ?

— Installez-vous, Cade ! Ranulf, t'es-tu occupé de ce que je t'avais demandé ?

— Oui, Messire.

Corbett tambourina sur la table.

— Alors laissons à nos invitées le temps d'arriver.

Une demi-heure s'était écoulée, Cade s'efforçant de parler de tout et de rien, lorsqu'on frappa soudain à l'huis.

— Entrez ! cria Corbett.

Lady Neville se faufila dans la pièce, le capuchon bien rabattu sur le front. Elle l'enleva en s'asseyant sur le siège que lui offrait Corbett, et sa nervosité, alors, n'échappa pas au clerc. Elle ne cessait de s'humecter les lèvres et de jeter des coups d'œil à droite et à gauche, comme si elle se sentait menacée d'un grand danger. Corbett remarqua, en outre, que sa peau avait perdu de son éclat.

— Vous avez demandé à me voir, Sir Hugh ?

— Oui, Lady Neville. Vous êtes bien allée à St Barthélemy, la nuit de la mort de Lady Somerville ?

— Mais oui, je vous l'ai déjà précisé !

— En effet. Qui savait que vous deviez vous y rendre ?

Corbett l'observa attentivement et entendit, en même temps, la porte s'ouvrir doucement.

— Je vous ai posé une question, Lady Neville. Qui était au courant? Le dirai-je à votre place?

Il leva les yeux et regarda la nouvelle arrivée, immobile sur le seuil.

— Et vous, Lady Fitzwarren, pouvez-vous répondre à ma question?

La haute silhouette anguleuse s'avança dignement vers lui. Sa mine sévère et irascible s'était durcie, ses yeux luisaient comme des bris d'ardoise dans son visage creusé. Corbett vit qu'elle avait enfoncé ses mains dans les manches de son habit et il ne retint pas Ranulf de dégainer son poignard.

— Messire Cade, un siège pour notre seconde invitée!

Lady Fitzwarren s'assit précautionneusement.

— Comme je le rappelais, continua Corbett, Lady Neville et sa compagne se rendirent à l'hôpital St Barthélemy le lundi 11 mai. Je croyais jusqu'ici que la mort de Lady Somerville n'était due qu'au hasard, mais je sais à présent qu'il n'en est rien et que mon erreur provenait du peu d'attention que j'accordais à certains détails. Seul un familier de Lady Somerville pouvait se douter qu'elle traverserait le pré communal de Smithfield sans vouloir d'escorte.

Corbett sourit aux deux femmes :

— Oh oui, elle connaissait son assassin! Quelqu'un fut témoin du crime, voyez-vous!

Il lut la peur dans les yeux de Lady Fitzwarren.

— Un gueux à moitié fou, tapi au pied du gibet, vit Lady Somerville s'arrêter et attendre que l'autre — l'assassin! — la rejoigne. Il l'entendit s'exclamer : « Oh, c'est vous! » J'avoue, enchaîna Corbett en s'appuyant sur la table, que j'ai cherché la difficulté. J'aurais dû écouter ce miséreux plus attentivement! Il parla du meurtrier comme d'un grand diable aux pieds fourchus. Je pris cela pour les élucubrations d'une imagination malade, mais, en fait, c'est vous qu'il décrivait, Lady Fitzwarren ! Vous êtes plus grande que bon nombre d'hommes. Et vous revêtiez coule et capuchon pour commettre vos horribles forfaits.

Lady Neville recula, épouvantée. Lady Fitzwarren pinça les lèvres.

— Vous divaguez, Messire !

— Pas du tout ! Passons à un autre assassinat, celui du père Benedict. Quelqu'un obstrua la serrure de la porte, puis jeta un pot rempli d'huile par la fenêtre ouverte avant de lancer de l'amadou enflammé. Allez voir les ruines de sa cabane. La fenêtre est placée assez haut, l'huile a été jetée par une personne d'une taille supérieure à la moyenne.

— On aurait pu monter sur une bûche ou une pierre, suggéra Lady Neville à voix basse.

— Bien sûr, mais ce ne fut pas le cas. Nous n'avons retrouvé ni bûche ni pierre sous les fenêtres, ni aucune marque de ce genre dans la terre.

— Vous n'avez pas encore fourni de preuves tangibles ! proféra Lady Fitzwarren sur un ton de défi.

— J'y viens. En examinant la pièce, je décelai des traces d'une huile de bonne qualité, claire et pure. Seules les personnes aisées achètent ce genre d'huile pour l'utiliser en cuisine. Je ne l'ai compris que ce soir en voyant mon épouse préparer le repas. L'assassin a choisi cette huile parce qu'elle ne répand aucune odeur et s'enflamme aisément, une fois versée sur une jonchée sèche.

— Il aurait pu se la procurer pour cette unique occasion ! contesta Lady Fitzwarren d'une voix tranchante.

Corbett prit son courage à deux mains : il lui fallait travestir un peu la vérité.

— Certes, mais un nommé Puddlicott est emprisonné à Newgate et condamné à mort pour avoir pillé le Trésor royal. Vous devez avoir eu vent de cette affaire, non ? Il se trouvait dans l'enceinte de l'abbaye la nuit où l'incendie a détruit la maison du père Benedict... et il vous a vue, Lady Fitzwarren, qui jetiez le pot d'huile par la fenêtre !

— Il ment, ce scélérat ! s'écria-t-elle d'une voix sifflante. Qui croirait à ces sornettes ?

— Le roi, pour commencer. Puddlicott n'a aucun grief contre vous. Il ne demande ni pardon ni report de peine, car il est hors de question qu'il obtienne l'un ou l'autre. Il vous a reconnue, Lady Fitzwarren.

La vieille dame perdit un peu de sa superbe. Corbett se pencha vers elle, priant *in petto* pour que son coup d'audace amène un aveu.

— Même si on ne tient pas compte du témoignage de Puddlicott, enchaîna-t-il posément, d'autres personnes vous ont aperçue. Vous souvenez-vous de Judith, la prostituée ? Si je ne me trompe, vous vous dissimuliez dans la large armoire de sa soupente, et lorsqu'elle a ouvert le meuble, vous l'avez blessée avec votre poignard. Vous n'avez pas eu le temps de la mutiler car elle s'est mise à hurler, mais elle a survécu, Lady Fitzwarren, et se trouve sous protection royale à présent. Messire Cade peut corroborer ce que j'avance.

Le shérif adjoint, bouche bée, le regard rivé sur Lady Fitzwarren, opina solennellement.

— Elle aussi vous a reconnue, insista Corbett. Elle a senti votre parfum et distingué les traits de votre visage. Je ne mens pas. La preuve qu'elle a survécu, c'est qu'à part elle et son agresseur personne n'était au courant de cet incident.

Lady Fitzwarren recula de quelques pas en maugréant des imprécations.

— Je pourrais continuer ainsi ! poursuivit Corbett. Agnès, la fille que vous avez tuée dans une église près de Greyfriars, vous a aperçue sortant de la maison de son amie. Elle a adressé un message à Lady de Lacey, ici, à Westminster, je crois, mais le gamin chargé de le porter l'a jeté dans le ruisseau. Vous avez compris que cette malheureuse pouvait s'avérer dangereuse : elle vous avait vue et vous l'aviez aperçue. Toujours est-il que vous avez rédigé une fausse lettre en imitant, sans doute, l'écriture de Lady de Lacey et, déguisée en moine, vous êtes allée glisser cette note sous sa porte. La pauvre fille est tombée dans le piège. Elle n'aurait jamais pensé que son assassin choisirait un lieu consacré pour lui ôter la vie. Ce fut l'une des rares à ne pas mourir le 13 du mois. Il fallait la réduire au silence le plus vite possible car elle vous avait vue vous éloigner du cadavre d'une de vos victimes. En ce qui concerne Lady Somerville...

— C'est impossible, interrompit Lady Neville. Pourquoi Lady Fitzwarren aurait-elle assassiné un membre de notre congrégation ainsi que le pauvre père Benedict ?

— Vous supposez un lien entre les deux, et vous avez raison ! Elle s'habillait en moine, voyez-vous, revêtant la cape, les sandales, la coule et le capuchon d'un bénédictin. Elle les prenait dans le vestiaire qui jouxte cette salle capitulaire. Je ne peux avancer que des hypothèses, mais je présume qu'un jour Lady Somerville, chargée de nettoyer les vêtements sacerdotaux, a trouvé des taches de sang et peut-être même des traces de parfum sur un habit. Elle a dû être intriguée, bien sûr, ce qui explique sa constante référence au proverbe : « L'habit ne fait pas le moine. » Elle ne faisait pas allusion à quelque faiblesse morale de certains frères, bien qu'elle eût pu en dire long à ce sujet, mais elle entendait ce dicton au sens littéral : quiconque porte coule et capuchon n'est pas forcément moine !

— Et le père Benedict ? demanda Cade, reprenant du poil de la bête.

— Oh ! Lady Somerville s'est confiée à lui, j'imagine. Peut-être lui a-t-elle fait part de ses soupçons : la personne qui massacrait les prostituées de Londres était l'une de ses propres sœurs de la congrégation de sainte Marthe.

Corbett jeta un coup d'œil à Lady Neville.

— Ce qu'elle apprit la bouleversa tellement qu'elle raconta ce qui se passait à Westminster sous forme de caricature. Les moines négligeaient leurs devoirs, certes, mais ils abritaient en leur sein un loup aux babines sanglantes. Cela explique aussi pourquoi elle désirait quitter la congrégation.

— Mais comment Lady Fitzwarren en est-elle venue à se méfier de Lady Somerville ? s'enquit Ranulf.

— Par pure supposition et logique. Seule la meurtrière pouvait comprendre l'énigme marmonnée par Lady Somerville, et elle s'est rendu compte, peut-être, qu'elle avait commis l'erreur de rendre un habit taché de sang, un habit bien particulier, puisque de grande taille. Elle aura guetté Lady Somerville et noté où elle se rendait. La vieille dame se refusait à se confier aux frères de l'abbaye, son histoire était trop incroyable pour qu'elle pût la narrer à un officier municipal et elle n'adressait plus la parole à son fils. Restait le père Benedict. Simple question de logique.

— Il a raison ! intervint Lady Neville, l'œil rivé sur sa compagne. Il a parfaitement raison.

Elle éleva la voix, toute vibrante de colère.

— Lady Somerville et le père Benedict étaient des amis très proches.

— Cela ne fait aucun doute ! renchérit Corbett.

— Les morceaux du puzzle s'assemblent, commenta Ranulf en allant se placer derrière celle que Corbett accablait. Lady Fitzwarren avait deux atouts : habillée en moine, elle pouvait aller où elle le voulait et, en tant que Dame de sainte Marthe, elle savait quelles filles étaient les plus vulnérables et elle connaissait leurs habitudes, leur genre de vie et l'endroit où elles habitaient. Sans compter le fait qu'une femme se méfie moins d'une autre femme.

Ranulf se pencha et saisit Lady Fitzwarren par les poignets. Elle se débattit, avec la fureur d'une harpie.

— Scélérat ! souffla-t-elle. Lâchez-moi !

Ranulf la força à retirer ses mains de ses manches et jeta un coup d'œil surpris à Corbett : elle n'avait pas d'armes.

Corbett scruta le visage ingrat et âgé où se lisaient haine et méchanceté. « Elle est folle », pensa-t-il. Comme tous les assassins, elle avait laissé un chancre lui dévorer et lui pourrir l'âme avant de lui empoisonner l'esprit. Elle le dévisageait comme une mégère malveillante prise la main dans le sac.

— Finalement, conclut Corbett, le mystère de la date m'a fasciné : pourquoi ces prostituées étaient-elles tuées le 13 du mois ? Vous ne connaissez que trop bien la réponse, n'est-ce pas ? Votre époux, Lady Fitzwarren, est mort le jour de la fête de saint Martin, pape et martyr, celui que nous célébrons le 13 avril...

— Mais, objecta Cade, ce ne fut pas le cas pour Hawisa, la dernière en date !

— Je sais. Mais Lady Fitzwarren voulait brouiller les cartes. Vous comprenez, Cade, seule une poignée de gens avait remarqué qu'il y avait un fil conducteur dans ces morts : Ranulf, vous et moi, ainsi que Lady Neville et Lady Fitzwarren.

Corbett fit une grimace amusée.

— J'avoue qu'à un moment je vous ai soupçonné, Cade. J'ai eu des doutes sur vous aussi, Lady Neville. Mais Puddlicott et le cul-de-jatte avaient mentionné la haute taille de l'assassin. Pourtant, c'est notre souverain lui-même qui me fournit, sans le vouloir, la date de la mort de Lord Fitzwarren. Vous avez tué cette dernière prostituée, Lady Fitzwarren, pour m'entraîner sur une fausse piste, n'est-ce pas ?

Corbett tambourina sur la table.

— Vous n'avez pas cessé, d'ailleurs, d'entretenir la confusion. Lorsque nous vous avons rendu visite à Ste Catherine-de-la-Tour, vous avez insinué que les moines de Westminster trempaient dans un scandale lié aux assassinats.

Les lèvres de Corbett se crispèrent.

— Je suppose que lorsque cette affaire sera tirée au clair, tous prétendront avoir su la vérité dès le début. En tout cas, vous, vous considériez ces rumeurs comme un excellent camouflage pour vos crimes !

Lady Fitzwarren lissa son habit, un sourire venimeux aux lèvres.

— Tout cela n'est qu'hypothèses. Vous n'avez aucune preuve tangible.

— Peut-être, mais ce sont des présomptions suffisantes pour que vous comparaissiez devant les juges royaux de Westminster. Et alors, Lady Fitzwarren, vous serez humiliée en public et à jamais en butte aux soupçons ! On vous méprisera comme la dernière des dernières !

Le sourire de la vieille dame s'effaça.

— Et que se passera-t-il après la condamnation ? Dieu seul le sait. Si votre innocence est reconnue, ou, plus probablement, si on ne peut prouver votre culpabilité, pourrez-vous jamais fouler à nouveau les rues de Londres pour autant? Et si on vous juge responsable de tous ces assassinats, on vous emmènera à la prison de la Fleet, on vous revêtira des guenilles écarlates réservées aux criminels, et vous serez brûlée vive à Smithfield devant toutes les putains qui se seront donné rendez-vous pour railler vos cris d'agonie.

Lady Fitzwarren baissa les yeux, mais les releva vivement sur Corbett.

— Y a-t-il d'autres choix? s'enquit-elle dans un murmure.

— Des aveux complets et la confiscation de tous vos biens. Le roi souhaite la plus grande discrétion dans cette affaire.

— Et ma personne?

— Vous prendrez le voile dans un couvent isolé et éloigné de tout, sans doute dans quelque coin perdu des marches galloises ou écossaises. Vous vivrez d'eau et de pain sec le restant de vos jours en faisant pénitence pour les crimes atroces que vous avez commis.

Son interlocutrice inclina la tête.

— Vous êtes un fin renard, Corbett, un fin renard, murmura-t-elle. J'aurais dû en finir avec vous, ajouta-t-elle doucement. Vous et votre visage dur, votre mine soucieuse et votre regard perçant!

— Vous avez bien essayé de le faire, hein? C'est vous qui avez commandité ces truands qui nous ont attaqués près de Walbrook.

Lady Fitzwarren se tortilla sur son siège et fit la moue comme si Corbett lui reprochait une broutille.

— Oui, vraiment, vous êtes un fin renard!

Elle s'installa plus confortablement, comme si elle allait raconter une belle histoire à des enfants.

— Voyez-vous, j'aimais profondément mon époux.

C'était un homme plein de noblesse. Nous n'avions pas d'enfants, aussi lui avais-je consacré ma vie.

Elle promena sur ses auditeurs un regard embué de larmes.

— Comprenez-vous ? Je ne respirais que pour lui, il était l'objet de mes moindres pensées, de mes moindres actions. Il est mort en combattant vaillamment pour le roi, au pays de Galles.

Elle se croisa les bras et, à mesure qu'elle revivait le passé, la tristesse envahissait son visage et en gommait le masque de haine.

— Oui, je l'aimais sans retenue et, d'une certaine façon, je l'aime encore malgré le tort terrible qu'il m'a fait.

Un éclair d'animosité brilla dans ses yeux et elle jeta à Corbett un regard courroucé.

— Je suis entrée dans la congrégation de sainte Marthe pour me consacrer aux œuvres de charité. J'avais sincèrement pitié de ces filles et n'aurais jamais imaginé qu'en les fréquentant je découvrirais des secrets effroyables. Un jour, je parlais à l'une d'entre elles, une jeune à la peau blanche et lisse comme marbre et aux yeux aussi bleus qu'un ciel d'été, un vrai ange de beauté et d'innocence...

Lady Fitzwarren serra les poings.

— ... jusqu'au moment où elle ouvrit la bouche. J'essayais de la raisonner, de lui expliquer le mal qu'elle se faisait à elle-même et aux autres. Je lui confiai à quel point ma vie avait été dure en tant qu'épouse d'un connétable du roi.

Lady Fitzwarren retroussa les lèvres en un rictus vindicatif :

— Cette vipère me fit répéter mon nom, et plus d'une fois encore, tout en riant à perdre haleine.

Lady Fitzwarren s'arrêta un moment et fixa la table.
— Et ensuite, Madame ? insista Corbett.
Les yeux qu'elle darda sur lui n'étaient plus que deux fentes de pure méchanceté et Corbett sentit qu'elle glissait dans la démence.
— Cette putain troussa ses jupes et s'exhiba devant moi ! « Regardez, Lady Fitzwarren ! criait-elle. Votre digne époux m'a caressée ici et là, m'a couverte de baisers et m'a possédée parce que vous, vous étiez incapable de lui donner du plaisir ! »
Lady Fitzwarren passa les mains sur son visage en chuchotant :
— Je n'arrivais pas à le croire. Mais elle me fit une description précise de mon époux : sa peau, la couleur de ses cheveux, sa démarche, son allure, et même ses jurons familiers. Selon cette garce, mon mari ne se contentait pas de ses faveurs, mais recherchait celles d'autres femmes de son acabit. Je ne trouvais aucun argument à lui opposer, car, lorsque nous venions à Londres, il s'absentait souvent pour telle ou telle mission — ou du moins, c'est ce qu'il prétendait !
Lady Fitzwarren eut un bref ricanement.
— Moi, l'épouse de celui qu'elles avaient si bien servi, je m'étais mise à leur service ! Cette dévergondée trouvait cela si drôle ! Elle était montée sur un tabouret et relevait ses jupes, faisant étalage de ses charmes répugnants. Il y avait un couteau sur la table. Je ne sais ce qui s'est passé. Je l'ai pris et l'en ai frappée. Elle a hurlé, je l'ai tirée en arrière par les cheveux et lui ai tranché la gorge.
Lady Fitzwarren croisa le regard de Corbett.
— Comment était-il tombé aussi bas ? s'étonna-t-elle d'une voix rauque. Comment en était-il venu à fréquenter ces créatures et à livrer mon nom en pâture à

ces filles des rues? Oh! je ne suis pas sotte, enchaînat-elle. Les paroles de cette misérable me dessillèrent les yeux. Je ne cessais de penser à la négligence dont mon mari avait fait preuve envers moi. Et cela fut comme une gangrène. Pourtant, la mort de cette prostituée avait agi comme une purge, purifiant mon sang et éclaircissant mes idées. Alors je frappai à nouveau. Et chaque fois, je me revêtais d'un habit pris dans le vestiaire de l'abbaye.

Elle eut un sourire moqueur.

— Ces moines trop bien nourris ne soupçonnèrent jamais rien. J'eus vent des orgies nocturnes et décidai de me servir de ces rumeurs. Je pensai également à mon cher époux et jurai que tous les mois, au jour anniversaire de sa mort, une prostituée perdrait la vie.

Elle porta à ses lèvres des mains aux jointures blanchies.

— J'avoue que j'y ai pris plaisir. Mon plan était méticuleusement calculé : je choisissais ma victime et organisais son meurtre dans les moindres détails.

De ses doigts glacés, elle toucha la main du clerc.

— Et vous, mon garçon, qui êtes si fin renard, avez parfaitement raison. De temps à autre, les choses tournaient mal. La fille Agnès m'aperçut. La sotte! Elle croyait bien se cacher dans l'ombre, mais je vis briller ses bijoux de pacotille et son visage d'idiote qui m'épiait.

Lady Fitzwarren se frotta les joues.

— Sa mort ne présenta aucune difficulté, contrairement à celle de Lady Somerville. En général, je vérifiais l'état de l'habit et le nettoyais moi-même, mais un jour, je commis une erreur. Vous comprenez, n'est-ce pas, Corbett? Le sang se voit si peu sur le noir! Et puis, bien sûr, mon parfum. Bref, je surpris Lady Somerville examinant l'habit : elle me regarda et je me contentai de lui sourire.

— Et le père Benedict ?

— Je savais que Lady Somerville irait le voir, s'exclama-t-elle en crachant presque les mots. Car elle se serait vite fait remettre à sa place par Lady de Lacey.

Une ombre amusée passa sur son visage.

— Les événements se précipitèrent. Lady Somerville nourrissait quelques soupçons et s'en était ouverte au père Benedict. Il lui faudrait un certain temps pour le convaincre et j'avais déjà choisi Isabeau comme prochaine victime.

Son regard se perdit dans le vague, elle semblait se parler à elle-même.

— Lady Somerville devait disparaître ainsi que le père Benedict avant qu'il ne rassemble ses esprits et ne comprenne ce qui se passait. Le lendemain soir, je rendis visite à Isabeau. Je ne m'attendais pas à l'arrivée d'Agnès. Le reste...

Elle haussa les épaules et mit sa main dans son habit comme pour se gratter.

— C'est bon, murmura-t-elle en se levant

Mais brusquement elle brandit le poing. Corbett n'eut que le temps d'apercevoir l'éclair d'une fine dague d'acier. Dans sa précipitation, cependant, Lady Fitzwarren se montra maladroite : au lieu de le frapper d'estoc, directement, elle voulut lui lacérer le visage. Cade bondit et Lady Neville hurla, mais Corbett eut tôt fait d'agripper le poignet de la meurtrière et de le serrer jusqu'à ce que celle-ci, grimaçant de douleur, lâchât son arme. Ranulf s'élança et lui mit sans ménagement les bras derrière le dos. Puis il lui attacha habilement les pouces avec une cordelette qu'il tira de son aumônière. Lady Fitzwarren s'immobilisa, un sourire suffisant aux lèvres.

— Vous êtes vraiment un fin renard, mon garçon ! souffla-t-elle. J'ai payé ces vauriens rubis sur l'ongle, mais ils s'y sont pris comme des empotés ! Ah, les hommes, quels maladroits !

Elle céda soudain à une crise de fou rire. Ranulf la gifla.

— Scélérat ! hurla-t-elle.

Ranulf lui saisit l'épaule et lui susurra quelque chose à l'oreille. La vieille dame recula, livide de terreur.

— Vous ne feriez pas cela ! protesta-t-elle d'une voix sifflante.

— Oh que si ! rétorqua tranquillement Ranulf.

Corbett, observant cette scène étrange, se gardait d'intervenir.

Ranulf murmura derechef à l'oreille de Lady Fitzwarren.

— Dans une taverne à l'enseigne du *Coupe-Jarret* à Southwark, répondit-elle. Wormwood, un ancien bourreau.

Ranulf s'éloigna, satisfait. Corbett appela Cade d'un claquement de doigts.

— Enfermez-la à la tour Blanche. Qu'elle y reste jusqu'à ce que le roi ait décidé de son sort.

Il désigna Lady Neville, pétrifiée sur sa chaise, le visage blême, les yeux écarquillés, la bouche entrouverte.

— Ranulf, raccompagne-la !

Il se rassit pendant que Cade emmenait Lady Fitzwarren, passive à présent. Quant à Ranulf, il aida doucement Lady Neville à se lever, puis, sans un regard en arrière, il quitta la salle capitulaire, un bras protecteur passé autour des épaules de la jeune femme. Corbett vit la porte se refermer derrière eux et se carra sur son siège, les bras croisés sur la poitrine. Les yeux perdus dans le vague, il murmura : « C'est fini ! » L'était-ce vraiment ? Comme à la guerre, il restait les blessures et les victimes. Il rédigerait son rapport, y apposerait son sceau privé et passerait à d'autres affaires. Mais qu'adviendrait-il de Cade et de sa maîtresse Judith ? De Puddlicott et de son frère ? Du jeune Maltote ? Des moines de Westminster ? Des Dames de sainte Marthe ? Tous avaient souffert, d'une manière ou d'une autre. Il se leva péniblement en soupirant et se demanda ce que Ranulf avait bien pu chuchoter à l'oreille de Lady Fitzwarren.

« Il change », se dit-il. La présence de Lady Neville ne faisait que souligner cette transformation : Ranulf montrait plus de prudence, plus de détermination dans son désir de prouver sa valeur, sans compter l'ambition qui lui dévorait le cœur et qu'avait perçue Corbett. « Voilà qui donne à réfléchir ! » Corbett eut un petit sourire en resserrant son baudrier. « Si Ranulf veut plus de pouvoir, il va devoir accepter les responsabilités qui vont avec. » Le sourire du clerc s'élargit : à Ranulf, venait-il de décider, incomberait la responsabilité d'informer la redoutable Lady de Lacey de ce qui était arrivé dans sa congrégation.

Le clerc contempla la salle qu'envahissait l'obscurité. Tant de secrets y avaient été dévoilés qu'elle semblait encore vibrer des passions qui s'y étaient déchaînées. Il se rappela la remarque empreinte de sarcasme de Lady Fitzwarren : « Vous êtes un fin renard, mon garçon ! » Il se dit amèrement : « Non, pas si fin que cela ! » Cet esprit de logique dont il avait toujours tiré fierté l'avait en fait empêché d'y voir clair ! Il avait cru que tout était lié : Warfield, Puddlicott, de Craon, le tueur et les victimes des assassinats. Il aurait dû se rappeler que l'ensemble des parties ne constituait pas forcément un tout et que le hasard, le sort et les coïncidences défient la logique. Les seuls points communs étaient l'abbaye et le palais de Westminster, pratiquement déserts. Il tapota distraitement la table en chuchotant : « Le roi se doit de revenir et de remettre de l'ordre dans sa Maison et son Église. »

Il sortit de la salle capitulaire, traversa le domaine de l'abbaye et loua les services d'un passeur pour descendre la Tamise. Il pensait encore à Ranulf lorsqu'il poussa la porte de sa demeure et entendit le tohu-bohu de la salle haute : cris et piétinements se mêlaient aux hurlements de sa petite Aliénor et surtout aux chants gallois sauvages et beaux. Il s'appuya contre le mur et se couvrit le visage.

— Je suis au comble du bonheur ! gémit-il.

On ouvrit violemment la porte en haut de l'escalier. Corbett se força à sourire. Maeve, au bras d'une haute silhouette bedonnante à la longue chevelure, lui lança :

— Hugh ! Hugh ! Vous allez être fou de joie ! L'oncle Morgan vient d'arriver !

Ranulf prit congé de Lady Neville à l'angle de sa rue, dans le quartier de Farringdon. Il effleura de ses lèvres les doigts parfumés de la belle veuve et accepta, d'un signe de tête imperceptible, ses remerciements. Puis il la regarda gagner le pas de sa porte. Elle s'immobilisa, la main sur la gâche, et jeta un coup d'œil en arrière : pouces passés dans son baudrier et bien campé sur ses jambes, Ranulf n'avait pas bougé. Elle enleva son capuchon, libéra ses cheveux et lui envoya sur sa paume le plus doux des baisers. Un sourire aux lèvres, Ranulf attendit qu'elle fût entrée, réprimant à grand-peine la joie tumultueuse qui lui donnait envie de crier et de verser des larmes d'allégresse.

Mais il avait d'autres chats à fouetter. Il revint au centre de Londres et se rendit chez un marchand de flèches près de West Cheap avant de se hâter vers Thames Street et les bateaux des passeurs à Queenshithe. Il aurait bien aimé s'arrêter à Bread Street ou aller voir Maltote à St Barthélemy, mais il voulait à tout prix mener à bien la mission qu'il s'était choisie. Si son maître en avait eu vent ou même s'il s'en était douté, il aurait mis tout en œuvre pour la faire échouer. Ranulf rabattit son capuchon et s'emmitoufla dans sa cape avant de se hisser à bord d'une embarcation à deux rames. Dissimulant son visage, il ordonna sèchement au marinier de le transporter à Southwark, juste en aval du pont de Londres. Et tandis que le passeur affrontait vigoureusement les petites vagues courtes de la Tamise, Ranulf réfléchissait à son plan, la main crispée sur le pommeau de son épée. Il espérait seulement que cette vieille sorcière de Lady Fitzwarren ne lui avait pas menti. Il l'avait menacée de divulguer ses secrets aux prostituées de Londres si elle ne lui fournissait pas les renseignements voulus. Cela avait été le plus facile — la suite serait une autre paire de manches. Southwark, la nuit, était considéré comme l'antichambre de l'enfer et la taverne du *Coupe-Jarrets* avait une réputation à faire pâlir le diable lui-même.

Intrigué par le silence de son passager, le marinier crut qu'il allait passer la nuit dans l'un des lupanars qui faisaient la notoriété de Southwark. Il refusa donc de le laisser débarquer avant de lui apprendre par de grands discours comment en avoir pour son argent à l'auberge de *La Cloche d'or*, là où, pour un penny, les catins se donnaient comme des chiennes en chaleur et où, pour deux pence, elles comblaient tous les désirs d'un honnête homme. Repensant aux pauvres corps mutilés,

Ranulf esquissa un semblant de sourire, et, une fois sur la rive, se dirigea vers le dédale de ruelles qui partaient de la Tamise. Aucune torche n'éclairait les masures et les cabanes qui se blottissaient les unes contre les autres. Il eut l'impression de tâtonner dans un labyrinthe obscur. Pourtant, il savait que Southwark se réveillait la nuit : tueurs, coupe-bourses, souteneurs, vagabonds et autres gibiers de potence rôdaient en quête de victimes parmi les faibles et les désarmés. Les venelles étaient encombrées de toutes sortes d'immondices qui puaient comme les déchets pourris d'un abattoir. Il s'avança dans les ténèbres ; des silhouettes surgirent des porches étroits, mais retournèrent vite se terrer dans leurs trous à la vue de son épée et de son poignard.

Il finit par dénicher *Le Coupe-Jarrets*, un bouge infâme d'où s'échappait, par les fenêtres réduites à de simples fentes, un vacarme de tous les diables. Il poussa la porte branlante. L'atmosphère de la salle mal éclairée était fétide. Lorsqu'il s'avança dans la pénombre, le bruit s'éteignit. Il écarta les pans de sa cape, l'assistance prit bonne note de son épée et de son poignard, et les conversations reprirent. Un gâte-sauce à la face replète sous des cheveux graisseux accourut en lui faisant mille courbettes, comme s'il était le roi en personne. La qualité de la cape et la forme élégante des bottes en cuir de Cordoue n'échappèrent pas à son regard cupide.

— De la bière ? Du vin, Messire ? demanda-t-il d'une voix geignarde. Une fille ? Deux, peut-être ?

Ranulf lui fit signe d'approcher et l'empoigna par son surcot constellé de taches.

— Celui que je veux voir, c'est Wormwood ! marmonna-t-il. Et ne me mens pas, gros lard ! Ses compagnons et lui se trouvent ici. On peut louer leurs services, non ?

Le garçon d'auberge s'humecta nerveusement les lèvres, lorgnant à droite et à gauche comme un rat pris au piège.

— Ne vous retournez pas! dit-il entre ses dents. Ils sont dans le coin là-bas. Que voulez-vous, Messire? Jouer à un jeu de hasard?

Ranulf le lâcha.

— C'est cela... à un jeu de hasard.

Il l'écarta d'une bourrade et s'approcha d'une table où quatre hommes faisaient rouler des dés fendillés d'un cornet crasseux. Au début, ils firent mine de ne pas le voir, mais bientôt le borgne, assis au coin, leva la tête. Sa bouche tordue et une estafilade sous son œil valide accentuaient la méchanceté de son étroit visage maigre. Ses cheveux sales, partagés par une raie, tombaient en mèches folles sur ses épaules.

— Que voulez-vous, jeune seigneur?
— C'est toi, Wormwood?
— Oui, et vous, qui êtes-vous?
— Tu m'as été recommandé.
— Pour quoi faire?

Le truand, imité par ses trois compères, mit ses mains sous la table. Ranulf se fendit d'un grand sourire. Ils avaient vraiment l'air de ce qu'ils étaient : des tueurs à gages, des bandits, des pendards qui n'auraient pas hésité à égorger un bébé pour une piécette. Leurs yeux brillaient de méchanceté dans leurs visages chafouins et mal rasés. Ranulf remarqua que l'un d'eux était blessé à l'épaule : il avait trouvé ceux qu'il cherchait.

— J'ai du travail pour vous ! leur déclara-t-il. Mais auparavant, j'aimerais jouer une partie de mon or

Les mains de Wormwood — et celles de ses compagnons — réapparurent sur la table. Ranulf vit les chiffons autour de leurs doigts et les traces de chaux. Les sicaires avaient chacun leur spécialité : le lacet, l'arbalète... Ces joyeux larrons, eux, se servaient de chaux pour aveugler leurs victimes avant d'attaquer avec poignard et épée. Wormwood étala ses mains entourées de guenilles.

— Ainsi, Messire, avant de nous engager, vous voulez jouer aux dés.

Il adressa une grimace de connivence à ses compères.

— Dame Fortune, mes chers compagnons, nous sourit ce soir. Tavernier ! brailla-t-il, apporte un tabouret, un pichet du meilleur vin et cinq verres ! C'est notre ami, ici, qui régale !

L'aubergiste s'exécuta avec empressement, mais le visage fermé comme s'il se doutait de la suite des événements. Wormwood secoua le cornet.

— Allez, Messire, à vous l'honneur !

Ranulf l'imita et jeta les dés : ce fut un dix. Puis il passa le cornet à l'homme assis à sa gauche. Ils jouèrent à tour de rôle en lançant force imprécations et en avalant bruyamment leurs rasades de vin. Mais ils firent moins que Ranulf. On procéda à un second tour de table.

— Au meilleur des trois manches ! décréta Wormwood avec irritation. Mais au cas où vous perdriez, Messire, voyons d'abord la couleur de votre or !

Ranulf glissa une pièce sur la table et ils la fixèrent avec avidité. Ranulf prit le cornet.

— C'est drôle ! s'exclama Wormwood.

— Quoi ? demanda Ranulf avec le sourire.

— Vous nous avez montré votre or, certes, mais... quel est l'enjeu de la partie ?

Ranulf reposa le cornet.

— Oh, ne vous l'ai-je pas dit? précisa-t-il d'une voix doucereuse. L'enjeu de cette partie... c'est vos vies!

Les mains de Wormwood disparurent sous la table, mais, avant que les autres ne se ressaisissent, Ranulf avait bondi sur ses pieds en renversant son siège. Il leva la petite arbalète dissimulée sous sa cape et un carreau barbelé alla se ficher dans la poitrine de Wormwood avant que ce dernier n'ait eu le temps de saisir son poignard. Ses compères se montrèrent trop lents ou trop éméchés. L'un d'eux s'élança sur Ranulf et vint s'embrocher sur son poignard. Il recula en hurlant, les poings crispés sur la plaie sanglante qui lui trouait le ventre. Les deux autres n'eurent pas plus de chance. Souple comme un chat, Ranulf repoussa la table du pied, coinçant l'un des malandrins contre le mur. Puis il fit quelques pas en arrière en dégainant son épée au moment où le quatrième larron se jetait maladroitement sur lui en marmonnant des jurons d'ivrogne et en brandissant son poignard. Ranulf esquissa une feinte, l'homme le frôla en vacillant et s'écroula à terre, hurlant de douleur lorsque Ranulf lui plongea son épée au creux des reins. Le sicaire coincé entre table et mur essayait toujours de se dégager. Ranulf prit un petit sac attaché à la ceinture d'un de ses adversaires à terre. Il l'ouvrit, versa de la chaux sur sa paume et la jeta au visage de l'homme assis. Celui-ci sursauta violemment en criant de douleur et en tapant du pied. Ranulf se retourna et fit face aux buveurs à présent silencieux.

— Justice est faite! déclara-t-il d'une voix de stentor. Quelqu'un veut-il me chercher noise?

Seul le silence lui répondit. Il retira son poignard du cadavre et battit prudemment en retraite vers la porte.

On n'entendait que le raclement des tabourets sur le sol et les gémissements du survivant réclamant de l'eau entre deux malédictions à voix basse. Ranulf se glissa dans les ténèbres et parcourut en hâte les ruelles obscures qui menaient à la Tamise. Là, il nettoya ses armes, les rengaina et longea le quai à la recherche d'une embarcation. Il en trouva une, paya le passeur et monta péniblement dans l'esquif. Lorsqu'ils gagnèrent le mitan du fleuve au fort courant, il contempla la berge. Il n'éprouvait aucun remords. Ces hommes n'avaient eu d'autre raison de s'en prendre à lui que leur recrutement par cette vieille sorcière de Lady Fitzwarren. Ils avaient tenté de les tuer, lui et son maître, et brûlé les yeux de ce pauvre Maltote. Dieu seul savait la gravité du mal ! Il s'appuya à l'arrière de l'embarcation. Le moment venu, il raconterait ses exploits à Corbett. Il pensa à Lady Neville et esquissa un sourire. Peut-être était-il temps qu'il fît d'autres révélations à son « maître à la longue figure » ! Un goéland cria au-dessus de lui, mais il sursauta à peine. Il se rappela ses paroles de défi : lui, Ranulf-atte-Newgate, valait bien un autre homme ! Un jour, il mettrait genou à terre devant le roi qui l'anoblirait et le nommerait à un poste important. Il demanderait alors la main de Lady Neville. Et Corbett ne pourrait pas s'y opposer ! Ranulf ferma les yeux et s'abandonna à ses rêves de gloire.

Lorsqu'ils atteignirent les marches de Fish Wharf, il était si perdu dans ses pensées que le passeur dut lui donner une bourrade en élevant la voix. Ranulf lui lança machinalement quelques pièces et se retrouva sur le quai. Il se souvenait de la conversation de Corbett et de Puddlicott. L'escroc, à présent enfermé dans un cachot de la Fleet, n'avait pas élucidé certain petit mystère qu'avait négligé le clerc, mais qu'il avait noté, lui, Ranulf. Il se remémora ses ambitions : n'était-il pas temps de faire les premiers pas pour les réaliser ? Ou devrait-il se contenter de rentrer à Bread Street ? Il parcourut du regard la ruelle qui débouchait sur Thames Street. Un rat à la queue mouillée bondit par-dessus sa botte. Irrité, il donna un coup de pied dans le vide, mais y vit un présage. Il commençait à en avoir plus qu'assez de courir la nuit pour accomplir les quatre volontés de son maître. Oui, décida-t-il, il était temps que Ranulf-atte-Newgate prît son destin en main. Alors qu'il remontait la ruelle à grands pas, deux silhouettes sombres surgirent de sous un porche. Ranulf écarta sa cape et brandit son épée.

— Allez au diable ! cria-t-il.

Les ombres disparurent et Ranulf poursuivit énergiquement son chemin dans le dédale des ruelles jusqu'à Carter Lane, puis il traversa Bowyers Row pour remonter Old Deans Lane qui longeait la masse noire de St Paul. Poussé par la curiosité, il escalada précautionneusement le mur du vieux cimetière entourant la cathédrale. Comme à l'accoutumée, l'endroit fourmillait d'activité : on se pressait autour des feux de camp et l'odeur de nourriture frappa ses narines. On s'agglutinait devant les étals chancelants des vendeurs de colifichets qui continuaient, même la nuit, à proposer leur pacotille. St Paul était lieu d'asile, mais offrait également l'hospitalité aux criminels de tout poil qui échappaient ainsi à la justice des officiers municipaux ou royaux. Ranulf contempla rêveusement la scène. Si son maître ne l'avait pas arraché à la prison de Newgate[1], c'est là qu'il aurait fini, et bien content encore ! Plus

---

1. Voir *Satan à St Mary-le-Bow*, coll. 10/18, n° 2776.

déterminé que jamais, il sauta à bas du mur, se nettoya les mains et se dirigea vers la porte de Newgate. Un garde ensommeillé le laissa franchir la poterne, moyennant quelque menue monnaie, et il traversa le pré communal de Smithfield en direction de St Barthélemy. Il s'arrêta près du gibet sans se soucier outre mesure des pendus qui y pourrissaient.

— Es-tu là, Ragwort? appela-t-il à voix basse.

— Le vieux Ragwort n'est ni là ni ici! répondit le cul-de-jatte fou, une note de colère dans la voix.

Avec un sourire, Ranulf lança un penny au pied de la potence. Puis il gagna l'hôpital où il tambourina à la porte. Quelques minutes après, un frère convers le fit entrer et il dut patienter dans un couloir balayé par les courants d'air, redoutant ce qu'il allait apprendre.

— Ranulf! Ranulf!

Le père Thomas se hâtait vers lui.

— Tu viens prendre des nouvelles de Maltote, **bien sûr**?

— Je passais par là, mon père. Je ne veux pas vous déranger.

— C'est sans importance, Ranulf. C'est la nuit que je travaille le mieux.

— Eh bien? demanda Ranulf d'un ton pressant. Est-il aveugle?

Le moine le prit délicatement par le bras et le mena à un banc.

— Il est hors de danger! le rassura-t-il en s'asseyant près de lui. Il souffrira des yeux pendant un certain temps et sentira des picotements, mais l'eau a dilué la chaux très vite. Sa joue sera légèrement marquée mais il est jeune et cela guérira rapidement.

Ranulf lui jeta un regard anxieux :

— Alors, qu'est-ce qui vous tracasse, mon père?

— C'est son esprit qui m'inquiète.
— Que voulez-vous dire ?
— Cette attaque, apparemment, a fait naître en lui une sainte horreur de la violence et en particulier des armes.

Ranulf se mordit la lèvre.

— Comment cela ?
— Eh bien, nous lui avons donné un couteau pour découper sa viande et il s'est entaillé les doigts.

Ranulf rit à gorge déployée, ivre de soulagement. Il tapota gentiment la main du moine apothicaire abasourdi devant la réaction du jeune homme.

— Je suis désolé, mon père. Veuillez me pardonner ! Vous ne saviez pas ?

Le père Thomas fit signe que non.

— Ne confiez jamais un objet tranchant à Maltote, fût-ce un couteau ou une bêche. Il se blesserait ou blesserait autrui. Cela dit, mon père, je vous suis profondément reconnaissant de tout ce que vous avez fait pour lui.

— Ne veux-tu pas le voir ?
— Il dort ?
— Oui.
— Alors ne le réveillez pas ! J'ai des affaires qui m'attendent.

Il quitta l'hôpital et traversa à nouveau le pré communal à grandes enjambées. Puis, se bouchant le nez pour ne pas respirer les relents pestilentiels provenant du grand fossé d'enceinte, il suivit la ruelle tortueuse et pavée qui menait à la prison de la Fleet. Sans être d'un naturel accommodant, le portier se laissa amadouer par quelques espèces sonnantes et Ranulf put entrer dans la sinistre salle des gardes, envahie d'odeurs nauséabondes. Le geôlier — un colosse à la face avinée sous des cheveux hérissés et crasseux — s'avança vers lui.

— Qui voulez-vous voir ? demanda-t-il en se frottant les mains sur son justaucorps de cuir sale.

— J'ai deux mots à dire à Puddlicott.

Les lèvres épaisses du geôlier s'entrouvrirent sur un rictus.

— Ah ! Celui qui a pillé le Trésor royal ! Nous avons reçu des ordres pour que personne ne l'approche.

— Qui vous a donné ces ordres ?

— Sir Hugh Corbett, garde du Sceau privé.

Ranulf fouilla dans son escarcelle et en tira un mandat portant le sceau de Corbett.

— C'est mon maître qui m'envoie. Fais ce que je te dis !

Son interlocuteur ne savait pas lire, bien sûr, mais il fut dûment impressionné par le sceau et surtout par la pièce d'argent que Ranulf plaça sur le mandat.

— Veuillez me suivre ! Le prisonnier est comme un coq en pâte, dans un cachot confortable, à l'écart des autres pendards.

Le geôlier précéda Ranulf dans une vaste pièce où des condamnés, avachis par terre, étaient enchaînés au mur. La longueur de leurs entraves leur permettait de se lever et de se déplacer un peu, mais pour l'heure, blottis sous des couvertures élimées, ils gémissaient et grommelaient dans leur sommeil. Ranulf jeta un coup d'œil dégoûté sur la longue table commune couverte de crasse, où des souris, indifférentes à leur présence, grignotaient reliefs de nourriture et restes de graisse. Quelques prisonniers se réveillèrent et s'approchèrent d'eux, la démarche hésitante. Les guenilles puantes que portaient ces hommes et ces femmes laissaient entrevoir des plaies purulentes et des ecchymoses. Un garde gueula et ils reculèrent peureusement.

Après avoir quitté cette salle, Ranulf et le geôlier traversèrent un couloir dallé en passant près des fenêtres grillagées où des condamnés à mort secouaient des sébiles entre les barreaux, pleuraient ou agonisaient tout le monde d'injures. Ils gravirent un escalier fendillé et humide pour pénétrer dans un long passage, éclairé par des torches, où donnaient un certain nombre de cachots. Ranulf repéra immédiatement celui de Puddlicott : deux sentinelles, accroupies à l'extérieur, bronchèrent à peine lorsque le geôlier ouvrit la porte et fit entrer Ranulf.

— Puddlicott, mon garçon, s'écria le geôlier, petit veinard! Tu as de la visite!

Ranulf plissa les paupières pour percer la pénombre. La cellule était un carré parfait d'une propreté irréprochable. Il y avait des latrines dans un coin, débouchant de toute évidence dans le grand fossé de la ville, et même quelques meubles : une petite table, un tabouret bancal et un grand lit. Puddlicott s'était redressé sur sa paillasse, les yeux lourds de sommeil. Il secoua la tête pour se réveiller et s'étira en bâillant. Force fut à Ranulf d'admirer son flegme. Le prisonnier lui sourit.

— Il y a une chandelle sur la table, mais je n'ai pas de silex.

Ranulf prit le sien et la lumière jaillit dans le cachot. Après s'être soulagé, Puddlicott s'emmitoufla dans sa cape et revint s'installer au bord du lit.

— Alors, vous venez de la part de Corbett, hein? Il a oublié quelque chose?

Ranulf s'assit sur la table.

— Pas vraiment. Nous savons ce qui s'est passé. Apparemment, tu entrais et sortais du pays à ta guise et tu t'es servi d'une charrette à ordures pour transporter les sacs d'or jusqu'à Gracechurch Street et de là jusqu'au port

Ranulf se pencha en arrière et regarda le plafond. Corbett et lui avaient commis une grave erreur, celle de ne pas demander pourquoi un personnage aussi influent que de Craon avait choisi un logement aussi peu reluisant. Bien que, naturellement, les envoyés accrédités eussent le droit d'habiter où bon leur semblait.

— Tu ne t'es pas étonné, demanda brusquement Ranulf, que des prostituées invitées à l'abbaye aient été assassinées? Certaines des filles que tu connaissais doivent être au nombre des victimes, non?

Puddlicott resserra sa cape en haussant les épaules.

— La vie est si cruelle! Vous vous appelez bien Ranulf, n'est-ce pas?

Ce dernier acquiesça.

— Eh bien, Ranulf! tous les jours des hommes meurent de mort violente, des femmes et des enfants aussi, alors pourquoi pas des putains?

Il étendit les jambes.

— Votre maître n'oubliera pas ses promesses à propos de mon frère, hein?

— Non! Et si tu m'en dis plus, tu as ma parole que j'irai personnellement à St Antoine, deux fois l'an, m'assurer qu'il est bien soigné.

Puddlicott se leva et s'approcha de Ranulf.

— Ce n'est pas Corbett qui vous a envoyé, n'est-ce pas? Vous êtes venu ici de votre propre chef. Je vous ai raconté ce que je sais et, bien que je tienne tous les représentants de la loi pour des fripouilles, je ne pense pas que vous soyez ici pour vous réjouir de mon malheur. Alors que cherchez-vous? Le tueur des prostituées?

— Non, se défendit Ranulf. Nous avons notre propre opinion là-dessus.

— Alors?

— Des renseignements.
— Pour Corbett ?
— Non, pour moi !

Puddlicott éclata d'un rire sonore et alla se rasseoir sur le lit.

— C'est donc à ce petit jeu que vous jouez, hein, Messire Ranulf ? Le serviteur veut damer le pion à son maître ! Qu'est-ce qui vous fait croire que j'ai d'autres renseignements ?

Ranulf s'inclina vers lui.

— Je conçois que de Craon en personne ait dû venir en Angleterre pour emporter le trésor. Je comprends également qu'il se soit fait discret, mais ce que je veux savoir, Messire Puddlicott, c'est ceci : pourquoi as-tu effectué tous ces allers-retours en France qui t'obligeaient à interrompre tes importants travaux de sape ?

Ranulf fixa son interlocuteur.

— C'est le seul détail qui ne rime à rien. Pourquoi ne pas rester à Londres ? Qu'est-ce qui se cachait derrière ces va-et-vient ? Nous sommes au courant de ces voyages : tes complices ont déclaré que tu disparaissais pendant des semaines. Alors, que manigançais-tu ?

Puddlicott lui brandit un doigt sous le nez.

— Rien ne vous échappe, Messire Ranulf. Corbett ne m'a même pas posé cette question.

— Peut-être a-t-il cru que tu allais chercher tes instructions à Paris.

Puddlicott haussa les épaules.

— Et alors ?
— Alors, me diras-tu la vraie raison ?

Puddlicott s'étendit sur son lit et croisa les mains sous la tête.

— Tu n'as rien à perdre !
— Et rien à gagner, rétorqua le prisonnier.

— Il y a ton frère, et puis tu sais bien qu'un bourreau connaît certains moyens pour abréger les souffrances. Je suis certain que notre bon ami, le geôlier, pourrait te procurer un grand bol de vin épicé avant que tu ne montes sur la charrette.

Puddlicott siffla doucement entre ses dents.

— Soit! décida-t-il soudain en se levant d'un bond. Je suis sur le point de mourir, Messire. Tout serment fait à un mourant est sacré, ne l'oubliez pas!

— Je tiendrai parole!

Puddlicott tapa des pieds.

— Aimeriez-vous contempler le visage du Christ? demanda-t-il à brûle-pourpoint.

— Quoi?

— Aimeriez-vous contempler la Sainte Face?

— Oui, bien sûr! Mais qu'est-ce que cela signifie?

— Vous connaissez l'ordre des Templiers?

— Naturellement! répondit Ranulf, agacé.

— Eh bien — Puddlicott prit une longue inspiration —, je ne connais pas le fin mot de l'histoire, mais, parfois, lorsqu'il était un peu éméché, de Craon racontait de drôles de choses. Apparemment, son maître, Philippe IV, manque cruellement de fonds. Pourtant, il rassemble des troupes pour une guerre sans merci contre la Flandre et les routes du nord de la France grouillent d'hommes d'armes.

Puddlicott leva la main.

— Vous le savez, bien sûr, mais ce que vous ignorez, c'est que le roi de France a entendu parler d'une précieuse relique, le linceul du Christ que détiendraient les templiers.

— Et il veut se l'approprier pour la revendre à l'étranger?

Puddlicott grimaça.

— C'est plus complexe que cela. J'avais trois missions à accomplir, voyez-vous : pénétrer dans la crypte, rassembler le plus de renseignements possible sur les templiers d'Angleterre et découvrir où se trouvait leur fameuse relique.

— Pourquoi ?

Puddlicott chuchota à l'oreille de Ranulf. Il se recula pour mieux juger de l'ébahissement du jeune homme.

— Tu me dis bien la vérité ?

Puddlicott l'en assura d'un geste.

— Le vol de la crypte n'est rien comparé aux projets grandioses du roi de France. A part vous, seules quatre personnes sont au courant, ajouta Puddlicott en décomptant sur ses doigts : le roi lui-même, Guillaume de Nogaret, de Craon et moi-même.

Puddlicott eut un geste de dérision.

— Voyons les choses en face : je serai bientôt dans l'autre monde, cette fripouille de De Craon n'a pas levé le petit doigt pour me sauver.

D'un mouvement souple, Ranulf sauta de la table et tambourina à la porte du cachot.

— J'ai votre promesse, n'est-ce pas ? supplia Puddlicott.

Ranulf le regarda par-dessus son épaule.

— Bien sûr, à condition que tu ne m'aies pas menti.

Dans la loge du portier, Ranulf pêcha, au fond de son escarcelle, quelques pièces d'argent qu'il déposa dans la paume du geôlier.

— Tu suivras bien mes instructions, hein ?

— A la lettre, Messire ! Le jour où il ira à la mort, je lui donnerai du vin drogué et veillerai à ce qu'il soit pendu haut et court. Il ne se rendra compte de rien.

Ranulf lui certifia qu'il s'assurerait du bon usage de son argent, puis, poussant un soupir de soulagement, il sortit de la prison, le portail renforcé de ferrures claquant fermement derrière lui. Il resta un instant immobile, savourant l'air frais de la nuit et contemplant les étoiles.

— Ranulf-atte-Newgate, murmura-t-il. Celui qui débusque les secrets.

Il se rappela ce que lui avait confié Puddlicott. Bien sûr, il en ferait part à « son maître à la longue figure », mais en temps et lieu voulus. La révélation du terrible secret de Puddlicott serait la clé de sa fortune.

NOTE DE L'AUTEUR

Les événements peints dans ce roman ont effectivement eu lieu. Richard Puddlicott, clerc de formation, était passé maître dans l'art de se déguiser et sa réputation de criminel avait franchi les frontières. Par suite des mesures économiques d'Édouard Ier, il avait subi des revers de fortune alors qu'il était marchand en Flandre. Revenu en Angleterre, il s'était lié avec Adam of Warfield et avec l'intendant du palais William pour mettre sur pied un vol de grande envergure à l'abbaye. La situation qui régnait à Westminster était telle qu'elle est décrite dans le roman : il n'y avait aucune autorité réelle dans le palais quasiment vide et les bénédictins, qui en étaient venus à négliger la règle, s'étaient avérés des proies faciles pour un larron comme Puddlicott. Les salles vides du palais avaient été le théâtre d'orgies nocturnes auxquelles Puddlicott, Warfield et William — principaux organisateurs — conviaient prostituées et courtisanes. Après les orgies, Puddlicott et William en étaient venus au vol.

Ils avaient semé du chanvre dans le vieux cimetière abandonné. Sous la protection de Warfield, Puddlicott avait percé un tunnel jusque dans la crypte. Il s'était emparé d'une grande partie de l'argenterie et de pièces récemment frappées. Des pêcheurs avaient retrouvé des gobelets de métal précieux dans la Tamise, certaines pièces d'argenterie avaient réapparu à Kentish Town et même les orfèvres de la ville — des artisans tels que William Torel dont on peut admirer les œuvres à l'abbaye de Westminster — furent les heureux « récipiendaires » d'une partie du butin. Lorsque le vol fut découvert, la réaction du roi fut violente : les moines furent envoyés en prison tandis que Richard Puddlicott et William payèrent ce forfait de leur vie. On peut encore visiter la crypte de l'abbaye. Je suis allé moi-même à l'endroit où se trouvait le vieux cimetière et ai médité sur l'audacieux cambriolage qui s'y déroula, il y a quelque six cent quatre-vingt-dix ans.

Les comptes rendus de ce vol, y compris les aveux de Puddlicott, existent toujours. Le principal document est le manuscrit Chetham n° 6712 à la Chetham Library de Manchester. L'auteur de ce rapport, en fait, est vraisemblablement l'un des quarante-neuf moines incriminés et condamnés à un petit séjour à la Tour. L'original des aveux de Puddlicott se trouve au Record Office, Chancery Lane, réf. Exchequer Accounts K.R. 322/8. Puddlicott revendique toute la responsabilité de l'affaire dans cette confession non dénuée d'insolence. Par ailleurs, une estampe de la Cotton Collection Nero D. ii Folio 192D à la British Library représente le vol. A la lecture des originaux, Puddlicott apparaît comme un scélérat à l'esprit vif qui sait mener sa barque et charmer ses victimes. On ne peut que déplorer la façon dont il périt : il subit le châtiment suprême pour son audace. Son cadavre fut écorché et la peau clouée à la porte de l'abbaye. Des centaines d'années plus tard, des archéologues retrouvèrent des vestiges de peau incrustés dans la vieille porte. On avait dû la laisser pourrir là : témoignage révélateur de la réaction violente d'Édouard Ier devant le vol de son Trésor.

Les rapports de justice, datés de la même année que le roman, révèlent un grand nombre d'assassinats de prostituées. J'ai entrelacé ces morts tragiques au récit du vol. Les liens de Puddlicott avec la France étaient pour le moins ténus, mais ce qui ne peut être nié, c'est l'activité diplomatique intense déployée par les agents de Philippe le Bel et d'Édouard Ier, chaque souverain s'efforçant de dominer l'autre. La politique économique et financière du roi de France se traduisait aussi bien par des mesures dirigées contre l'Église, que par des recherches sur les pouvoirs de l'alchimie. Ses visées sur les richesses des templiers, le célèbre ordre de chevalerie, menèrent à l'un des plus grands scandales de l'Europe médiévale. Mais cela fournira la trame d'un autre roman.

On m'a souvent demandé si je m'étais inspiré d'un personnage réel pour Hugh Corbett. Il est peut-être temps que j'avoue : oui ! Ce clerc qui a vraiment existé s'appelait John de Droxford : ce fut surtout lui qui découvrit le vol, amena Puddlicott devant la justice et restitua le Trésor au roi. Quiconque voudrait contempler l'écriture du vrai Corbett pourrait consulter les Cole's Records (Record Commission 1844) et le rapport où Droxford dresse la liste des joyaux volés et retrouvés. John de Droxford fut également chargé de constituer les jurys appelés à juger Puddlicott et aida à résoudre plusieurs autres incidents mystérieux. Il est temps de lui rendre hommage...

Cet ouvrage a été réalisé par

FIRMIN DIDOT
GROUPE CPI
Mesnil-sur-l'Estrée

*pour le compte des Éditions 10/18
en juillet 2005*

Imprimé en France
Dépôt légal : juin 1998
N° d'édition : 2889 – N° d'impression : 74719
Nouveau tirage : juillet 2005